苦乐年华

扈学秋 著

北方联合出版传媒(集团)股份有限公司

万卷出版有限责任公司

© 扈学秋　2023

图书在版编目（CIP）数据

苦乐年华 / 扈学秋著 . -- 沈阳：万卷出版有限责任公司, 2024.1

ISBN 978-7-5470-6440-5

Ⅰ.①苦… Ⅱ.①扈… Ⅲ.①散文集—中国—当代 Ⅳ.① I267

中国国家版本馆 CIP 数据核字（2023）第 245437 号

出 品 人：王维良
出版发行：北方联合出版传媒（集团）股份有限公司
　　　　　万卷出版有限责任公司
　　　　　（地址：沈阳市和平区十一纬路 29 号　邮编：110003）
印 刷 者：辽宁鼎籍数码科技有限公司
经 销 者：全国新华书店
幅面尺寸：145mm×210mm
字　　数：255 千字
印　　张：9.75
出版时间：2024 年 1 月第 1 版
印刷时间：2024 年 1 月第 1 次印刷
责任编辑：范　娇
封面设计：王　正
版式设计：宁　萌
责任校对：刘　洋
ISBN 978-7-5470-6440-5
定　　价：89.00 元

目　录

用文字记录快乐

　　早晨起来，除了洗漱之外，没有多少事情要干，于是顺手拿起我订阅的《读者》杂志，一边看一边等着吃早饭。不想让时光就这样悄悄地溜走，抓住每一份光阴，多看一点书。开卷有益，多看一点书就能多有点收获。

　　人生在世，吃穿两件事贯穿始终，从古至今，多少辛劳是为了一日三餐，人辛劳一生，还可能食不果腹、衣不蔽体。现在是最好的时候，最起码吃穿住行都不用再发愁。可是对于吃饭，有时候又是那么精致，特别讲究，食不厌精，脍不厌细；有时候又是那么简单，只要有口饭吃，能够填饱肚子就可以了。

　　今天是腊月二十三，过小年了，今天的早餐会是什么样的呢？也许是昨天说好了今天中午包水饺，所以老婆把今天的早餐准备得有点简单。

　　老婆把饭端上桌来，喝的是玉米粥，里面又被老婆放上了地瓜。早餐的玉米粥似乎已经成了这个冬天我们家的标配，其实我以前是不喜欢喝玉米粥的，现在慢慢地也已经习惯了。主食是昨天中午老婆蒸的枣卷，还有剩下的半块馒头和两个包子。菜也是很简单，昨天晚上吃剩下的黄瓜炒鸡蛋，再就是老婆买的咸菜。

　　饭菜虽然上桌了，可是食欲却没有跟上来，看着这样的饭菜，确实没什么胃口。小儿子看到这样的饭菜，什么也没说，直接跑到了厨房里面，把老婆昨天买的蛋糕拿了两块出来，一块是巧克力夹心蛋糕，一块是黄色的，我也不知道是什么口味。两块蛋糕做得都很精致，用透明的塑料盒装着，都是三角形。两块蛋糕拿出来，小儿子留下一块，然后把另一块黄色的放在了哥哥的座位前。哥哥不知道在做什么，还没有到餐桌上吃饭。

我也不想吃馒头，看到餐桌上有前两天去古城时老婆买的点心，是那种老式点心，上面还打着"非物质文化遗产"，里面有蜜三刀等多种小点心，特别甜，买回来之后就一直在餐桌上放着。大家对这种老式点心兴趣都不大，放在餐桌上已经有几天了，也没有人吃。今天我不想吃馒头，于是拿出来一块吃。

老婆本来掰开了一块枣卷准备吃，看到我吃点心，也伸手和我要了一块点心。这样大家都吃点，这盒点心也就解决了，不用一直放着了。

老大走到餐桌边，看到弟弟在吃蛋糕，伸手就把弟弟的蛋糕抢了过来，然后嬉皮笑脸地问弟弟："好吃不？"

老二怕哥哥吃他的蛋糕，看着蛋糕坏坏地笑着说："不好吃，一点儿也不好吃。"虽然嘴里说着蛋糕不好吃，但脸上写着"这个蛋糕是世界上最美味的"几个大字。

老大慢慢地坐到了椅子上，把蛋糕慢慢地送到口中，狠狠地咬了一大口，心疼得老二"呀"的一声叫出声来。

两个熊孩子夸张的表演，让餐桌上笑声一片，这一顿不怎么样的早餐，似乎也美味了许多。

我让老二夹一口菜吃，老二调皮地说："不行，不想中西结合，我吃我的蛋糕就行。我要好好地享受蛋糕的美味。"

"西餐里面也有鸡蛋，外国人也常吃黄瓜，怎么能说是中西结合呢？要说中西结合，你喝的这个'糊涂'（俗称的玉米糊）才是真正的中餐，你早就中西结合了。"我笑道。

也许真的是时代变了，蛋糕已经成了孩子们的主食，这要是在以前，真的是不可想象。也许就是生活习惯使然，两个小孩子比较喜欢吃蛋糕，老人们喜欢喝玉米糊，我喜欢吃面条。其实饭菜无所谓好坏，喜欢吃就行。饭菜也无所谓是什么，吃得开心快乐就行。

这顿早餐虽然一开始没有多大胃口，但是有了两个儿子的搞笑，早餐时光还是比较轻松愉快的。

生活中有着很多的不愉快，怎么才能把不愉快变得愉快呢？那就只有调整自己的心态，可是心态有时候也真的很难调整，太多的无奈，让心情悲哀。虽然老话说"眼不见心不烦"，但是眼睛看不到心里也在想呀！

什么时候时光能永远像早餐桌上这样欢乐呢？什么时候生活中才能真的没有烦恼和忧愁？我盼望着这一天，期待着这一天。按理说现在应该就是最好的时候。可是依然有那么多的闹心事堵在心口。心情不好了，也就没有了精力，没有了精力，做什么事情都是那么懒散，那么不愿意去干。

快乐的时光总是那么短暂，越是短暂越值得珍惜。记得在上学的时候学习自由，自由都是有限度的，不能把自己的自由建立在破坏他人的自由上面。我想快乐也是一样，不能把自己的快乐建立在他人的痛苦上面。可是总有很多人喜欢幸灾乐祸，喜欢落井下石。最让人不能忍受的就是有些人一边利用你，还一边讽刺挖苦你。

今天的文章本来不想写了，但是不想让时光虚度，于是又写了上面这些文字。还是让文字安慰自己，安慰心灵，安慰生活吧。快乐总是那么短暂，大脑总是那么健忘，用文字记录下来，什么时候再看一看，再怀念这开心快乐的时光。

两个落地式铁艺花架

晚上六点多，正是我这一天中最忙碌、最紧张的时刻，在这个需要精力高度集中的时刻，我一点儿也不希望被打扰，因为我需要全神贯注地工作。可是偏偏就在这个时候，手机微信铃声响了，有人要和我语音通话。我烦躁地拿起手机一看是我的同学，接通之后，他语气颇为急切地说："你现在有时间吗？能来小区门口吗？我现在往你家走的路上，你下楼来把两个花架拿进去吧。"这个时候我怎么能离开呢？我十分无奈，于是问他："你大约多长时间能到我家小区门口呀？"他说："这还不快吗？我开车过去，也就三五分钟吧，你现在下楼走到小区门口我也就到了。"可是我这个时候真的离不开，因为属于我的时间太紧张了。

老婆看我愁眉苦脸、心情郁闷急躁无奈的样子，建议我不用去了，让儿子去吧。小儿子13岁正是调皮捣蛋的年龄，一般真的很难支使动他。老婆给儿子说了之后，儿子是满腹牢骚，一点儿也不情愿去。就在换衣服的时候，还再次跑到书房唠叨着："给你们送东西，让我去，这样好吗？"他还为自己的不去找了一个理由，我也是服气了。可是这个点儿我真的脱不开身，只能让他去。

儿子匆匆去、匆匆回，我家离小区大门口也就两三百米的距离。不长时间儿子就回来了，回来之后还在抱怨："这么大的两个花架，你们让我一个人去拿。"等我忙完之后，走到客厅看了看两个花架，这是两个黑色的铁艺花架，造型新颖别致，具有艺术感，上下一共三层，能放三盆花。我掂了掂两个铁架，也并不算特别重，于是笑话儿子有点儿大惊小怪。但是转念一想，寒冷的冬夜，让儿子赤手拿回来这两个花架，也的确有点儿难为他了，也难怪儿子又是牢骚，又是抱怨。

同学搬了新家，这两个花架在新家没有放置的地方，用不着了。破家值万贯，最怕的就是搬家，很多东西舍不得扔，可是留着又没有什么用，放着还占地方，特别是这种七八成新的小东西，扔了又太可惜，当作废品卖又不值钱。到了我们这个年龄的人，总是不希望让东西浪费，特别珍惜生活中积攒来的小东西。于是同学前一段时间就打电话问我要不要这两个花架。我想了想，老婆阳台上养了很多盆花，放得也有点杂乱，我曾经也买过两个这样的铁艺花架。把花放在花架上养，花架和花相互映衬，既好看又美观，于是就答应了下来，告诉他这两个花架我要了。我想的是：我把这两个花架接手过来，既解决了同学的忧愁，又能让物品重新得到利用，是两全其美的好办法。

人尽其才，物尽其用，两个花架到了我手里，终于又有了利用的价值，这样也很好，否则只能当垃圾扔掉或者当废品卖掉，真的就浪费花架了。可是花架重新找到主人容易，换个位置就非常麻烦了，虽然从同学家到我家路途不很远。前两天同学曾经用车拉我到他家小区，准备让我把这两个花架拎回来，我确实不情愿了。同学知道我这人特别懒，于是昨天晚上又把这两个花架送到了我家小区的门口。都送到小区门口了，再不下去拿就有点说不过去了，可是我真的就那一会儿腾不出时间，只能辛苦儿子去拿上来，也没有见到同学，也没有表示感谢，心中隐隐约约有点歉意。

人生天地间，见惯了世间的冷暖，尝遍了人情的冷漠。有时候在乎的不是东西，东西不一定多值钱，难得的是这份情谊。在这里真诚地对老同学说声谢谢了。小儿子虽然牢骚满腹，百般不情愿，但是总算把花架拿回来了，也感谢儿子的辛苦。假期在家，就应该让儿子干一点力所能及的小活儿，哪怕不情愿，也要让他干，既锻炼了儿子，又节省了我的时间。事情虽小，意义重大。

两个小小的花架，从里面就可以找到很多内涵。事情虽然小，生活虽然平淡，在小的事情中，在平淡的生活里发现生活中的意义和价值，这样才能磨炼自己的心智。态度决定一切，细节决定成败。只有把细节做精做好，才会明白时光的价值、生活的意义。儿子还小，还体会不到这么深的东西，但是总要慢慢成长，慢慢体会。儿子在成长，老人在变老，互相陪伴中总有这样或者那样的烦恼。在烦恼中寻找喜悦吧，在喜悦中享受生活吧。

一夜惊魂

夜晚的时光总是宁静和安详的。温柔的灯光，温馨的夜晚，夜色阑珊，时光在灯光里慢慢地流淌。我坐在书桌旁静静地看书，沉浸到了书香里面。

"哎呀，不行，我有点头疼。"坐在我旁边正在浏览手机的老婆突然说道。

从来不头疼脑热的老婆，突然说有点头疼，于是转身倒在了床上。一开始我也并没有当回事，我以为是老婆累了。

过了没多大一会儿，老婆突然起身，边向外走边唠叨了一句："你怎么也不管管我呀？"语气中充满牢骚、抱怨和委屈。说完之后向卫生间走去。

结婚20多年了，从来都是老婆关心我、照顾我，老婆从来没有用这样的语气和我说过话，让我管管她。我听了这句话心里微微有些酸涩，但是也没有太当回事，我以为老婆只是去一趟卫生间，可是听到卫生间里面有呕吐的声音传来，我的心中顿时一惊。这是怎么了？白天不是还好好的吗？哦，好像是上午的时候，老婆就说过一句有点头疼，我听了也没有当回事儿。

听到老婆的抱怨和呕吐声，我在书桌前也坐不下去了。因为心中烦乱，再精美的文字于我而言也没有了意义。

　　我到客厅里面翻箱倒柜地为老婆找药，看看家里还有什么治疗头疼的药。我找出了一盒××胶囊，简单地看了一眼说明是治疗头疼用的，于是根据药盒上的说明，拿出三粒药来，又倒了杯水给老婆端过去，让她吃药。老婆有点不想吃，但是看我态度比较坚决，于是接过药去把药吃了。吃完药之后，老婆躺在床上，神情依然很是痛苦。我问她怎么样了，她说总是想吐，还头疼。

　　看来这一个药不管事，我又去客厅里面找药，找到了止疼的药物，于是又把药拿给老婆，老婆的表情依然很是痛苦，一点也不想吃药。我一半是安慰，一半是强迫，老婆抵挡不住我的软硬兼施，还是皱着眉头把这片药也吃了。

　　吃完药不大一会儿，老婆又起身到了卫生间，还是想呕吐。而且老婆难受得连站立都难了，搬了一个马扎坐在卫生间里，把头扎进水池里，对着涮拖把的水池干呕，可是又吐不出来。我站在老婆的左边，用右手轻轻地为老婆敲背，好让老婆尽快吐出来。我以前想吐的时候老婆也是这样做的。看着老婆痛苦的样子，我一边心疼一边焦急，也许吐出来之后就能好受点了，我以前也有过这种经历，越是吐不出来越是难受。马上就要过年了，老婆要是真的病了怎么办？头疼又呕吐，这是什么毛病？

　　老婆吐不出来又特别难受，再次回到卧室的床上。我赶快跑到电脑旁边查了查头痛和呕吐是什么原因。网上说的原因很多，有血压高等。我也不知道是什么原因了，于是又焦急地回到卧室，看看老婆怎么样了。老婆看我过来了，告诉我还是头疼得厉害，让我给她按一按头。可是我伸手给她按头，还没有按两下呢，她又嫌我按得疼不让按，我也只是干着急没有办法，于是找出血压仪给她量量血压，量的结果倒不算很高，低压84，高压是120。不过这个血压对老婆来说已经是偏高了，她平常低压也就是70

左右，高压也就在 110 左右。

血压也不高，还是头疼，还总想呕吐，究竟是哪里出了问题呢？我想来想去也想不明白，也许是老婆感冒了吧，我又找了一包板蓝根给老婆冲泡好，水也刚刚好，不凉不热，老婆还是拒绝吃药，我半哄半劝地让她喝了。老婆吃了三样药了。三样药吃下去之后怎么样呢？会不会好一点呢？我耐心地等待着药效。

老婆胃里还是难受得厉害，总是想吐，于是她问我刚才给她吃的什么药。我告诉她第一次吃的是管头疼的药，第二次吃的是止痛药，第三次喝的是板蓝根。

"那个管头疼的药早就过期了吧？我说吃了药以后怎么这么难受呢？"老婆用抱怨的眼神看了我一眼。

我一听大吃一惊，赶快过去看看药盒上面的日期，唉呀，真的过期了，这个药的生产日期是 2018 年，到期日期是 2020 年 2 月。哎呀，我怎么这么糊涂呢，这么不仔细，也不认真看一看。我后悔万分，可药已经吃下去了也没有办法。

老婆继续起身到卫生间，我跟到卫生间的门口，老婆把卫生间的门关了，告诉我她方便下，不让我进去，我也没有办法，可是坐立不安，我想家里的药可能不对老婆的症，虽然已经快晚上十点了，我还是去药店给老婆买点药去吧，否则老婆这一晚上怎么过呀？于是我穿上衣服出去，到小区门口的药店给老婆买药。走在夜色里我还在后悔，下一次家里的药一定要看看日期，千万不能再吃过期的药了。

我急匆匆地去急匆匆地回来，回来之后立即再给老婆倒好水沏上药，端到床前，看老婆已经像睡着了。我喊老婆起来吃药，说是刚刚买的药。

"不吃药了，不吃了。刚才就是吃你的药，吃得特别想吐，现在吐了好多了。"老婆的症状似乎轻点了，已经不再眉头紧锁。

我依然劝老婆吃药，说这次是刚买的药，正好是对症的。可是老婆坚决地摇头，拒绝再服药。就在我死磨硬缠让老婆吃药的时候，老婆突然笑着说："现在好了，头不疼了。"我怀疑老婆是装的，可是看看老婆脸上，眉头已经舒展了，神态也比较安详了，也许是真的好了。

"是药三分毒，你净瞎吃药！"老婆嗔怪道。

看到老婆真的没大事了，我焦虑的心也安静了。洗洗脚上床睡觉，已经晚上十点半多了，可是我一点睡意也没有，还好老婆好了，要是不好的话怎么办呀，马上就春节了。

夜色安详，夜色安宁，夜色阑珊，夜色温馨，旁边传来老婆轻轻的呼吸声，也许老婆睡着了。

我把床头的台灯关闭，轻轻地把身子蜷缩到被子里面，把自己也交给了这温柔的夜色。

一夜惊魂之后的夜色更加迷人，夜晚安静了，心也安静了。

买年货

春节的脚步越来越近了，现在城市里面不让放鞭炮，虽然听不到鞭炮的声音，似乎少了些年的味道，但是城市里的大街上人来人往，车来车往，似乎比平时繁忙了很多，连空气都变得有些欢快了。天气虽然十分寒冷，但是挡不住大家对年的向往，以前有集市的地方依然是人来人往，卖东西的多，买东西的更多。走在大街上，走在超市里，时不时地有人往你手里送"福"字。虽然明明知道他是在做广告，但是有人送"福"总是欢乐多多，心情愉悦，原来的广告可以不接，这个时候有人送"福"绝对不能拒绝。

昨天吃完早饭，父亲走到门口问我过年需要点什么，他出去准备买年货。前两天父亲回老家买了一些羊肚和猪大肠回来。因为我爱吃大肠，所以我们家每年过年都要买上几挂猪大肠自己煮。每年过年父亲总要煮上一大锅海带，里面放上大肠和肉皮，把海带煮得烂烂的，全家人和来的亲戚朋友都爱吃，也几乎成了我们家过年必备的食品。每年过年家里买什么东西基本上不用我操心，也不用我管，父亲大都能把吃的用的买全。听到父亲问我买什么，我开玩笑地回答道："你别把东西都买完了，也给我留点，让我也买一点。"

"这是在城里过年，要是回老家过年我什么都不用你们管，我把所有的东西都买全。"父亲笑着说，"老家里面有大锅，我提前把肉都煮好了。你们只管吃就行了。"

自从我在城里买了房，因为城市有暖气，一到冬天我就把父母接到城里来住，所以这些年都是在城里过年，好多年没有回老家过年了。看来父亲还是念念不忘回老家过年。其实我也经常想回老家过年，但是又是老人又是孩子，老家太冷，在家里面吃饭睡觉太冷也有点困难。所以每年初一回家拜完年，我们就开车回城里吃午饭，好多年没有在老家吃上一顿过年的饭了。

老婆也看出了老人想回家过年的意思，于是笑着说："再过两年吧，再过两年等老二初中毕业了，我们一起回老家过年。"

"买点什么呢？"父亲又问，"白条鸡还用要吗？"

"鸡不用了，咱们冰箱里面还冻着两只鸡呢。"老婆说道。

"现在过年不用买很多东西，不要再像以前一样存很多天了，今年过年天也暖和，很多东西放不住，再说了，现在平常和过年也没有多大区别，不一定非要等到过年才有东西吃。"我接过话来。其实呢，我是怕父亲花钱，父亲70多岁了，他们这一代人一花钱就心疼。虽然也有钱，但有时候舍不得花。我有时候给他点零花钱，他也不要。给他钱他就说："我有钱要你的钱干什么？"但是他再有钱，一花钱也是心疼，我都能感受得到，也已经习惯了。老人为自己买什么都舍不得，但是为了我们，他花钱就是"大手大脚"。

"鸡如果不用要的话，那鱼还用买吗？"父亲总想为这个家庭花点钱做点什么，特别是过年的时候，于是又不依不饶地问道。

"鱼我们去买吧，我们去买点海鱼，今年蒸点海鱼吃。"老婆又把话接了过来。

我的堂哥打来电话问今年鞭炮怎么买。父亲的意思家里还有一挂炮，再买上两挂就可以了。我感觉两挂炮太少了，于是要了四挂，父亲还抱怨我花钱大手大脚。

　　今天早晨吃早饭的时候，父亲又说："不让我买鸡，我买了一个鹅。"父亲真的舍得。接着他又告诉我："买了一副大对联儿，贴到老家的大门上，花了20元钱呢。"

　　老婆一直想要两盆花摆到客厅里，要那种正在开花的花。今天下午吧，今天下午如果没有什么事情，陪老婆去买花。

　　过年了，高兴的事儿，就开开心心高高兴兴地过年。米面粮油，鸡鸭鱼肉，现在真的都不缺，缺的就是这份开心和欢乐。保持好心态，保持好心情，家和万事兴。我们一起开开心心过大年。

　　希望能早一点回老家，过几次大年。城里的年味儿真的没有老家足。看样子今年是不行了，期待明年或者后年吧。故乡农村的年味儿现在什么样子呢？我都快不知道了。真的很怀念小时候的过年。

乐极生悲的故事

　　兴趣是生活最好的调味剂，有了兴趣，生活才能不再枯燥乏味，有了爱好，生活才能有滋有味。兴趣和爱好，不是靠培养就能培养出来的，也不是靠强迫压制就能来的。兴趣和爱好是一种自然的流露，就像鸟雀期望山林，就像羊群见到了草原，就像流水奔向大海，就像轻风掠过树枝，都是那么和谐与美好。千万不要让兴趣和业绩挂钩，也一定不能让爱好和成绩结合。一旦结合，就是坏了兴趣，毁了爱好。如果连兴趣都没有了兴趣，如果连爱好都不再爱好了，这个世界该是多么悲哀和无奈呀！

　　我喜欢读书，我喜欢文字，我喜欢把自己的人生经历写出来，我喜欢把生活故事分享给大家，我喜欢仅仅是我喜欢，我不是为了出名，也不是为了求利，只是为了我喜欢这样做，所以我就去这样做。可是爱好就是一粒小小的种子，埋在心中也会生根发芽，兴趣就是一株幼苗，在阳光雨露的滋润下，也会健康苗壮地成长，甚至长成一棵参天大树，甚至能为你遮风挡雨，在炎热的夏天使你遍体清凉。

　　因为最近比较勤奋，写的文章比较多，引起了一位创作平台网站编辑老师的关注。这些我还都不知道呢，这天写完文章准备发表到一家著名的创作平台，点进去之后，看到右上角有两个红色的消息提醒。以前都是一个消息，这个消息我已经非常清楚，就是告诉我上次发的文章审核通过，我已经司空见惯，今天怎么是两个呢？我心中有点奇怪，于是点开看一看。

"分成千字，全勤签约吗？有意向的话私聊我。"我看了心中不禁怦然一动，竟然是平台发出的签约邀请。

我也能成为这家网站的签约作家了？我都不敢相信自己的眼睛，真的是激动的心，颤抖的手，点开了这个消息，原来是编辑老师让我和他联系签约。立即、马上、毫不犹豫添加，能签约是多少写作者梦寐以求的事情呀，现在竟然主动联系我，还有什么客气的呀。

可是我添加对方为好友之后，对方却迟迟没有动静，我的心又有点凉了，怎么回事呢？也许是对方忙吧，也许是添加好友的人太多，也许对方还不知道是我。可是，是对方主动要求我添加好友的呀，怎么能置之不理呢？而且是对方给我的这个号码让我添加，为什么不同意通过呢？

越是着急越是没有动静，于是又连着添加了两次。越是等待，越是焦急，对方越是没有消息，真的是好事多磨呀。算了，还是该干什么干什么吧，这样干等着也不是办法，只能让心情更加焦虑。就在我不去想这件事情的时候，突然传来了一声铃音。对方发来一个消息："我们已经是好友了，一起聊天吧。"

这个时候已经是中午十一点三十五分了。我立马给对方回消息，告诉对方我是谁。

可是我的消息发出后依然是泥牛入海，对方没有一点动静。到了十一点五十二分的时候，对方发来了两条消息。"下午哈。""吃饭。"我只好无奈地回复"好的"。刚刚激动的心情再次慢慢平息。

整个中午充满希望，也充满渴望，耐心地等待着下午的到来。这个世界上最漫长的时光就是等待。等啊等，等到了下午两点二十六分的时候，对方还没有主动联系我。看来还是需要我主动联系，单纯的等待可能不能解决问题，于是我又给对方发了一条消息："你好。"我的消息发出之后，对方还是没有回应。到了下午两点三十三分二十二秒的时候，对方终于给我发来了消息，很简洁，很简单，一看这位老师就是干脆利索的人，一点也不拖泥带水，仅仅是两个字："签不"，连问号都没有带上，但是我很明白对方的意思，就是问我签约不。

怎么签？什么内容？什么流程？我对签约可是一点也不了解呀。于是我给对方回复："说一说，我不了解呢。怎么签，都有什么要求？"

对方这次快速回复我几条消息：

签约第一个月算全勤。

三十万字一次性结清前面的全勤，后面每个月结算。

日更 2000+。

每个月断更不要超过 2 天。

我问道："必须 2000 字以上吗？"答复仅仅一个字："嗯。"

我问道："可以吧，完不成惩罚吗？"

答复是："断更太多，没全勤呀！"

我想了想，一天 2000 字，问题应该不是很大，于是回复道："那就签吧，我尽量完成。"对方回复又是特别干脆，就一个英语单词："OK"。

原来签约那么简单呀，我的心中兴奋无比，终于可以成为这一家大平台的签约作家了，经常听到看到有些人成了签约作家到处炫耀，今天我也成为了签约作家，而且是这么大的网站，我的虚荣心有点爆棚了。感觉似乎又有点太简单了，又感觉似乎有点太兴奋了。似乎不说点什么也不好，不能冷场呀。我又画蛇添足地说了一句："我主要写的是散文，以后想结集出版成书。"还把主要的"主"打成了错别字"只"。

对方快速回复我："散文不签哦，只签小说。"

我的这颗兴奋无比的心，因为能签约这么大的创作平台，已经浮游到了天空，正在天空高傲地舞蹈。看到对方的回复，我的心直接从天空落到了大地，还不是大地，直接掉到了海底。

怎么弥补呢？我想了一会儿回复道："我以后准备写小说。"对方直接回复我说："那以后再说。"

我还是不死心呀，再次追问道："我现在这个还可以签约吗？"答复依然很简单："散文不签。"

也许还可以争取争取吧，就这样刚刚答应的签约就黄了，我这颗小小的心脏怎么承受得了呀？我不依不饶，继续追问道："如果可以签的话，这个也行，我写得还可以。你再考虑考虑？"

"散文不签哦，只要小说。"对方回复道，后面跟着一个苦脸的表情包。

我的心好像到了太平洋的海底，还不是太平洋，是北冰洋了，又沮丧又心凉。好好的签约，就让我一句散文给弄没了。生活中为什么总是这样，从大喜到大悲，仅仅是一瞬间的事。

为了让沮丧的心情快点恢复过来，我站起身来在屋里走了两圈。马上就要过年了，老婆正在给鱼缸里的鱼换水。我对老婆牢骚道："我的手真欠，对方都已经答应签约了，又让我一句写散文给抹杀了。人家不签约散文，只签约小说。"老婆在替我惋惜的同时笑着说道："哪只手打的字，把那只手打一顿。"

哪只手打的字也已经解决不了问题了呀！老婆看我特别沮丧，于是又反过来安慰我道："好不容易马上要放假了，你可以休息几天了，你要真签了约，这个春节就别想休息了，看来老天爷还是让你休息。过年了，休息休息吧，等过完春节之后再说。"

老婆的话还真的挺管事儿，我想了一想也是这样，好不容易有一个春节假期，就别再忙碌了。我写作文章只是为了玩，为了兴趣和爱好，不是为了名和利。签不签约对我来说意义并不算特别重大，只要有人认可就好了。有人能够认可，说明我的文字还不错，我的文字能让大家喜欢，我也就知足了，其实就算大家不喜欢我的文字，我的文字只要能安慰我这一颗心，我也就知足了。

很多东西想拥有不一定就能得到，很多事情不能强求，强求也求不来，成功和失败也不能苛求，苛求也求不到。我的文字虽好（自我感觉），但不是所有人都喜欢。我写的文字只是为了安慰我，让我的心静下来，只有静下心来，才能够安静从容地生活和工作。如果其他人看了我的文字也能够有所知、有所悟，也能够从文字中寻找到属于自己的快乐，文字存在的价值和意义也就有了。

端午遐思

日月轮回，季节交替，不知不觉间又到了仲夏时节。小麦发黄了，杏儿变红了。池塘边又有了蛙鸣的声音，又到了粽叶飘香的时节。昨天周六，老岳母打了电话让妻子去家里拿粽子来，她又包粽子了。时间过得真快呀，又一年的端午节来到了。

为了弘扬中华的传统文化，为了纪念中国的传统节日，我们的节假日中又多了一个端午假期。虽然只有短短的一天，但是加上周六和周日又是一个三天的小长假。

网络上、微信中、朋友圈里又多了很多端午安康的祝福。我在思绪中细细地寻找关于端午的记忆。任我思绪飞扬，端午在我10多年的童年岁月中竟然找不到丝毫的记忆，也许是因为贫穷的原因吧，端午好像和我并没有什么交集，也和我生活的地方的老百姓没有什么关系。

第一次关于端午的记忆，还有一个传奇的经历。那是在我刚上初中的时候，我们班有一个同学已经订婚了。我小的时候小学还是五年制，初中是从六年级开始，上初中的时候也就是十三四岁的样子，稚嫩的脸庞还都是小孩子的模样。这个小伙子长得很白净，很文静，看着娃娃般的脸庞，真的很难和订婚牵扯上关系。但是和他一个村的同学信誓旦旦地告诉我们他已经订婚了，后来我们见到他经常会开玩笑，经常开的玩笑话题就是提醒他不要忘了一年三大节。为什么提醒他不要忘了一年三大节呢？因为在我们这里的风俗是订婚的人到了过节的时候就要去给老丈人送东西，俗称"下节礼"。对于当时懵懂无知的我，还真的不知道到什么节日给老丈人送东西。于是同学告诉我，一年三大节指的是端午节、中秋节和春节。

中秋节我知道，就是到了八月十五看月亮吃月饼，还有一些水果可以尝一尝。这些都是平常轻易不能得到的东西，所以留在记忆中的印象特别深刻。春节就不用说了，这是中华民族传统的节日，相信每一个华人都会有深刻的春节记忆。可是端午节我竟然一点印象也没有，这是一个什么节日呢？我真的好奇怪呀。而且从出生到上初中这么多年了，从来没有过这样一个节日。

在好奇心的驱使下，我问了好多的同学，可是同学也说不出个一二三来，只是知道有这么一个节日。小时候在鲁西平原上的农村，有饭吃就已经是很好的享受了，更不要说什么稀奇古怪的食品，像粽子是从来都没有听说过的东西。所以只知道有端午节这么一个节日，至于端午的风俗习惯，一点儿也不知道。记得曾经也问过母亲，母亲只知道五月初五是一个节日，至于是什么节日她也不清楚。

小时候家里穷，一开始记忆中的主食是玉米面窝窝头。当然也有玉米面的饼子，我们叫作锅饼。后来生活条件稍微好一点了，吃过玉米面夹心的卷子，就是一半是玉米面，一半是白面，用白面把玉米面夹裹在里面，这种卷子一层玉米面，一层白面，最外面是白面。再后来主要的食品是白面馒头了。从来没有吃过大米，更不用说粽子了。

后来上了大学，考上了沈阳化工学院，需要到东北去上学，当时走的时候还以为全国人都是以白面为主食呢，到了东北才知道人家主食是大米，白面馒头反而是稀罕的。一开始上学，我们并没有去沈阳市铁西区的沈阳化工学院，第一年是在辽阳石油化纤学校上的。吃饭的时候到了食堂才知道，食堂里面根本就没有馒头，主食就是大米饭。这是我人生中第一次吃大米饭，当时还有点吃不惯，很多和我一样的山东同学，总感觉这大米饭不禁饿，不管饱，似乎吃不饱，到了半晌又感觉饿了。当时吃大米饭最愁的就是大米里面有沙子，一不小心的话牙齿咯噔一下就会咀嚼到沙粒，真的让人食欲大减。我们的胃也是慢慢习惯的，后来也就慢慢地习惯了大米饭，到现在隔三岔五老婆也会给做顿大米饭吃，吃起来还很香，也很管饱。

当时的东北沈阳属于重工业中心，沈阳化工学院隶属于化工部主管，是化工部所属的四所学校里面重要的一个学院。在辽阳上了一年之后，我们就搬到了沈阳市铁西区的学校总部，后来化工部撤销了，沈阳化工学院划归地方管理，改名为沈阳化工大学，现在也不在铁西区了，而是搬到于洪区新建的校区。当时的沈阳化工学院在沈阳市铁西区南六路上，距离沈阳华润雪花啤酒厂不很远，距离沈阳南站也很近。我有一个姑姑，家在沈阳市铁西区小六路上，距离我们学校不远，就在我们学校的西面，步行也就是十多分钟的距离。

记得当时被沈阳化工学院录取，这是一个我根本不知道的学校，收到录取通知书后，我非常不想去上。我是我们村第一个大学生，考上大学不容易，后来父亲劝我说，沈阳咱们有亲戚，到那里能有个照顾，我才被逼无奈去上了这样一个学校。姑姑的名字叫扈广力，东北生人，虽然和我们是亲戚，但是从来没有见过面，也只是我考上了沈阳化工学院，才联系到了这样一门亲戚。

　　本以为大城市里的亲戚又从来没有见过面，没有联系过，会看不起我们农村来的人，结果我这个姑姑特别和蔼可亲，见到故乡的人亲热得不得了，对我也是特别照顾，经常喊我去家里吃饭。应该是在 1994 年的端午节前，姑姑把电话打到我的宿舍，让我第二天去家里吃粽子，过端午节。这应该是端午节第一次真正地走进我的人生记忆。我到了之后，姑姑让我看她包粽子，用芦苇叶把大米包在里面，包的时候在大米里面还放上枣。我问姑姑："干吗非要用芦苇叶包大米呀，直接蒸大米饭不好吗？"姑姑告诉我说这不是大米，这是江米粽子，就是用芦苇叶包起来才叫粽子。我才第一次知道大米之外还有一种米叫作江米。

　　说句实话，粽子给我的第一印象并不好，我只感到粽子里面的大米是一种特别黏的大米，吃起来的感觉也不算特别好，还经常糊嘴，我有点不喜欢吃。我就问姑姑为什么过端午节非要包这种东西，这么不好吃，还这么麻烦？姑姑说这都是为了纪念一位伟大的诗人，他的名字叫屈原。当年屈原跳汨罗江而死。老百姓都知道屈原是大好人，为了不让江里的鱼吃了屈原的尸体，于是大家都往江里面投粽子，鱼虾有了粽子吃就不会吃屈原的尸体了。

　　我听了姑姑讲的这个故事，笑着说这个故事我知道，只不过说的不是屈原，说的是秃尾巴老李的故事。姑姑笑着说："什么秃尾巴老李的故事，我怎么没有听说呢？"于是我又给姑姑讲我知道的秃尾巴老李的故事。

　　小时候在老家"过麦"的时候，最害怕的是下雨，可是每年的"过麦"总有那么一次下雨的经历。云从北面过来，连风带雨，还有电闪雷鸣，不过一会儿的时间就会过去。在打麦场上正在忙活的时候，看到云从北面来，夹杂着狂风暴雨，"过麦"的大人就会喊道："快点儿，快点儿收拾，秃尾巴老李来了！"完事之后父亲就会给我讲述秃尾巴老李的故事。

"在山东滕州有一位李姓农家，这一天妻子在地里干活，被天上的龙相中了，怀孕之后生了一个小黑龙，丈夫看到老婆生了一个怪物，想把怪物杀死，只是砍掉了黑龙的尾巴。黑龙驾一朵云向北逃去，逃到了黑龙江安居下来。

"传说黑龙江原为一条白龙镇守，名曰白龙江。白龙兴风作浪，残害人民，弄得人心终日惶惶。突然有一天，天空雷电交加，乌云密布，一条黑龙自湾中腾空而起。转瞬间，雷息了，雨停了，风和日丽。然后在白龙出没的水域多了一条黑龙，二龙一见，便厮杀在一处，直杀得天昏地暗。当地百姓恨透了小白龙，人们都聚集在江边，看二龙大战，看黑龙上来了，就扔馒头，看白龙上来，就扔石子，二龙鏖战了三天三夜，最后黑龙终于战胜了白龙，黑龙江也因此得名。

"山东属于孔孟之乡，崇尚孝顺，小黑龙每年到了夏季自己出生的这一天，总要从北到南来看望母亲，龙出没肯定是风雨交加。虽然是正在'过麦'的时节，人们特别不愿意有风雨，可是看到这一场秃尾巴老李带来的风雨却心中满是欢喜。"姑姑听了我讲的之后笑着说，这肯定是山东人编的故事，因为东北人大部分都是山东人，编造这些传说只是人民对美好生活的一种寄托和向往。

是呀，屈原是多么清高孤傲的一个人呀，因为他忧国忧民，不被统治阶级所认可，但是老百姓都知道他是一个好人。世人皆浊我独清，世人皆醉我独醒，他不愿意与世俗同流合污，宁愿死也不愿意向世俗妥协。他开创了一代文体——"骚体"，也称"楚辞体"，与《诗经》中的国风并列。后人有诗曰：李杜诗篇万口传，至今已觉不新鲜。江山代有才人出，各领风骚数百年。这里的"风"

指的就是《诗经》里面风雅颂的风，"骚"是指屈原的《离骚》。以一人之力开创一种文体，真的是前无古人，后无来者。

　　原来以为端午节的粽子只有一种，而且都是甜的，后来妻子在网上买了粽子，有大有小，有各种各样的味道，有咸的，还有肉馅儿的。原来以为只有南方人才吃粽子，现在才知道全国无论南北，也无论老少都喜欢吃粽子，就连我这个一开始对粽子没有好印象的人，现在也吃得津津有味了。原来不知道粽子为何物，现在也能经常吃到粽子，可见我们的生活变得好多了。

　　端午节来了，很多人都会互致节日的问候，特别是像我在网络上的朋友比较多，经常收到全国各地朋友的节日问候。大家一开始的问候语总是端午快乐，我都一一耐心地给大家回复。端午节应该祝福安康，不要祝福快乐了，因为这是为了纪念屈原才设立的节日。在伟大诗人逝去的这一天里，我们应该怀着沉痛的心情来纪念，而不需要轻松和快乐。

　　"节分端午自谁言，万古传闻为屈原。堪笑楚江空渺渺，不能洗得直臣冤。"屈原虽然已经走了很多年，但是他的高风亮节，他的宁折不弯，他的心忧天下，都是我们中华民族的传统美德，永远值得我们铭记。

健康和金钱哪个重要？

天气不再闷热潮湿，有点凉凉的，似乎秋天早早来到的感觉，可是天空依然是阴沉沉的，虽然不再闷热，也不像秋天那样令人神清气爽。整个人有点闷闷的，蔫蔫的，没有一点精神。没有精神的原因也不能全怪天气，这两天我的胃总是发胀，还总是嗳气，似乎胃里面成了一个大沼气池，总是往外冒气泡。心口窝疼得有点厉害，吃了点以前买的剩下的时间很长了快过期了的药，经过一晚上的休息，胃胀胃疼似乎好点了，但是整个胃依然不舒服。似乎胃还有点下沉，和妻子说了，妻子说，都是整天在电脑前坐着的原因。可是身体很是慵懒，根本就懒得活动，还有这么多的活没有干，想出去也不行呀。

人虽然坐在电脑前，心似乎并没有跟过来，无精打采，也没有心情干活，虽然从事的是脑力劳动，不需要太多的体力，但是需要耗费大量的精力和脑力。心静不下来，迟迟不愿意开始，于是在网上有一搭没一搭地浏览，看到这样一个问题："七〇后"马上奔五了，是金钱重要还是身体重要？懒懒地想了一会儿，也找不到合适的答案，于是把这个问题抛给了妻子。

妻子想也不想，干脆麻利地回答道："都重要。"这似乎并不是我想要的答案，于是不满地表示这回答等于没有回答。

妻子反而振振有词，辩驳道："我们这个年龄的人，现在孩子还小，快到了找工作结婚生子的时候。老人七十多岁了，身体说不行就不行，不一定什么时候就到医院。离了钱肯定不行，没有身体怎么办？"

妻子的辩驳令我哑口无言，闷闷不乐，轻轻地叹了一口气，痛苦地呻吟道："我说我怎么有这么大的压力呢。"

妻子轻巧地说道："你压力大什么呀？还有好多人不如你呢。"

想一想也是，无论什么时候，无论什么境地，人家骑马咱骑驴，后面还有步行的。永远是比上不足、比下有余，知足常乐。

我身体虽然不好，但是并没有住院。想一想在医院病床上躺着的人，在家里就是幸福的。想一想坐在轮椅上的人，能行走就是幸福的。幸福不在远处，幸福就在身边。幸福不在身外，幸福就在心里。岁月无情，心中有爱。

妻子去给我倒水了，别的药可以不吃，降压药一定不能忘。

记得刚结婚不久的时候，一个炸鸡排两块五毛钱，再买上两块钱煮熟的五香蜗牛，用牙签挖着蜗牛吃肉，一瓶啤酒也只要一块五毛钱，鸡排连鸡骨头都炸得金黄焦脆，带到住的地方有吃有喝，小日子就赛过了活神仙，特别知足，特别幸福。

时光虽然不能倒流，但心情应该还在，人处在好的时候，一定要想一想不好的时候，这时候幸福的感觉就能够翻倍。

给政府职能部门点个赞

聊城这几天的天气比较闷热潮湿，后果就是晚上一直休息不好。总是出汗，身上总是汗津津的，非常令人不舒服，昨天晚上去药店买了一点药，回来之后呢，就把药给吃了，再加上昨晚气温不算很高，休息得还可以。早晨醒来比以前感到有精神了，前几天醒来总是昏昏沉沉的，甚至浑身无力，两条腿特别沉重，不愿迈步。今天早晨醒来之后感觉有点神清气爽了，于是面对老婆提出的出去走一走的建议，我也就欣然同意了。

走在大街旁的小路上，脚步终于不再那么沉重。早晨的空气很好，还有着微微的凉风吹在身上，很是惬意，呼吸着清新的空气，心情也比较舒爽。举目望去，满眼的绿色，聊城市开发区黄河路的绿化丛中还有着紫荆花在开放，一树一树红色的花，紫色的花，白色的花，看着特别养眼。真的后悔，前儿天都没有出来散步了。

从小区出门向西走，走到大路口。聊城正在创建文明城市，现在已经是卫生城市、森林城市，真的应了那句话——城市让生活更加的美好。道路两边绿化得很好，在街角又新建了一些口袋公园。出门见绿，处处是景观，现在的聊城开发区真的太美了，满目的绿意，虽然是夏天了，依然处处花开，走在清晨的大路边的小路上，一阵阵晨风拂面，一声声鸟鸣悦耳，一阵阵花香沁脾，真的令人心旷神怡，特别舒心。

走到前两天拍照片的地方——春秋战国时候名人雕像旁边，发现雕像已经少了两个，我指出的那两个文字说明有问题的雕像，已经被搬走了，估计应该是重新设计去了。前两天发现这两个雕像的文字说明有问题，也不知道反映给谁，于是在微博上发布了这条建议：

"聊城开发区中华路和黄河路十字路口东北角的春秋战国名人雕塑，说明文字错误有点太多了，我也不知道把这个事情反映给谁，辛苦你们帮忙反馈下，让他们改正下吧，否则的话有点太不严肃认真了，很好的风景让外地人看到了笑话，显得咱聊城人太没有文化了。荀子介绍里面的'船能载舟也能覆舟'应该是'水能载舟也能覆舟'吧。"

一个热心的网友立即转发了我的这一条建议，并直接联系了聊城有关部门。现在政府职能部门的反应真的很快，短短几天的时间已经采取行动了。为职能部门点个赞吧。

认真一点，仔细一点，严肃一点，严谨一点，这个世界将会更美，我们的生活将会更好。回头想一想我们现在缺少什么，不缺吃不缺穿，衣食住行都已经满足，现在已经是小康社会了，但是我们现在好像还缺"认真"二字。我们的生活有时候之所以那么糟，就是因为我们太敷衍潦草。

我们现在过的日子是古人想都不敢想的日子，我们现在过的生活也是父母那一辈年轻时候根本不敢想的生活。有房有车，衣食无忧，住行不愁，就是这样美好的生活，可是我们依然过得特别浮躁，过得非常焦虑，总是感觉有那么多的不满意不如意。这是为什么呢？我有时候也总是在内心里问自己。

其实答案很简单，只是我们不愿意承认。人要学会知足，只有知足才能长乐。在清晨的微风中，在早晨的绿叶里，让心静一下，慢一下，生活才会更加美好。

喝喜酒品味的却是苦涩

原来的老朋友老同事的女儿结婚，朋友通知到了我，本来有事的我也想方设法推掉其他的事情，去喝这一杯喜酒。

原来我们那个时候结婚的时间大都集中在"五一"、"十一"和春节前，没想到现在正是炎热的夏季，也有那么多人结婚。到了酒店之后发觉小小的酒店就有两场结婚的庆典，而且两场庆典还都和鲁西化工集团有关。门口站着迎接宾客的两边都是穿鲁西化工集团工装的，这要是不仔细看的话，真的很容易搞错。曾经就有过这种笑话，有人去参加婚礼，在这边随了礼到那一边去吃饭，吃完之后才知道礼金随错了对象。

从 2003 年之后，我就离开了原来的单位鲁西化工集团，到现在已经快 20 年了，有很多人已经将近 20 年没有再见过面了。别管原来是熟悉的还是不熟悉的，只要看着面熟，见了面就感觉特别亲切。大家见面之后热情地招呼、握手，甚至还来个拥抱。

还没有上楼，在楼下就见到了原来车间的一个女同事，也是分别之后从来没有见过面，见到之后感觉特别亲切，双方也都特别惊喜。一般单位的男同事中间还可能隔三岔五地联系一次，女同事分别之后基本上就没有再联系了。有些人走着走着就散了，有些感情走着走着也就淡了。但是时光磨灭不了感情，再次见面依然特别激动。女同事见到我之后高兴地大喊："小扈，小扈，多少年没见了，你现在成大作家了，我经常看你的文章，我经常给你点赞。"

因为这些年一直蜗居在家中，几乎是大门不出，二门不迈，在网络上喊"老师"的人多，喊"大师"的人也有，现在连喊"老扈"的人都少了。猛地再次听到亲切地喊"小扈"的声音，还有点儿不适应了，激动地握握手，我也高兴地说："哪一个是你呀，我怎么不知道呀？"可是人太多，说着说着也就走散了，也没有加上对方的微信，也没有问出对方的网名。

上楼落座之后，在大厅里面看到更多熟悉的面孔，但是已经叫不出名字了。大家亲切地摇手，点头打招呼，彼此都知道这些都是原来老化工厂的同事，虽然叫不上名字了，温情依然在心头涌动。

我是 1996 年大学毕业，1997 年上的班，当时的那些工友，现在也已经两鬓斑白了。有一个原来风流倜傥的小伙子，现在单纯看面庞还比较年轻，但是头发白了一半多了。原来那个身材消瘦挺拔，留着黑色长发分头的小伙子，现在也已经身材发福，剃了光头。真是像词人说的那样：时光容易把人抛，红了樱桃，绿了芭蕉。原来都还是一个个的毛头小伙子，现在已经到了办孩子喜酒的时候了。难怪那首歌中唱道：岁月如飞刀，刀刀催人老。从青春年少、豆蔻年华、风华正茂似乎一下子就到了"最美不过夕阳红"的时刻。

人不如旧衣不如新，友谊是陈年老酒，历久弥香。这种场合见面应该把酒言欢。酒是很好的酒，菜是很好的菜，饭店也是很好的饭店。可是有些人因为身体的原因已经不敢喝酒了，还有的人已经离开了人世间。时光酝酿香甜，时光也酿造苦涩。本来喝的是喜酒，觥筹交错间，言谈话语中，却品味出了时光酿造的苦涩滋味。酒桌上不再聊怎么拼搏怎么奋斗，说得最多的话语竟然是快要退休了。想一想，真的是别有一番滋味在心头。

　　人都是有感情的，都喜欢怀旧，都喜欢怀念过去的一切。虽然我们需要往前看，但是偶尔怀念一下从前，能够见到过去的人，能够回味一下自己的青春，这种感觉也不错。

知心人至话投机

今天是 2021 年的 7 月 22 日，星期四，是二十四节气中的大暑节气，这已经是夏天最后一个节气了，炎热的苦夏似乎终于快走到尽头了，微凉的秋风已经在路上。再过十多天就到了立秋的日子，立秋之后中午还可能热，但再也不是这种闷热、湿热、酷热，而是一种让人心甘情愿地享受的热。

竹深树密虫鸣处，时有微凉不是风。夏日竹林里的清风多么令人怀念，竹林七贤的美名，也曾经让我神往。

雨落滴清响，风送荷花香。夏日池塘边的荷花亭亭玉立，出水芙蓉的清爽多么令人浮想。

蝉噪林愈静，鸟鸣山更幽。夏日的林中凉风习习，漫步林中，闻蝉鸣听鸟叫，一直是我夏天最想做的事情。

可是夏季又是那么令人惆怅。夏天的洪水吞没了多少生命？夏天的暴雨带来了多少灾难？人与自然，何时才能和谐相处？敬畏自然，珍惜生命。如何敬畏？怎么珍惜？值得我们每一个人深思。为了美好的生活，我们需要战天斗地，为了更好的生活，我们也需要敬畏自然。我理解的敬畏自然就是尊重大自然的规律。

人和自然和谐相处很难，人和人之间和谐相处更难，人和人何时才能和谐地相处呢？

大千世界，芸芸众生，人来人往，人潮人海中，哪一个才是我的知己？茫茫人海中苦苦地寻觅，寻觅了一个合意友，寻找一个知心人。合意友来情不厌，知心人至话投机。

有话的时候可以畅所欲言，无言的时候可以沉默，一个眼神，一个微笑，甚至什么都不做，读一本书，看一段报，听一首音乐。鸟儿在天空飞翔，鱼儿在水中嬉戏。井蛙不可语于海，夏虫不可语于冰。一个路口，一个拐角，都是人生的一个节点。相遇相识，相伴相知。同频了可以同行一段，不合了就在一个节点分开。没有必要强求，没有必要苛求，也没有必要挽留，该来的会来，该走的也会走。有缘千里来相会，无缘对面人陌路。

父母也好，亲人也好，同学也好，战友也好，每个人只是一段人生旅途中的同伴，有聚就有散。没有必要拳脚相见，恶语相残，缘来则聚，缘尽则散，你走你的阳关路，我走我的独木桥。人过留名，雁过留声。走一段路，洒一路的欢笑，再回首，云遮断归路！

所有的相遇都是曾经的继续，所有的错过都是命中的注定。在对的时间遇到对的人，成就一段佳话。在错误的地点遇到错误的人，就会狼狈一段时间。

绿树荫浓夏日长，楼台倒影入池塘。水晶帘动微风起，满架蔷薇一院香。夏日再美好也已经到了尾声。秋风也已经在路上，哪怕内心千疮百孔，也要让心静如止水。让我们静静地等待每一个美好的日子来临。

我不强求你，你也别苛求我。哪里有什么时光静好，无非就是你敬我一尺，我敬你一丈。两情若是久长时，又岂在朝朝暮暮。

天终于晴了

　　每一个清晨都如约而至，久违了的太阳高挂在了东方。以前的夏天看到太阳总是恐惧和害怕，这一次的太阳却让人感觉到那么亲切，那么欢喜。自从入伏以来，聊城几乎还没有见过真正的晴天，不是阴天就是下雨，要么就是半阴半晴的天气。阴天可以不用担心太阳的炎热，下雨可以带来些许的清凉，最难熬的就是半阴半晴的天气，又是潮湿又是闷热，身上总有一层薄薄的湿气挥之不去，这种黏黏糊糊的感觉真的令人不舒爽。这下好了，聊城终于晴天了。聊城位于山东的西部，冀鲁豫三省交界处。往南就是河南，往西往北就是河北。

　　这几天河南的暴雨牵动着每一个华夏儿女的心肠，一方有难，八方支援，暴雨无情，人间有爱，聊城消防支队也已经奔赴郑州。"河"你一起共渡"南"关，相信河南很快就会好起来，因为太阳出来了，天真的快要放晴了。

　　太阳出来了，楼下有三位老人沐浴在阳光中开心地聊天。

　　早晨吃什么饭呢？每天都为早餐发愁，今天早晨想吃碗面条，可是妻子不想吃面条，二者之间怎么协调呢？最后是老婆主动做出了让步，陪我一起吃面条，有妻贤如此，也应该知足了。

　　昨天下午写《玩彩人生》，写得很顺利，完成得很早，真的很高兴。人真的不能高兴得太早，写完之后按下提交按钮，静静地等待审核通过，可是以前很快就通过，昨天一直在审核中。最后来了通知，审核不通过。以前也有过审核不通过的时候，也就一两条、一两句话或者一两段话需要修改，昨天竟然40多条，通篇都是需要改。我彻底晕菜，怎么办？找一找我的责编："我今天的内容，怎么审核那么多内容不可以呀？今天五千多字就白写了，这些内容我感觉没有问题呀！"责编的回答很有意思："一切按照审核的标准来，不要你觉得，要审核觉得没问题啊。"我一看只能苦笑了。修改吧，辛辛苦苦写出的文字，不舍得删呀，竟然修改了五次，竟然连续四次被驳回，其中两次都是先审核通过，都能看了又被拒绝。真的体会了什么是好事多磨。本来以为很轻松的一下午，结果成了最累的一下午。

昨天的疲惫、忧伤和不如意，都已经成为了过去，今天的天终于晴了，相信一切都会好起来的。

款待年轻客人

　　大儿子高中毕业那一年，我邀请他在高中几个比较要好的同学到家里吃了顿饭。小伙子们都比较优秀，考的大学也不错，人生难得有几个好朋友，特别是高中的朋友，可能会成为一生的朋友。我原来高中的同学到现在还经常见面，经常聚会。走进社会再结交的朋友，虽然也很好，但是不如同学友情显得那么纯粹那么纯洁。后来我原计划每年都喊他这几个同学来家里吃顿饭，也和年轻人多交流交流，让自己的思想不再那么陈旧。可是这两年因为疫情防控的原因，去年的聚会没有成功，稍微有些遗憾。今年暑假放假之后，我就安排儿子再邀请这几个同学到家里来。原计划定的是上周的周日，让孩子们一起来家里吃顿饭，但是酒席好摆客难请，上周有个同学因为有事不能来，事情要尽量做得圆满，缺一个人就不好了。于是把时间推到了这周的周日，也就是今天。

　　虽然还是孩子，但已经 20 岁了，也已经是一个一个的小大人了，招待上面不能怠慢。孩子们来了吃什么喝什么，妻子装作有点犯愁的样子问我，我说："这个还不简单？整几个硬菜，拌两个凉菜，再炒上两个菜也就行了。"妻子做事很认真，昨天就买了排骨买了鸡，提前炖好了，今天热一热就可以，这算两个硬菜。

早餐桌上妻子和我商议做什么菜，我让她自己看着办吧。妻子说孩子们来了，买一袋骨肉相连炸一炸，再买一袋鸡米花炸一炸。凤翔食品的骨肉相连和鸡米花还是比较受大家欢迎的，只不过又要辛苦老婆了。我说孩子们正年轻都比较能吃，再买上几样熟食吧。

今天天气比较热，吃完早餐之后，妻子就着急忙慌地出去买菜了。我也劝妻子早去早回，因为在路上太热了，回来还要准备。

光有菜还不行，现在都是小男子汉了，还得准备酒。喝什么酒呢？妻子也替我犯愁。还好我现在家里有红酒也有白酒。随便孩子们怎么喝都行，只要别喝多别喝大就行。

多和年轻人接触，多和小伙子们沟通，让自己的思想跟上时代，也多了解了解年轻人现在都在想什么。都说有代沟，我不想让自己和这个时代脱节，也不想和年轻人之间形成代沟。多尊重年轻人，多了解年轻人，多和年轻人做朋友。希望每一个人到中年的时候都能有这样的思想。

梁任公在《少年中国说》中曾经这样说过：少年智则国智，少年富则国富，少年强则国强，少年独立则国独立，少年自由则国自由，少年进步则国进步，少年胜于欧洲则国胜于欧洲，少年雄于地球则国雄于地球。这些话激励了一代又一代年轻人。

不要小看年轻人，年轻人才是我们的未来。如果可行的话，我以后每年都和这些年轻人聚一聚，聊一聊，谈一谈。

闹心的事

　　夏天就是夏天，天气特别炎热，单单是白天热也就罢了，令人懊恼的是就连晚上也是特别闷热。最近身体又有点虚，总是大汗淋漓，深夜来临，冲个热水澡，躺在床上想着静静地享受夜色的清凉，躺着一动不动，按理说不应该再出汗了吧，可是开着风扇都阻止不了这个可恶的汗从额头、从鬓角、从腋窝里面冒出来，让我心烦。都说心静自然凉，可是闷热的夜里，心怎么也静不下来。我总怀疑都是出汗闹得我不能心安。可是汗液又不听话，不想让出来偏偏出来，真的令人特别闹心，久久不能睡去。

　　夜晚休息不好，白天也就没有精神，清晨醒来，按理说应该是精力充足、神采奕奕才对，可是清晨从梦中醒来，依然是昏昏沉沉，无精打采，整个人就像霜打的茄子那样蔫蔫的，一点精气神都没有，什么也不愿意想，什么也不愿意干。心中唯有祈愿，希望今天能够平平安安、平平淡淡，别再有什么闹心的事冒出来了。

　　可是生活常常会和你开玩笑，你想要的事不一定来，你不想要的事偏偏就来。早晨醒来因为没有精神，也就没有胃口，连早饭都不想吃了。可是老婆做好了早饭，一遍一遍地催促去吃早餐。似乎早晨不吃点什么，这一个上午就没办法开始，于是懒懒地坐到餐桌边，没滋没味地啃着老婆蒸的青玉米。玉米很嫩也很黏，这种小时候最爱的食物现在也已经是了无兴趣。两个儿子都走了，家里只剩下我和老婆，因为没有精神，也懒得开口说话，室内静悄悄的，静一静也好，这个时候真的不想被打扰。

一阵急促的电话铃声，打破了室内的宁静。这么早谁来的电话呀？我的心中还在疑惑呢，老婆拿过电话一看大声地说："快点接电话吧，你老爹来电话了。"

我听了心中猛地一惊，这么早老爹来电话，难道老家有什么事情？父亲和母亲两位老人夏天在老家居住，都说少年夫妻老来伴，两位老人相依相伴应该也很好，可是吵吵闹闹了一辈子，到老了两位老人依然口角不断。最近两年母亲身体不好，脑血栓虽然没有拴住她，但是原来勤快的母亲现在变得比较懒散了，也没有以前那么干净利索了，原来都是母亲照顾父亲，给父亲洗衣做饭，现在母亲虽然还能生活自理，但都是父亲在照顾母亲了。原来脾气暴躁的父亲，现在性格也改变了很多，脾气也小了很多。这么早打来电话，究竟是为了什么呢？妻子也知道我心中的焦急，马上接通电话点开免提键。自从手机有了免提功能，我就很少再把手机放在耳边打电话了，因为我的听力也不好。

电话接通后我立即着急地说道："怎么啦？有什么事儿啊？"

"娘的手机昨天晚上丢了，昨天晚上去看电影，回来之后手机没了，你快点儿再给她买一个吧。"电话里面传来父亲焦急的声音。

原来就是这点小事儿，我的心放松下来，我一边劝着父亲别着急，一边问道："打了吗？打一打看看电话在哪儿呀。"

"打了，关机了。"父亲说道。我一听不禁哑然失笑，就那种半头砖似的老年机，丢在大街上都没有人要，没想到被人捡到竟然还关机了。

我安慰父亲别着急，先让父亲带上母亲到镇上的营业厅去补一张手机卡，然后我再给买个手机送回去，还嘱咐父亲别忘了带上母亲的身份证。

妻子听到母亲手机丢了的消息，于是在手机上寻找老年机，想给老人从网上买一部手机快递到老家。上周六我们刚刚回了趟老家，两位老人都安好，现在没有必要再着急回去。我也同意老婆的想法，在网上买一部手机，快递到老家就可以。可是老婆在网上找了多部手机似乎都不很满意，好容易看到一个比较好的手机，结果里面的差评比较多，弄得老婆也没了主意。老婆抱怨似地说道："还是到店里给她买一个吧，最起码没有这么多差评。看不到差评也不闹心。"我一听老婆说得也有道理，于是点头同意老婆的说法。

老婆又牢骚似的抱怨道："这老头儿也真是，到镇上给老太太买一部手机就可以了，还得打电话给他儿子。这点小事不够令人闹心的。"

老父亲一生比较节俭，虽然现在手头也有两个钱，但是一花钱总是心疼，他的这种做法也可以理解。理解归理解，其实老婆说的话也有一定的道理，听了老婆的唠叨，心中稍微有些不愉快，我也没办法反驳。老人就是这样，还是多理解些吧。

"现在的人也真是，一个破手机捡到还给人家就可以了，还关机，真的是不可思议。"老婆还是有些愤愤不平，又抱怨捡手机的人。

"你看这一点出息！"老婆依然有些生气，愤愤地说道，"去村里喇叭上喊一喊，看看谁捡到了手机。"

"这点儿破事儿去喇叭上喊，别开玩笑了，不够丢人的。"

我笑着说道，"给她买一个送过去就完了。"

"你上午还得忙，那下午再说吧。"妻子说完转身出去，一边走一边说，"我去买点鲜面条，中午给你做焖面条吃，别再喝凉面了，肚子都不舒服。"

妻子走了，家里又剩下我自己和一个静悄悄的家。让心慢慢地静下来，写下了上面这些文字。生活就是这样，急不得，躁不得，着急上火，也不解决任何问题，只会让生活更复杂更焦虑。

也不是没有一点真事

　　六月的天娃娃的脸，说变就变，还真的就是这么回事。昨天还艳阳高照的聊城天空，今天早晨醒来竟然小雨淅沥。而且看了看手机上面的天气预报，聊城从今天开始这几天一直显示的都是阴雨天气，单纯的阴雨天气还真的无所谓，夏天阴天还能凉快一点，可是说明天有暴雨，未免有点令人心惊肉跳了。现在的暴雨不像以前了，以前的暴雨只是一阵急雨而已，现在的暴雨那是真的说暴就暴。不过这么多年来，聊城基本上一直还算风调雨顺，希望这一次的暴雨不要对"水城"有太大的伤害。其实聊城不怕雨，聊城就是江北的水城，水在城中，城在水中，城湖水相连，特别是聊城古城，更是一座漂在水上的千年古城，有着"东方威尼斯"的美名。济南是泉城，聊城是水城，水都是这两个城市的灵魂，正是因为有了水的滋润，这两个城市才人杰地灵、英才辈出。说得有点远了，再把话题拉回来吧。

　　短短的两天晴天，还没有和太阳相亲够，太阳又已经消失在了云层中。很多东西就是这样，失去了才知道珍惜，可惜已经晚了。常将有日思无日，莫待无时思有时。很多东西失去了也就失去了，再也找不回来了，就像母亲昨天丢的那一部手机一样。我昨天下午买了一部新的手机给老人送到了老家去，旧手机再找也没有必要了。

老家距离我的住处并不是很远，也就是25公里的距离。可是昨天下午热呀，特别是车在太阳下暴晒之后，方向盘都烫手，挡把子都有点不敢碰，座椅更是坐上去屁股疼。幸亏老婆提前把车开到了阴凉处，就是这样，进去之后依然是满头大汗，汗流浃背，打开空调暂时也降不下温来。为了老母亲，为了这一份孝心，遭受这点罪算不了什么。

到了御润财富城手机专卖店里，给老母亲买了一个最好的老年机。然后驱车往家赶，依然是田野风光非常怡人，特别是在空调车里看窗外，感觉不到外面的炎热，路边的花路边的树，田地里的庄稼特别养眼，也特别养神。在室内待久了，走进田野，走进大自然，身心真的可以放松。

手机丢了，手机卡也没了，到家之后才发觉老父亲还没有带老母亲去补卡，那干脆我开车带母亲去乡镇营业厅补卡吧。我以为快去快回也耽误不了多长时间，谁知道原来很好走的乡镇公路烂了，现在从老家到沙镇那一段那么难走。路太难走了，老婆抱怨道："打12345，问一问，这一段道路为什么这么难走？难道就没有人管了吗？"我想了一想，多一事不如少一事，我又不经常走，还是算了吧。

我以为路上难走，到了沙镇就好了，没想到移动公司的乡镇营业厅那么繁忙。一共两个窗口办业务，柜台前排了两排很长的队伍。没有办法只能耐心等待，可是等待的过程真的让人心焦。等啊等，等啊等，终于轮到我们办理业务。补一张手机卡其实是很简单的一个业务，却被营业员告知要收10元钱的补卡费。这我就奇怪了，以前补卡从来没听说过要收补卡费呀。

营业员解释道，现在手机卡分星级，三星级以上的手机卡可以不交补卡费，其他的低于三星级的手机卡补卡都收费。

有点无奈，也有点不情愿，但是没有办法，到了人家的一亩三分地，为了快点把业务办完，因为我还要往回赶，于是就交了10元钱的补卡费。还好的是很快就办完了，业务办得很快，就是等待的时间太长了。时间就是金钱，时间就是生命，什么时候能够缩短等待的时间呢？下一步这一块应该完善了。

10元钱的补卡费钱是不多，但是想一想总让人有点生气，以前从来没有听说过到移动公司的营业厅补卡还要收费。于是拨打了一个移动客服电话咨询一下，为什么同样都是移动公司的客户，还要把客户分三六九等呢，就不能公平一点、公道一点，心中越想越来气，干脆把咨询电话打成了投诉电话。

昨天下午打的投诉电话，今天上午移动公司客服人员就回电话了，解释完收费的理由之后，说把10块钱的补卡费给转成话费，这样解决还差不多。这么大的公司不能总是让老百姓吃亏。事情不大解决得也很顺利，但是为什么非得要争取之后才能解决呢？

社会风气的转变需要一点一点地改变，只要我们每个人都付出一点努力，相信我们的生活会越来越好，我们的生命会越来越美。这个世界虽然还不算特别完美，但也不是一点真善没有。我现在就在想，我是不是需要拨打一个政府热线，反映一下于沙道的问题了。别想了，立马干吧，拿起电话来，多打一个电话也用不了多长的时间。

每个人都努力一点，相信我们的生活会更加的美好，电话打完了，耐心地等待回复。

等待着一点什么

　　昨天晚上有一阵阵的凉风，所以天气不算特别闷热，感觉休息得还可以，但是今天早晨醒来依然是无精打采。特别是吃完早餐之后，更是神疲力乏，都有点儿想休息的意思了。为什么会这样呢？老婆给了我一个答案，因为外面阴天的关系。和阴天有关系吗？也许有也许没有。也许是已经习惯了，每晚的休息不好，休息好了反而有点不适应了吧。

　　习惯成自然，恶习一旦形成，真的很难改变。很多事情需要顺其自然，很多时候就怕坏的习惯也成了自然，一旦形成了习惯，很多事情就会熟视无睹，很多风景就会再好也看不到了。生活好不好不在生活，在于感受生活的这一颗心灵，好生活就是好心态，没有好的心态，在宫殿里照样哭，有了好的心态，茅草房里照样欢笑。你是想哭还是想笑，不在环境而在你自身。

　　可是疲惫又是为了什么呢？疲惫也许是因为身体不够健康。最近身体总是亚健康，我们不单单需要调整心态，也要保持好身体的健康，有了身体的康健，灵魂才会安逸。在病痛的折磨下，再好的心态也会急躁。可是浮躁、焦虑、寂寞、空虚不能解决任何问题，只会让心情更加地糟糕。分析来分析去病根还是没有找到，但是心情却好了很多。咱们的目的就是让心情好一点，找到找不到病根并不重要。

第6号台风"烟花"即将影响山东，这一个消息已经刷屏。无论是电脑还是手机，无论是微信还是微博，甚至今日头条里面全部是这样的一则消息。第一次看到新鲜，第二次看到淡然，第三次看到这样的消息就已经漠然了。政府主管部门是真的重视这一则消息，昨天就给校外辅导机构下了通知，今天所有的辅导班全部停课了。辅导班不用去了，孩子就在家里。小儿子早晨起来就大声地嚷嚷："说好的暴雨呢，怎么没下呢？"

"暴雨要到晚上才能影响聊城，现在还在路上。"妈妈回答了他的问题。

"到晚上才影响聊城，那今天白天停什么课呀？"臭小子对停课还表示不满意，也不知道他真想上辅导班，还是在故弄玄虚。

大家都有了充分的思想准备，都在等待着台风的到来，都在等待着暴雨的来临。一边是担心暴雨到来，又一边在期待暴雨尽快来到，这种矛盾的心理真的很难平衡。生年不满百，长怀千岁忧。想那么多干什么呢？既当不了吃又当不了喝。人最大的痛苦就是想得太多，想多了，真的没有什么用，只会让自己心中不安而已。人不能没有思想，也不能停止思考，但是人类一思考上帝就会发笑。上帝笑什么呢？世人笑我太痴癫，我笑世人看不穿。

看不穿就看不穿吧，看明白了，看透了，活着也就没有意思了。

既然暴雨还没有来到，那就耐心等待吧，反正人生一直总在等待着点什么。

听雨声滴答

期待已久的这一场雨，这一次真的没有爽约，说来就来说下就下了。还好的是雨下得不算特别大。从昨天晚上开始，雨就如诗如烟、如幻如梦地漂泊，夜深人静的时候，雨声更是清晰。夜深了，躺在床上迟迟不能入睡，窗外的雨声是那么凄凉，又是那么清晰，听的时间长了也感到了雨的孤寂。好久没有这样静静地听雨声滴答了，也好久好久没有和雨形成共鸣了。雨点儿不算密集，既没有狂风，也不是暴雨，就这么点点滴滴，不急不躁，不徐不缓，雨下得非常有耐心，也下得非常认真。

本以为听着这寂寥的雨声就能够慢慢地睡去，可是越听越精神，越听越没有睡意。没有了炎热的侵袭，没有了酷暑的折磨，按理说应该可以好好地睡一觉呀，为什么总是辗转反侧难以入眠呢？我就想呀想，可是怎么也想不明白，有些事情就是不以人的意志为转移，就像睡眠，就是不听大脑的指挥，越是想睡头脑越是清醒。那就让思绪飞扬吧，既然不能入眠，也不能虚度这美好的夜晚时光呀。

江南雨季，小雨也应该是这样的淅淅沥沥，雨水清洗了天空，让青山更青，绿水更绿，江南烟雨中，红墙碧瓦的寺庙里面又有多少经声佛号在响起，响在这寂寥的夜里，苦海中的迷梦人是不是停下了匆忙的脚步？迷途知返，浪子回头金不换，是时候停下自己的脚步，回头看一看走过的岁月，前途烟雨朦胧，路不一定就在前方，路也不一定就在脚下。唯有保持一颗宁静的心才不会迷路，唯有保持一颗冷静的心，才会迷途知返吧。

那悠长悠长的雨巷，我愿意逢着一个，撑着油纸伞，结着丁香一样怨愁的姑娘。这应该是戴望舒的雨巷，雨是从什么时候开始和忧愁成了伴侣？想起了雨就想起了忧郁，想起了惆怅。雨中又能消解多少心事？又有多少的忧伤和惆怅，不愿意碰见阳光。所以我们宁愿把心结在雨夜中打开，而特别不愿意把伤口在太阳下暴晒。一路走来，每个人有每个人的经历，每个人有每个人的心结。我心深深处，中有千千结！心病还需心药医，谁能把心结打开。也许只有这淅淅沥沥的雨声才能够让心中享受宁静。那一个丁香一样结着怨愁的姑娘，是不是已经找到了她的情郎？

少年听雨歌楼上，红烛昏罗帐。壮年听雨客舟中，江阔云低，断雁叫西风。而今听雨僧庐下，鬓已星星也。悲欢离合总无情，一任阶前点滴到天明。

这一首蒋捷的《听雨》在年少的时候我就特别迷恋。也不知道小时候为什么有那么多的多愁善感，也许是为了假装深沉，也许是为了冒充诗人。还是辛弃疾说得好，"少年不识愁滋味，为赋新词强说愁！"其实少年的愁真的不是愁，只不过是无病呻吟罢了。少年朝气蓬勃春风得意，谁有心情听雨声呀？人到中年，上有老下有小，身体还不算很好。估计雨声也不是那么入耳、入心吧。东奔西走的客舟中，有没有断雁叫西风？秋天的雨才有西风。"秋风秋雨愁煞人"，是鉴湖女侠秋瑾的诗句吧。而我却在夏季的深夜中听雨声。一阵冷风袭来，吹到脸上不是凉而是冷了。也许夏季的雨中也有秋风吧。

"雨送黄昏花易落"，这是李清照的词吧，想一想一代才女伤春悲秋，也是人间很正常的感情。这淅淅沥沥的雨声中，路边的花是不是凋谢了呢？也许鲜花被雨水滋润，更艳丽了吧。鸣蝉已经停止了浮躁的鸣叫，花朵树叶之下是不是也会淋雨呀，有没有感觉到雨中的清冷？还有那些奏乐的小虫，现在都躲到哪里去了？

雨还在下，下得那么仔细，下得那么认真。夜太深了，我也应该入眠才好。睡吧，睡吧，花儿睡了，树儿睡了，小鸟睡了，知了睡了，连夜色都已经沉沉地睡去了，只有雨还在勤劳地奔波，还在轻轻地奏乐。就把这温柔的原因当成是催眠了吧。

小时候最喜欢夏天下雨了，因为下雨之后就不用去学校上学了。那时候也不知道为什么，也许是约定俗成吧，一到下雨的这一天，大家都不去上学了。不去上学就可以在家里玩儿了。夏天玩水可是小孩子们的最爱呀。这样看还是农村好，不知道现在农村的孩子下雨的时候还用不用去上学，反正城里的孩子基本上都是风雨无阻的。

不能再想了，睡吧。迷迷糊糊中，在淅淅沥沥的雨声中渐渐入眠了。

天气不热，难得的一个清凉的夜晚，应该可以多睡一会儿吧。在淅淅沥沥的雨声中醒来看了一眼表，非但没有多睡，比平常醒得还早了。窗外依然雨声滴答，这雨也太勤奋了吧，难道一夜都在下吗？脑海中又浮现出了苏轼的词句，要论人生最潇洒，世间没有超过东坡先生的吧。

莫听穿林打叶声，何妨吟啸且徐行。竹杖芒鞋轻胜马，谁怕？一蓑烟雨任平生。

料峭春风吹酒醒，微冷，山头斜照却相迎。回首向来萧瑟处，归去，也无风雨也无晴。

听雨声还是不大，应该不会造成灾害吧。聊城没有什么留恋的，能走就快点走吧，别再让人胆战心惊了。

随便聊聊

单纯的数字太无聊，纯粹的号码太枯燥，所以总想和朋友们聊一聊，随便聊一聊，聊的内容不一定多深奥，哪怕只是开一个小小的玩笑。可有时候总感觉不知道聊什么，时光太安静，没有什么波折，日子太平淡，也没有什么波澜。再转念想一想，其实这不就是我们想要的吗？我们不就是想要时光安然，岁月静好吗？

这一场大雨已经成为了过去，今天早晨醒来，太阳已经露出了微微的笑脸，那湖里的水，那湖边的树，那湛蓝的天空，一切都显得是那么清新，那么新鲜。这一场大雨下得比较平稳，虽然下的时间比较长，但是因为下得慢，路边也好，田间也罢，都没有形成大面积的积水，并没有给聊城造成灾难，如果这几天再没有什么大的变化，聊城今年又算风调雨顺的一年。家乡能够风调雨顺，这也是我们最大的期盼了吧。

生活是什么？生活就是一日三餐，能够吃得香，也能够睡得好。可是最让我们为难的也就是一日三餐吃什么。今天早晨起来，老婆给两个儿子烙的小饼，一人沏了一杯奶茶。两个人吃饱喝足高高兴兴地走了，大儿子去辅导班当助教，小儿子到辅导班去学习。不图大儿子能赚多少钱，主要是为了锻炼，也不图小儿子到辅导班学习能提高多少，主要是可以不在家里让我和老婆心烦。两个儿子还算比较优秀，比较让人省心。虽然也有不开心不高兴的时候，也有吵吵闹闹的时候，但是看到现在两个大小伙子，心中也是特别欣慰和高兴。

我走到书房，打开电脑坐在了电脑前，两个儿子走了，老婆也跟着我到了书房。我笑着说道："把两个儿子打发走了，你又清静了。"

"都打发走了，走了以后家里清静。"老婆也开心地笑着说道，"他俩走了，你想吃点什么呀？给你下碗面条吃行吗？"

"别光问我吃什么呀，你想吃点什么呀？"我也不知道吃什么饭，于是笑着问老婆。

"我随便吃点什么就行，有他俩剩下的小饼就够我吃了。你喜欢吃面条，给你下碗面条吃吧。"老婆从来不把自己当回事儿。

"也行呀，随便做点什么吃就行了。"其实我也不知道早餐吃什么，老婆做什么我就吃什么吧，好在老婆总是做我喜欢吃的。

一碗面条一个荷包蛋，浇上了前两天的排骨汤，里面还放了一段鸡脖子。老婆更是在煮面时放了一点儿菜叶进去。真的是色香味俱全的一碗面了。能吃上这样的早餐，也真的心满意足了。

"小时候最不愿意吃面条了，一看母亲做面条，我就生气，有时候我气得连饭都不吃了。"老婆看我吃得很香，于是笑着再一次告诉我自己不愿意吃面条的事情。

"你不喜欢吃面条，却找了一个最喜欢吃面条的老公。还得为老公做面条，真的难为你了。为什么不愿意吃面条呢？"我一边吃一边笑着问道。

"谁知道呢，我也不知道什么原因，就是不喜欢吃面条，也许是因为不愿意喝咸汤的缘故吧。喝咸汤容易得高血压，你以后也应该注意呀。"老婆总算给自己勉强找到了一个理由，还不忘嘱咐我也要注意身体。

是呀，我的血压一直很高，降压药就吃了 10 多年了。高血压这个病虽然不要命，但最怕血压忽高忽低，所以也不敢停药，高血压不可怕，可怕的是高血压的并发症，不是脑梗就是心梗。老婆说的话真的有道理，我以后也要注意尽量不能喝咸汤了。也是奇怪了，我从小到大都喜欢喝咸汤。也许这就是我患高血压病的原因吧。

不希望生活有太多的波折，有太大的波澜，岁月静好，时光安然，这就是我们的心愿。平平淡淡，从从容容就好。可是事物的发展变化都不以我们的意志为转移，这不电话铃声又响了，我叔叔家的弟弟打来电话，说他今天心情不好，中午要过来喝二两。我对酒真的没有什么爱好，但是也不能拒绝来者呀。

诗酒趁年华

生活中有很多东西值得铭记，生活中又不是每天都有可以成文的东西。绝大部分的时间都是平淡无奇，按部就班做着该做的事情，等待着该来的到来。生活中有很多东西，不以人的意志为转移，有很多东西真的没办法改变，因为一个人的智力和能力能改变的太少了。面对这种情况怎么办呢？好久没有说这一句话了，就是改变能改变的，接受不能改变的。面对生活中那些不能改变的东西，我们顺其自然就可以了。

有很多的道理，不用说也都明白，有很多的道理自己也会说，可是深陷泥潭的时候挣扎真的作用不大，反而不如一动不动。兵来将挡，水来土掩，以不变应万变，任随身边云卷云舒、花开花谢！春风吹来的时候，不想让花开都不可以，秋风送凉的时候，一片叶子必会离开树梢，你挡也挡不住。既然无力回天，那我们就尽人事、知天命，谋事在人、成事在天。有时候等待反而是最好的选择。

欲将心事付瑶琴，琴弦断了，心事还有谁来听，别有幽愁暗恨生，此时无声胜有声。沉默有时候是一种最好的选择，因为语言总是那么苍白，文字总是那么无力，言多必失，不如闭上滔滔不绝的嘴巴。不在沉默中爆发，就在沉默中死亡，爆发了又怎样呢？只不过是加速了死亡的来临，躲进小楼成一统，管他春夏与秋冬。

唯有牺牲多壮志，敢教日月换新天。苍茫云海间，月，还是那一轮千年的月，天，还是那一个苍茫的天！峰回路转，涛声依旧，弹指一挥间，往事越千年。年年岁岁花相似，岁岁年年人不同。问君能有几多愁？恰似一江春水向东流！滴不尽相思血泪抛红豆，开不完春柳春花满画楼。雪一更，雨一更，人生路漫漫，究竟要往何处行？万丈红尘三杯酒，忙里偷闲喝杯酒去。千秋大业一壶茶，苦中作乐饮一杯茶。有酒喝的时候就去做一个快乐的神仙，没有酒喝的时候可以参禅悟道，做一个人间智者。

流光容易把人抛，红了樱桃，绿了芭蕉，流年似水里往事如烟，红尘滚滚中前尘若梦。忍把浮名换了低吟浅唱。休对故人思故国，且将新火试新茶。诗酒趁年华！

三个香瓜

我做事的时候喜欢心无旁骛，聚精会神，最害怕正在聚精会神地做一件事情的时候，却突然被打扰，既干扰思路，又影响心情。周日的上午，老婆出去买菜了，小儿子因为前两天下雨耽误了去辅导班，今天虽然是周日，依然上辅导班去了，剩下我一个人独自在书房。书房里静悄悄的，我已经全副身心沉浸到自己的境界里了。就在我前思后想左右为难的时候，书桌上的手机声突然猛烈地响起，把我又拉回了现实的世界里。

原来老婆拿了另一个手机去超市买菜，把自己的手机放在书房桌上了，响铃的正是老婆的手机。我拿过手机来一看，手机现在真的很智能，上面显示着快递送餐的电话。我接通了手机电话，一个男子比较急躁的声音从手机里传来："你好，我是××快递，有你的一个快递。你这是买的什么呀？箱子都漏水了，是不是买的水果呀？"

因为东西不是我买的，我不知道老婆又网购了什么东西，既然说漏水了，应该是水果吧。现在除了那两个大的快递公司，一般小公司都不把包裹送到家门口了。于是我问他："你现在在哪里呀？"

"我现在在大门口东边的××快递公司这里。你这一个包裹怎么办呀？"对方的语气依然比较焦急。

现在小区的包裹一般都送到小区门口的一家快递公司暂存，但是我家离小区大门口还比较远，再走过去肯定耽误不少时间，我不想走到大门口然后走回来浪费时间，于是我试探性地问道："你能把车开到我家楼下吗？我看看怎么回事。"

"好吧，我这就过去，你下楼吧。"看来这一单生意耽误了对方不少时间，语气还是比较冲，比较着急。

我也比较懊恼，好好的思路被打断了，我恋恋不舍地看了一眼电脑的桌面，拿着手机下楼去。一边下楼一边生老婆的气，这又是买的什么东西呀？怎么什么东西都在网上买呢？下楼之后快递员还没有到，于是我生气地拨通了老婆拿着的另一个电话。老婆并没有接，而是给我回了过来。电话接通之后我气冲冲地对老婆说："你这又买的什么东西呀？快递员打电话来说箱子都漏水了。"

老婆听出了我的语气焦急并没有生气，反而温柔地说："我买了几个香瓜，到了吗？"

说话的工夫快递员也到了，打开车门一看的确是一箱香瓜，里面放着两小一大三个香瓜，最大的那一个被挤烂了。我于是继续生气地对老婆说："下一次别在网上买水果了，什么都在网上买。"

"坏了没事儿，你先收下吧，到时候我拍个照片给卖家就可以了。"老婆在电话里面说。

快递员问我："怎么办？"

我说："可以拒收吗？"

快递员说："拒收可以，但你得和卖家联系好，这是水果，再寄回去坏得更多。一般坏了的都是让卖家再重新给寄。卖家也不会让你拒收。"

"我要不拒收的话，卖家到时候不承认怎么办呀？"我担心地说道。

"没事儿，你先收了就行。"老婆在电话里又说。

那我就先收了吧，为了保险起见，我当着快递员的面拍了两张照片。我扛着箱子上楼，心中还在生气。不一会儿老婆回来了，看着箱子里面摔坏的香瓜联系卖家。

看到老婆回来了，我对老婆说："香瓜是咱们聊城的最好，聊城的香瓜最出名，你却跑到网上去买。"

老婆笑着说道："这是陕西的香瓜，这个香瓜是挤烂了，不是烂了！"

我奇怪地问道："挤烂的不是烂？"

老婆一听我的反问口气不对，知道自己说错了，笑了起来，说道："挤烂的不是坏！"

联系完卖家之后，老婆把香瓜拿到厨房洗了洗，切了一块给我送了过来，我尝了一尝还挺甜。现在的卖家还真的挺好，很讲信用，一会儿工夫就退回来 15 元钱。老婆拿着退钱的页面，举着手机让我看。

我只能苦笑了。

我在乎的不是这一个香瓜是好还是坏，也不是在意这一点钱，而是非常上火这一个香瓜干扰了我的思路，浪费了我的时间。

生活不可能总是一直平淡，总会偶尔有一点小小的波澜。有波纹的水面反而更美，有插曲的日子反而更甜。

虫眼儿和语言

总讲大道理，朋友们也烦，总是家长里短，有些朋友也比较反感，真的是一人难称百人心。萝卜青菜各有所爱，众口难调呀，更何况巧妇难为无米之炊。既然众口难调，我还是坚持做我自己吧。每个人有每个人的风格，每个人有每个人的特点，没有必要委屈自己迎合他人，因为你的迎合并不一定让人满意，反而让更多的人感到反感。我不苛求大家都喜欢我，我也知道，无论我做得再苦再累再好，总是会有人讨厌。哪人背后无人说，哪人背后不说人，当面指出你的错误的人才是你的诤友，背后说人坏话的人乃是真的小人。当面教子，背后说妻。每个人都有尊严，每个人都要脸面，揭人不揭短，打人不打脸，说话留三分，日后好相见。

良药苦口利于病，忠言逆耳利于行。道理很浅显，大家也都能心知肚明，可是是否反过来想一想。良药并不一定非要苦口，忠言也不一定非要逆耳。良言一句三冬暖，恶语伤人六月寒。语言是有温度的，有些话让人不寒而栗，有些话让人听了特别舒坦。语言也是有分量的，有的人一言九鼎，有的人满嘴跑火车。语言的力量能够创造历史。苏秦张仪游说诸国，苏秦身负六国相印，合纵抗秦，有时候语言能顶百万雄兵。

杀人不一定非用利刃，柔软的舌头也能。人中吕布，马中赤兔，吕温侯胯赤兔马擎卜字戟，那真是一表人才，连曹操都舍不得杀。刘备在曹操耳边轻轻地一句："君不见董卓、丁建阳乎。"于是吕布人头落地。语言可以杀人，也可以救人。苏东坡因为乌台诗案身陷囹圄，宋神宗对苏东坡是杀是留犹豫不决。这时候王安石说了一句话："安有盛世而杀才士乎？"就这样轻轻的一句话，苏东坡得以摆脱牢笼。

文字苍白，语言无力，人微言轻，还是少说为佳，若能保持沉默，尽量保持沉默，这样就不会被人耻笑了。林黛玉进贾府，时时在意，处处小心，不肯多走一步路，不肯多说一句话，就是因为怕被人耻笑。一个小女子尚且如此，更何况我们须眉男儿呢。

那位朋友会问了：语言和虫眼儿有什么关系呀？那就再说一说虫眼儿吧。无论是蔬菜还是水果，人爱吃的东西，虫子也爱。而且虫子往往会捷足先登，人还没吃，它先尝一口。被虫子吃过的蔬菜或者是水果，就有了虫眼儿。你对这个虫眼儿有什么看法？是喜欢还是厌恶？

有些人进市场买菜，专挑有虫咬的蔬菜买，他认为这样的蔬菜绿色无农药。

有些人去买水果，专挑表面光滑的、没有被虫子咬过的水果买，他认为虫子吃过的东西人就不能再吃了。

你属于哪一类人呢？有些人告诉你有虫眼儿的蔬菜好，有些人告诉你没有被虫子咬过的才好。你又会听谁的呢？

我也是平凡的人，普通的人。有时候我也左右为难，有时候我也矛盾重重，有时候我也不知道该说不该说。但是我知道：有些话该说，有些话不该说；有些事能做，有些事不能做。

有些话说了就像水果被虫子咬了，有些话不说也不能欲盖弥彰。天地之间有杆秤，那秤砣就是老百姓，虽然说群众的眼睛是雪亮的，但老百姓也不是万能，因为人类有一个最大的特点，就是喜欢从众，别人怎么做自己也怎么做。

举世皆浊我独清，众人皆醉我独醒。汨罗江畔只有一个孤独的身影。

好友小聚把酒言欢

别看同在一座城市，有时候好友见面并不容易，不是你有事就是他没空，预约了多次的同学聚会，一直没有能够实现。我们四个大学同学又是好朋友，虽然同在一个城市，又有半年多没有聚在一起了。好不容易都有时间了，终于约定了，在周一的晚上一块坐坐。

有一个亲戚的装饰公司，在聊城香江市场开业好多天了，一直说要过去看看，都没有抽出时间。昨天下午稍微有点空闲的时间，决定过去看一看。怎么去呢？我和妻子商议了一下，决定还是不开车去了，第一香江市场停车位特别紧张，不好停车，再就是昨天天气特别好，车在太阳底下暴晒了一上午加上中午，车内肯定特别热。不开车去了就坐公共汽车去吧，也好久没有坐公交车了。

昨天下午，聊城的天特别的晴，天空一片湛蓝，朵朵白云变换着自己的形状，装饰着蓝蓝的天空。好长好长时间没有看到聊城有这样的艳阳天了，没有了乌云的阻挡，太阳赤裸裸地照在头顶，照在身上，可是并不感觉到特别热，因为有真正的凉风吹拂，走在洒满阳光的人行道上，真的有一种秋高气爽的感觉，这样的天空真的有点不像聊城的天空，而像草原或者是高原的天空了。

蓝天，白云，绿树，红花，在树荫下仰望天空，天高云淡，心旷神怡。天空的白云那魔幻般的姿态吸引了我，不时掏出手机来拍照。从小区到公交车站还有一段距离，一边走一边拍照，并没有感觉到多么枯燥。在公交站等了一会儿，公交车来了，戴上口罩上车，车里的空调开得很足，因为是始发站，车上的人也不多，坐公交车也能这般的惬意，让我的心情大好。

聊城是国家森林城市，特别是聊城开发区的绿化真的特别好，隔着车窗往外面看，满目的青翠，满眼的绿色，公交车的车窗玻璃擦得特别干净，真的可以用一尘不染来形容。车到原来聊城的转盘，我受不了窗外景色的诱惑，于是拿出手机来拍一段聊城的风光，发给大家一起欣赏。

就在我拍得非常高兴的时候，手机微信里面传来一条消息，我同学发来的，原来是订好了今天晚上聚会的饭店。因为正在录像，没办法仔细地看消息，但是看到消息之后我心中猛的一惊。坏了坏了，我怎么把晚上一块吃饭的事情给忘了。如果晚上出去吃饭，就没办法更新我的作品《玩彩人生》了。可是番茄小说规定每天更新4000字以上才可以算全勤。上个月就没有拿到全勤奖，这一个月不想再错过了。可是现在已经出来了怎么办呢？总不能半途而返吧？

另一个手机上另一位同学也把吃饭的消息发了过来。老婆拿着手机让我看，我一边录像一边看，看完之后小声地对老婆说："咱们到那儿待一会儿就得回来，否则的话没办法更新我的作品了。"

当时签约这个作品的时候，我是兴奋异常，老婆却比较漠然，我问他为什么不为我高兴，她说："高兴什么呀，累死你个憨熊拉倒！我为你犯愁还差不多，还高兴？"因为7月份签的约，上个月整整一个月我都在写，几乎一个月的下午没怎么出门，这一次好容易陪着老婆出门一次，又要着急回去。老婆虽然嘴上没说，但是心里肯定很不如意。

生活中总是有着这样的两难境地，鱼与熊掌不可兼得，舍鱼而取熊掌吧，已经走了这么远的距离，还是去看一看吧，最好鱼与熊掌能兼得。

回来的时候继续在站点等公交车，越着急回去公交车却越是迟迟不来，公交车越是不来，内心越是焦急，再好的景色也没有心情欣赏了，等了快20分钟才来了一辆公交车。紧赶慢赶到家都已经下午5点30多分了。我坐在电脑前正准备更新我的作品，同学打来电话催我快点过去。我说得晚去一会儿，让他们先开始吧，同学说那不行，必须等我到了才能开始。

那么长时间没有见面了，真的想尽快地和他们坐在一起。顾此总会失彼，从我家到饭店距离比较远，怎么也要半小时的时间。忙完手头的工作快到晚上7点了。老同学好久不见，见面不喝点酒是不行的。为了能喝点酒又不能开车去，为了尽快赶到，我决定打车过去，便叫了一辆快车。因为黄昏一直不出门，没想到这个时候属于晚交通的高峰期，路上还堵车。在路上同学又打来电话，总算在晚上7点30分赶到了饭店。

老友相见，把酒言欢。同学点了一盆黄河大鲤鱼，是我的最爱，又拿来了茅台王子酒，虽然我酒量不行，对白酒没有什么爱好，但是放了这么多年的茅台王子酒，我也喝了两小杯。边喝边聊天，谈天说地，聊一聊现在的生活，回顾一下我们的过去……老同学相见永远有聊不完的话题，时间过得真快，不知不觉到了晚上10点了。天下没有不散的筵席，都快到了知天命的年纪，不能再任性了。

怎么回家呢？从来没有扫过路边的单车，我也试着扫了一辆单车骑着回家。骑了半个小时的时间，收费 4 元钱，价格真的不算贵，去的时候我打车花了 20 元，回来的时候省了 16 元钱，心里特别高兴。在晚风中骑行，心中也特别惬意。

同学之间的友情最纯洁，没有什么名和利，也不掺杂其他太多的东西。珍惜友情，珍惜友谊吧！

假期怎么过

老婆昨天的预言成真，昨天下午放学的时候，培训班的老师在辅导班培训群里面下了通知，聊城暂停了所有的假期课外辅导班。今天开始所有的孩子都在家里，不再去辅导班上课了，这才是真正的假期的开始。神兽们在家里受到电脑、手机游戏等各种诱惑，每个有孩子的家里又开始了乌烟瘴气的生活。

时代的发展，科技的进步，现在手机和电脑已经成了每个家庭里面的标配。面对手机和电脑的诱惑，也真的不能全怪孩子，别说孩子了，让大人把手机放下，难度也是特别大。其实不仅仅是现在的孩子，每一个年代的孩子都有自己的烦恼，只不过是大人管还是不管的问题。不管的话就是相安无事，管的话就是鸡飞狗跳。

学习固然特别重要，可是课本知识真的很枯燥。有些东西看一看就可以，但是背下来最好，难就难在这一个"背下来"。数理化的公式定理背下来还不算完，还需要灵活地运用。无论是学习还是工作，都是熟练才能生巧，要想熟练你必须千遍百遍，枯燥乏味的东西重复三遍，都已经很难了，更别说百遍千遍了。

想起了我小的时候，那时候有文字的纸片都很难寻找，小时候特别热爱读书，可是书真的很少，有时候想找也找不到。找不到好的书，到处寻找有文字的纸张，甚至一本农业科技类的杂志，也能看得津津有味。有文字的内容太少，上中学的时候还买了一部收音机，名义上是用来学英语，实际上是用来听文章。那个时候学习的大敌就是课外书，男看金庸，女看琼瑶。农村的家长一般不管孩子看什么书，只要看到孩子看书就高兴。城市里的家长就知道监督督促孩子学习了，不让孩子看课外书了。哪里有压迫哪里就有反抗，上有政策下有对策，有些孩子打着手电筒躲在被窝里通宵看武侠小说。

到了大儿子那个年代，电视机已经成了每个家庭里面必须有的家电，有了电视机，虽然课外书还有一席之地，但是魔力就赶不上电视剧了。这个时候耽误孩子学习的不是课外书而是电视了，小孩子们看电视尤其是看动画片特别上瘾，为了看电视也学会了和家长斗智斗勇。那个时候无论是孩子学习成绩下降还是眼睛近视了，罪过都归功于电视机了。

自从有了智能手机，智能手机的是非功过自有后人评说，但是对孩子的影响却是巨大的。

辅导班停了，孩子还不能到处乱跑，只能待在家里。因为没有了辅导班，因为又不能出去乱转，这一个暑假将会特别漫长。待在家里的孩子这一个假期怎么过呢？

孩子需要管，这是必须的！玉不琢不成器。但是管理也要有好的管理方式，好的管理方法，管的时候，最起码要做到管理的人不要生气，然后最好让孩子也不要反应过激。家和万事兴，家庭和睦，家庭和谐，这才是我们想要的生活。

儿子的爱心

　　最近聊城所有的假期辅导班都被叫停了。辅导班不能办了，小儿子失学了，不能再去假期辅导班学习了，大儿子也失业了，不能去辅导班当老师了。

　　假期开始的时候，大儿子没用我操心，自己给自己找了一份假期打工的工作，去一个辅导机构里面当助教老师，收入虽然不高，一天只有 100 元钱，但是儿子比较认真也比较负责，每天风雨无阻地去辅导班里管孩子。儿子的认真和负责得到辅导班里老师的认可，也让很多孩子的家长特别感动。有很多家长为了孩子的学习主动联系儿子，为儿子的责任心和爱心点赞，有的家长给儿子发了红包，儿子没有收，还有的家长邀请儿子出去吃饭，儿子也没有去。儿子都谦逊地说，这是自己应该做的。

　　辅导班被叫停了，儿子也就失业了，不过有失也有得，工资提前发下来了，发了 1800 元钱的工资。儿子有一份心愿，就是用自己赚的钱给我买一块华为智能手表，能够监测我的睡眠和心率等健康指标。谁知道计划没有变化快，辅导班提前结束了，赚的钱不够买表了。儿子不好意思地说，让我再补贴一点钱帮我买手表。

　　其实我已经有了一块瑞士的梅花表了，再要智能手表也没有什么用，儿子假期辛辛苦苦赚到的钱还是让他自己花吧，我不好意思花掉儿子一个假期赚来的钱，于是就婉转地向他表示了我的谢意，把儿子的这个提议拒绝了。

谁想到我拒绝了大儿子的提议，大儿子又给他弟弟买了一块手表，而且还是买的名牌手表。小儿子马上就要过生日了，大儿子说这是送给弟弟的生日礼物。两兄弟能这么和谐地相亲相爱，我心甚慰。难怪小儿子这么听他哥的话，有时候我支使不动的时候，他哥一说小儿子立马前去。

谁能想到小儿子那么调皮且贪得无厌，哥哥给他买了手表，竟然又提出了让他哥哥请吃烤肉的请求。小儿子笑嘻嘻地对哥哥说："哥，咱们去吃烤肉吧，我想吃烤肉了。"

哥哥笑着说："吃烤肉行，谁请客呀？"

小儿子乐呵呵地说："当然是你请客呀，你刚发了工资。"

哥哥一听笑了起来："你这个家伙，我刚给你买完手表，又让我请吃烤肉，太不把我的钱当回事了吧。"

弟弟竟然还理直气壮，笑着说："你赚了钱不化干吗？"

我和老婆听了也是哈哈大笑，这个小家伙太调皮了。我笑着说："现在疫情那么严重，你们还是哪里也别去了，就在家里给我老实地待着吧。"

家和万事兴，两个儿子在家，疫情这么严重，家庭中依然洋溢着欢乐祥和的气氛，也应该知足了。在家里也不能亏了两个孩子的胃，尽量辛苦一下老婆，给孩子做点好吃的。昨天晚饭老婆去夜市给儿子买了两个荷叶饼，一人又买了一个鸡腿，看到两个儿子狼吞虎咽的样子，真的应了那句老话：半大小子吃死老子。

能吃就好呀，大人过的就是孩子的日子，过日子图什么呀？不就图个一家人平平安安，健健康康，开开心心，快快乐乐嘛。

河边转一转

今天已经是 8 月 6 日了，明天就要立秋了，老人们在炎热的夏季最喜欢也是最经常说的一句话：等立秋就好了，立秋之后一早一晚就凉快了。这两天的聊城气温虽然不是很高，却特别闷热，热得人心绪不宁，热得人睡不好觉。昨天晚上热得我迟迟难以入眠，可是早晨却早早地就醒来了，醒来的时候才五点多钟。醒来了虽然不算热了，却怎么也睡不着了。于是跑到客厅的沙发上躺一会儿，看看能不能在客厅再睡一个回笼觉。在客厅依然是睡不着，室内越来越明亮，睁开眼睛一看，有阳光从北面的窗外照了进来。这才几点呀就出太阳了，不过阳光真的很漂亮，橘黄色的阳光照在窗上，给人的感觉特别好。站起身来看了看窗外，天蓝得有点迷人，真正的万里无云。我心中不禁一动，这么好的蓝天，这么好的阳光，天气又不算特别热，是不是应该出去走一走呀？最近天气太热，早晨好久没有出去转一转了。

清晨的家里静悄悄的，特别安宁祥和，我轻手轻脚地走进卧室，看到老婆也醒了，于是温柔地对老婆说道："老婆，起床吧，咱们出去转一转。今天外面的天特别好，空气应该特别新鲜。"

老婆一开始还有点不情愿，想了一想感觉到我的提议也很好，就同意了。这个时候两个孩子还在睡眠中，我们不敢弄出太大的声响，怕把孩子吵醒了。我和老婆轻手轻脚地洗漱完毕，给我的狗狗拴上狗绳。去哪里转一转呢？是到路边转一转，还是去小湄河公园看一看？我轻轻地问老婆："咱们去哪里呀？要是去小湄河公园的话，咱们就骑电动车去，要是到路边转一转咱们就走着去。"

狗狗看着就要带它下楼，特别喜欢，摇头摆尾，一直用嘴拱我的腿。现在天气热了，连狗狗都不愿意外出了。现在狗狗也已经习惯了和我出门坐电动车兜风。于是还是决定骑电动车出去到小湄河看看。老婆拿了电动车的钥匙，拿了手机，我们轻轻地打开门下楼去。

很多年前和老婆出门骑电动车都是老婆骑车我坐车，现在我感觉坐车还没有骑车舒服，于是都是我骑车老婆坐车。狗狗主动地跳到了电动车前面的踏板上，我们骑着车出了小区大门到了黄河路往东拐，因为小湄河在我家的东面。骑电动车带风，清凉的晨风吹在身上，令人特别舒爽，可是向东骑行迎着太阳，天空没有乌云，太阳比较刺眼，我的眼睛直流泪。

在路口等红灯的时候，我对老婆说："我的眼睛不舒服，总是流泪。"

老婆说："都是迎着阳光的原因，要不我们掉头往西去，到滨河那边转一转？"

我想了想，感觉老婆的这个提议并不靠谱，说道："滨河离我们比较远，回来的时候对着阳光的时间更长呀。小湄河都快到了，还是去小湄河吧。"

老婆说："回来的时候就有些阴凉了呀。"

有阴凉也不去滨河了，还是到小湄河转一转吧！我骑车我当家，绿灯亮了，我们继续往东行。骑车就是快，很快就到了小湄河公园。到了小湄河公园，我掉头往北拐，想去小湄河公园的东昌路和黄河路之间转一转。老婆建议道："咱们还是往南去吧，往北去顶着太阳走路，走一会儿就热了，南面有树荫，我们可以在树荫下走，不用担心太阳晒。"

想一想老婆说的也有道理，虽然是清晨，但是太阳已经呈现出了夏季的毒辣本色。虽然骑电动车感觉很凉爽，步行的话一会儿就会出一身汗。看到路边步行的人背心都被汗洇湿了，我本来就特别好出汗，所以也有点胆怯了，于是掉头向南拐，到黄河路和长江路之间的小湄河东岸转一转。

小湄河公园一如既往地景色秀丽，河面绿水映着蓝天，河边的绿树倒映在水中。天是蓝的，水是绿的，河边的各种绿色植被，各种野花，让人心情特别轻松，特别惬意，还是大自然能够净化人的心灵。走到荷花池边，芦苇荡里，走在水上的栈道中，一阵阵花香袭来，老婆问我："这荷花还怪香的呢，你闻到荷花香了吗？"

我笑着说："荷花清香，我没有闻到。"

走在绿色中，走在花香里，走在水上栈道中，夏季的清晨，心情是这样的舒爽，这一个清晨真的没有白来。想一想两个儿子还在睡梦中，他们要是也能出来该有多好呀！

为景色所吸引，独乐乐不如众乐乐，我又拿出来手机，在回来的时候，拍一段纯风景的视频，让大家和我一起欣赏小湄河公园这旖旎的风光，感受小湄河夏季清晨的温馨、祥和与美丽。

秋天来到了

我一直在这里，等风等雨也等你。这些天聊城的天气特别炎热，比盛夏季节都有过之而无不及。面对这难耐的酷热只能盼望秋天，盼望秋风。盼望着，盼望着，盼望的秋天终于来了。今天是 2021 年的 8 月 7 日，星期六，今天立秋。在酷热难耐的夏天，老人们经常反复说的，挂在嘴边上的一句话就是：等立秋就好了，立秋之后一早一晚也就凉快了。可是今天是立秋的第一个早晨，早晨的天气依然非常闷热，一点秋风都没有，树叶也是出奇的懒，懒得连动都不动一下。哦，我错了，今天的早晨还不算秋天，今年的立秋是在下午的时间，到晚上才算秋天。那就看看今天晚上的天气是不是凉快吧。早立秋凉飕飕，晚立秋热死牛，看来今年立秋之后还要热上一段时间，因为到下午才正式立秋。

因为暑假辅导班已经停止了，两个孩子都可以睡懒觉，今天正好又是周六，更有睡懒觉的理由了。可是孩子们可以睡懒觉，我却在周六更加忙碌。我起来准备工作，可是小儿子在书房的床上睡着了。不到早晨八点钟，老婆就催促小儿子起床："快点儿起床吧，今天周六你爸爸特别忙，忙完之后咱们今天还要回老家去看看你爷爷和奶奶，不能走得太晚。"

小儿子翻个身不愿意起床。妈妈看到他不愿意起床，于是继续说道："要想睡也可以，去到你哥那屋。快点起来，把这屋的窗帘拉开，让你爸爸开始忙。"

我洗漱完之后走进了书房，小儿子从床上下来，调皮地和我说道："看你儿子多好，起来让你干活。我去我哥那屋睡了。"

听到这话气得我差点想踹他两脚，看着他嬉皮笑脸的调皮模样，又不忍心了。我打开电脑准备开始今天的工作，小儿子又笑嘻嘻地走了进来，这个臭小子去他哥卧室里睡觉是假，进来就想拿手机是真。他进来的时候我正在浏览 QQ 群里面的信息，这个 QQ 群是在番茄小说签约之后责任编辑邀请我加的群，群名叫作"大神在番茄捡钱一捡一麻袋"。这个群特别活跃，每天都有很多作者作家大神发言。小儿子进来看了看群名笑着问我："你看人家大神在番茄捡钱一捡一麻袋，你行吗？"

臭小子不等我的回答，拿着手机就跑了。老婆从外面遛狗回来告诉我，今天外面特别热，她出去一会儿就热了一头汗。热点儿就热点儿吧，再热还能热到哪里去呀？再热还能热几天呀，今天都已经立秋了，2021 年的秋天终于来到了。

梧桐叶落，天下知秋。今天立秋了，梧桐树应该有落叶了吧？老家院子里种了一棵梧桐树，今天正好回老家，顺便验证一下，看看梧桐树是不是有落叶。

云天收夏色，木叶动秋声，暑去凉来，蝉鸣风起，好期待一场凉爽的秋风。

努力的意义

昨天中午回老家陪老人吃了一顿饭。记得有一年的春节晚会上有一首歌特别令人感动，那首歌的名字叫《常回家看看》。每一个人都有一颗孝心。父母陪我们慢慢长大，我们陪父母慢慢变老。羊羔跪乳，乌鸦反哺，老吾老以及人之老。百善孝为先，陪伴才是最长情的告白。如果时间和精力允许，尽量多陪陪老人，因为有一天你也会老。

亲情固然重要，友情也不可少。昨天回老家路过同学的厂子，在车上和老婆说应该去看看同学，可是因为时间太紧没有去同学那里。到了晚上同学阅读我的文章，知道我回老家了，于是打来电话问我为什么不去找他，说他很想和我一块吃顿饭聊两句。老同学虽然同在一个城市，但是见面的机会毕竟不多，想起来又有半年没见面了，真的十分想念。如果有时间朋友尽量多见两面。你不来我不往，友谊靠什么维系？

前天上午的时候，突然有点头疼，分析来分析去，也分析不明白头疼的原因。还好，昨天一天头都没有疼。今天上午的时候，头又突然疼了起来。本来写文章就比较耗费脑力，再加上天气炎热，让心情也比较浮躁，本来已经是雪上加霜，偏偏头疼又来了。如果没有了身体的健康，所有的这一切还有什么意义？昨天同学

74

来电话也嘱咐我一定要注意身体，老母亲更是担心我的健康。妻子看到我头疼，马上过来给我按摩头部，又帮我把空调打开。

现在是人到中年，上有老下有小，社会的责任，家庭的重担，该承担的一定要承担。其实早就说过：人到中年一切随缘，可是还是这么拼，究竟是为了什么？

年轻人努力是为了改变点什么，人到中年的我还这么拼搏，就是为了不被这个时代所抛弃。人生如逆水行舟，不进则退，根本没有什么原地踏步。沉舟侧畔千帆过，病树前头万木春。时代的车轮滚滚向前，不努力又能怎样？

什么才是努力的意义？为了亲人，为了朋友，为了社会，为了国家，为了让生活更好，为了让生命更美。

做一个优秀的人

有一个包裹到了，到了好几天了，一直在快递寄存点放着，还没有去拿。给老婆说了，给儿子说了，自己也知道这个包裹到了，可是就是忘了去拿。按理说，最快乐的时候应该是收到包裹的时候，可是这一个包裹为什么迟迟不去拿呢？我想了好久，终于想明白了，因为这个包裹不是吃的，也不是喝的，更不是穿的，而是我订的刊物到了，因为这个包裹是书，所以大家都不感兴趣，所以也就都想不起来去拿这个包裹。

老婆不帮我去拿这些书，我可以理解，老婆每天洗衣做饭，照顾老公孩子照顾家，每天也很辛苦，好不容易有点闲暇时间，会看看抖音，刷刷快手，玩一玩消消乐的小游戏，放松一下自己。

儿子不帮我去拿这个包裹，也可以理解，现在的孩子，对读书都没有多大的兴趣，就算读书，对纸质的刊物也逐渐远离，他们喜欢的是手机上的读物，是电子书，老大去年还专门买了一个电子阅读器。他们更感兴趣的是手机里面的游戏，其次是短视频等。

我为什么不想着去拿这个包裹呢？我白天有点忙，上午要忙着赚钱养家，下午要写我的小说，中午还想休息一会儿，晚上忙完之后，这两天都想着去散散心，乘乘凉，也早就把取这个包裹的事丢在了脑后。

这包裹里面都是什么呢？包裹里面应该是我订阅的《人民文学》《小说月报》《散文》杂志，都是一些纯文学的刊物。现在人更喜欢的是小品文，看这些纯文学杂志的人应该很少了吧。为了抚慰心灵，为了让灵魂安宁，我这些年还一直在邮局订阅着国民心灵读本《读者》，也给小儿子订阅了《读者》校园版。再加上我或者儿子偶尔买的书，所以我的案头并不缺少书读，而且书多得我都读不完。

书非借不能读也，这句话说得也有道理，很多时候，自己花钱买的书，总以为什么时候看都可以，往往就把书束之高阁了，似乎书买了，就成了自己的。书买了，不读永远是一本纸，只有把书读完了，才能沉淀在自己的心中，变成自己的血肉，随时能够滋养自己的灵魂。

通俗浅显的文字，就像快餐店里面的快餐，大家都喜欢，可是营养价值不大。艰难晦涩的文字，读起来真的很费力，也没有兴趣读下去。读书，不经过大脑，读了也没有多大的意义，读书要思考，又没有那么多的时间和精力。爱书如我，订阅的这些杂志，还有很多没有看完呢。偶尔有点碎片化的时间，还总想着看一些碎片化的文字，也很难抵御手机的诱惑，看看头条，刷刷微博，时间就在一分一秒中过去。

为什么花钱订阅这些大家都不爱看的杂志，因为我想不断地提高自己，我想做一个脱离了低级趣味的人，我想做一个高雅的人，我想做一个优秀的人，我想做一个与众不同的人。我也是个凡人，也有七情六欲，虽然一直在努力，还有很多做不到的东西。

正是因为有了这些诱惑，正是因为有了这些做不到的东西，所以我还需要修身，所以我还需要养性，我还需要不断地努力。

我不想庸庸碌碌地度过这一生，我想让自己成为一道美丽的风景线，我不去羡慕他人，也不想让别人羡慕自己，我过自己的日子，仅此而已！

今天这个包裹，一定要去取回来，不能再不去了，书拿回来之后，一点一点看，贪多嚼不烂，越是好书，越有嚼头，越是好书，越有营养。身体需要物质的营养，精神也需要无形的营养。读圣贤书，过平凡的生活，这样也很好。

为什么不快乐

　　最近一段时间，总感觉很忧伤，心情一点也不舒畅，不是压抑郁闷，就是浮躁焦虑，就算偶尔有点笑颜，也是强为欢笑，也是苦笑，苦笑有时候还不如不笑。

　　检索了一下最近的文字，不是郁闷就是悲伤，不是压抑就是忧虑。那些美好，那些快乐，那些开心，那些欢笑，跑到哪里去了呢？

　　想一想最近的经历，也的确好久没有没心没肺地大笑过了，原来骑车出去乘凉，还经常哼唱一首首比较喜欢的歌曲，现在又有多久没有哼唱了呢？真的挺怀念过去，怀念那些无忧无虑的日子，怀念能够轻松哼唱的生活。

　　最近的心情不好，我总把原因归结于天气，天气不能说没有影响，但是内因决定外因，天气仅仅是影响一点点而已。忧伤还是来自心底，而不是天气。

　　这个世界上最不快乐的人是哪一个？我想应该是大观园中的林黛玉。一年三百六十五日，风刀霜剑严相逼，每日以泪洗面，哭就是她的生活常态。林黛玉的身世的确很悲惨，但是大观园里的丫鬟下人，比林黛玉身世悲惨的人有的是，就算小姐里面，史湘云的身世还不如林黛玉，可是史湘云却始终活在欢快之中，悲伤和身世的确有关系，但是也应该不大。我想林黛玉之所以悲伤，是因为身体的原因，从生下来会吃饭就吃药。

我想是不是我的忧伤也是因为我的身体。身体不健康了，想高兴起来真的很难呀。

身体不好，是主要的原因，次要的原因还是因为生活压力太大。整天神经紧张，压力很大，反过来影响身体的健康，身体之所以一直处于亚健康状态，跟处在很大压力下的生活关系很大。

无论工作还是学习，无论多么努力，无论多么辛苦，总是对的时候少，错误的时候多。错误的时候，免不了有些人总是抱怨，就算没有人牢骚，我的责任心使然，也会郁闷和压抑。但是忧愁和苦恼不但不能解决问题，反而影响自己的状态，与其悲观失望，还不如放松下来。

生活中难免遇到不痛快，关键是遇到了不痛快怎么办？怎么办呢？真的没有好办法，改变不了他人，改变不了时间，改变不了环境，改变能改变的，接受不能改变的，改变不了外面，那就改变里面，调整好自己的心态，心态好了，一切就都会好了。

幸福的家庭都是相似的，不幸的家庭各有各的不幸，家家有本难念的经。但是时光不会为谁停留，日子一天天往前过，当一天和尚撞一天钟，得过且过，且行且珍惜。时光如水，岁月安然，风在吹，花在开，叶在落，知了在叫。烦恼都是自找的，你要欢乐，烦恼自然就会远离。

为什么不快乐，因为心胸不够开阔。心大了，这个世界也就小了。生老病死，大自然的规律，一切顺其自然，随遇而安就好。

生活中的琐碎乐趣

也许是因为这两天的生活太紧张，真的感觉到非常疲惫，今天早晨早早地醒来之后又睡了过去，再一次睁开眼睛的时候已经是上午8点多了。好久好久没有睡到这个点儿了，但是睡了这么久，并没有感到特别轻松。睡了这么久，身体依然是懒洋洋的，还有点懒于起床。于是就趴在床上看手机。就在我正看着手机的时候，有一位老朋友打来电话，我以为有什么事呢，原来是看了我的《玩彩人生》之后，感觉我写得特别好，打电话来夸奖我两句。老朋友的夸奖我非常受用，身体也不再那么慵懒，精神也不再那么疲惫了。

因为起得晚了，早餐也就吃得晚，吃完早餐之后我坐在电脑前。因为看我身体比较疲惫，也因为时间太晚了，老婆还专门说道："如果今天不行，就不写了，不要总是把自己弄得那么紧张，那么劳累。"但是我感觉不写下去也不好，毕竟有那么多的朋友在等待，让别人的等待落空，真的不是我的风格，责任心也不允许我那样做。

我坐在电脑前忙碌，小儿子在旁边玩手机游戏，真的是一个悠闲一个忙碌。想起了辛弃疾的那首词：大儿锄豆溪东，中儿正织鸡笼。最喜小儿无赖，溪头卧剥莲蓬。玩的时间也不短了，我扭过头来说："差不多了，也该结束了。马上就 10 点了。"小儿子支支吾吾地答应着，但是并没有放下手机的意思。又过了几分钟，妈妈在厨房里喊道："差不多了吧，也该结束了。"小儿子也许玩得正上瘾，给妈妈说："再玩 8 分钟。"可是 10 分钟的时间过去了，手机依然在小儿子的手中。我对儿子说："行了，可以放下手机了，别再让你妈妈着急上火了。"小儿子嘴里嘟囔着要打完这一局，双手和双眼舍不得离开手机。

又过了一小会儿，妈妈从外面急匆匆地进来了，一看就是忍无可忍，火气冲天了。小儿子赶忙把手机放下，放下手机之后辩解道："没有玩游戏，就是和同学聊聊天。"

我笑着说道："别辩解了，和同学聊天不是看手机呀，还是看看书、背背你的英语单词去吧。"

妈妈把手机没收之后，冲着我大声地说道："在我买菜没回来之前，你不能帮他把手机解锁，要是解锁了的话，下一次从我手机里面把你的指纹和刷脸都取消。"

老婆中午要给我包水饺吃，所以要出去买菜，可是这一出去却迟迟不回来了。以前出去买菜半个小时就能回来，这一次一个多小时了还不回来，儿子忍不住又进来找手机。我说："你忘了你妈妈走的时候怎么说啦？"儿子只好悻悻地离开。

又过了一会儿，小儿子再次走了进来，我笑着说道："你说你妈这一次是不是故意的？为了不让你看手机，才故意地这么晚回来。"

儿子拿起我的手机说："我给我妈打电话，问问她是不是故意的？"

我笑着说道："你还是别打了，干吗总要找事儿呢？"

不过老婆这一次回来的确太晚了，现在都快 12 点了，刚才手机上传来了消费的信息，钱总算花出去了，也该快回来了吧。

都已经快 12 点了，我还没有忙完，只好继续辛苦我自己。刚才看到一句话很有意思，和朋友们一起共勉一下：人生的道路上点亮自己的灯就可以，没有必要非得把别人的灯吹灭。我想把这一句话送给那些总是牢骚满腹，对我总是冷嘲热讽的人。

老婆终于回来了，小儿子快速地拿到手机，我说："让你妈帮你解锁去吧，别找我了。"

虽然已经中午 12 点了，但是好饭不怕晚，耐心等待吃水饺吧。

兜兜风散散心

虽然已经是秋天了，但是天气还是比较热，不过再也不是那种烦人的闷热，也不是那种恼人的湿热，心情也就不再那么浮躁和焦虑，以为心情会比较轻松快乐，其实不然，这两天时间比较紧张，身体比较劳累，头有点昏昏然，脑袋有点发虚，总是莫名感觉到一阵阵的空虚。老婆说我这是累的，需要多休息才可以。昨天下午心情总是不能平静下来，干脆出去走一走吧，可是天气比较热，稍微一动就是一身汗，还是不适合运动，于是骑上电车去兜风。

下午的时光有风不大，阳光很足不敢仰视，气温依然比较高，虽然骑着电车带风，但是停下等红灯的时候，依然感觉到温度的侵袭和骚扰，老婆坐在电车后面抱怨："这么热的天，你不待在家里，出来遭这罪干吗？"

在家里头脑昏昏的，出来就是为了散散心，看看路边的风景，尽量找有树荫的地方走吧，还能凉快一点点。我原计划是到小湄河边走一走，听到老婆的抱怨，我决定改变行程，不去小湄河了，沿着月季公园东边的庐山路向南行。聊城开发区的绿化真的很好，道路两边绿意盎然，碧绿的草地，青翠的灌木丛，月季花开得正艳，红的、白的、粉色的月季花在路边装点着风景，木槿花依然在风中摇曳，偶有阵阵花香袭来，也不知道是什么花了，树荫遍地。沿着林荫道骑行，吹着清凉的秋风，心情终于不再郁闷压抑，头脑似乎也清爽了许多。

路过月季公园东门，巢父广场上有不少人，路边停了很多车，都是到月季公园来玩的。老婆看着巢父广场上一根根大柱子说道："怎么弄得和烈士陵园似的？"我笑着说道："这你就不懂了吧，月季公园东边的风格是中式风格，西边是欧式风格，所以西边建了一个教堂，东边盖了一座塔楼。巢父广场里面的那些柱子都是有说道的，那是中国古代的华表，典型的中国古代建筑风格。"

"华表是什么？"老婆问道。

"华表就是这些根柱子，柱子的名字就是华表，是一种中国古代传统建筑形式，属于古代宫殿、陵墓等大型建筑物前面做装饰用的巨大石柱。"

"为什么叫巢父广场？"老婆的问题没完没了。

"巢父是传说中的一位高人，大约是在三皇五帝时期的人物吧，尧舜禹里面的尧帝曾经想把天下传给巢父，巢父坚决不接受，隐居在聊城。尧帝就派人到处找他，巢父为了不让人找到他，就在树上筑巢而居，所以后世就称他巢父。这也是咱们聊城最早的名人了吧。叫巢父广场，多么有文化，也为了更好地宣传聊城呀。"

从庐山路转到湖南路上，就需要迎着太阳走了，还好骑车带风，并没有感觉到有多么热。路边的花真的很美，看到一种开得很大的花朵在风中摇摆，真的是婀娜多姿，妩媚动人，我忍不住停下车来，拿出手机拍一段小视频发到网上，和大家共享美丽，分享我的美好时光。

天气真的有点热，到了中华路，往北回来吧，中华路上有一段树荫很好，我把电车交给老婆，下来走两步，也算锻炼锻炼身体了。夏秋季节，我最大的心愿，就是在林荫道上漫步，可惜现在城市里的大树很少，找不到浓荫遍地的林荫道，只能见缝插针，看到适合行走的路段就走一走。

兜兜风，散散心，让时光安静下来，让心情平静下来，分享美丽，追求美好。让生活更美好，让生命更美丽。路边的花花草草，枝头的鸟儿鸣叫，天空的白云，额头的清风，都能令人心如止水，都能感受生活的美好。

生活不只有祥和欢乐

谁能想得到，已经立秋这么多天了，为什么天气还是这么热？昨天晚上的天气特别热，热得我到了晚上 11 点多了，躺在床上还是汗津津地睡不着觉。晚上热也就热了，到了早晨应该凉快一点了吧，可是今天早晨醒来的时候脖子和耳朵上面也全是汗，用手摸了摸我的枕头，都已经被汗水浸染得潮乎乎湿漉漉的了。这样的天气怎么能睡得好觉呀？休息不好哪里来的精神开始第二天的工作呢？会休息才会工作，睡不好的时候第二天头脑昏昏沉沉，心也浮气也躁。怎样才能让心静如水呢？

晚上热也就热了，上午能不能给点清凉呢？也没有，坐在电脑前，窗外的风也不进来陪我了，没有清风的陪伴，心情很是烦乱。更加添乱的是那一阵阵的鸣蝉，这么热的天你就不能休息一会儿，在那里瞎叫什么呢？蝉鸣声一阵一阵传来，让心绪更是烦恼和混乱。我需要心静，我需要静心，听一首音乐吧，再听一听《星空下的老房子》，让那舒缓的音乐驱散心头的烦闷，让那悦耳的歌声走进心间，有音乐陪伴的时光也坏不到哪里去。

时光如水，心乱如麻，就别再雪上加霜了吧。窗户上有纱窗，苍蝇无法进来捣乱，可是不知道一只黑白花的蚊子什么时候潜伏到了我的书房里面，也许是我工作起来的时候太全神贯注了吧，也不知道这只蚊子什么时候袭击的我，等我发觉大腿上和脚脖的地方又痛又痒，这只蚊子已经饱餐完毕，不知道躲到了哪个角落里，让我只能忍受这出奇的痒和难以忍受的疼痛。

也不知道什么时候开始物种变异的，小时候很少见到这种黑白花的蚊子，大都是一些家里的蚊子，只是在晚上才叮咬人，现在这种黑白花的蚊子总是在大白天下口，而且狡猾到可以跟着人一直跟到家里，令人防不胜防，而且咬了人之后，被叮咬的地方一会儿的工夫就起一大片扁平疙瘩，又疼又痒，我被咬的次数多了都快有心理阴影了。

找不到这只蚊子，我依然心有余悸，怕它什么时候再来偷袭我，可是着急上火也不解决问题，只会让生活更加的烦和乱，希望岁月静好时光安然，希望能够闲看花开静听花落。生活中不会都是安宁和快乐，那就接受这种无法改变的无奈，改变能改变的，接受不能改变的。想一想苏轼淋雨都能创作出一首千古流传的诗词，我又何必为一只蚊子耿耿于怀呢。

把苏东坡的这首词《定风波》摘录在这里，安慰我，希望也能勉励你。

三月七日，沙湖道中遇雨。

雨具先去，同行皆狼狈，余独不觉。

已而遂晴，故作此词。

莫听穿林打叶声，何妨吟啸且徐行。

竹杖芒鞋轻胜马，谁怕？一蓑烟雨任平生。

料峭春风吹酒醒，微冷，山头斜照却相迎。

回首向来萧瑟处，归去，也无风雨也无晴。

生活中狼狈一点没有什么，就怕自己的心灵也跟着狼狈了，那就真的不好了。保持一颗积极向上的心态，多关心那些美好的东西，才能发觉世界的美好，才能看到风景的美丽。

　　总是等待风从南边的窗户里进来，突然一阵凉风从北面的门里闯了进来，哦，现在是秋天了，南风越来越少了，北风越来越多了。北风来了，天也就快凉快了。

花草点缀生活的乐趣

昨天晚上聊城下雨了，下的雨有多大？因为在睡梦中也不知道呀。不过今天早晨起来天气特别凉爽，没有了炎热的侵袭心情也不错。穿什么衣服呢？昨天被蚊子咬怕了，干脆穿长裤吧，免得蚊子总是袭击我。正好天气也不热，特别适合穿长裤。

也不知道为什么蚊子那么喜欢我，全家那么多人，蚊子专叮我。老婆说："你换点别的内容写吧，别总是写蚊子咬你，好像你家环境多差似的，那么喜欢招蚊子。"其实老婆特别爱干净，也特别讲卫生，家里每天总是打扫得干干净净的。也许是因为家里栽了花草的缘故吧。老婆特别喜欢花花草草，我家阳台空间本来特别大特别宽敞，老婆种的花太多了，宽敞的阳台显得特别拥挤。阳台上有两盆茉莉花，有一大盆紫罗兰，有两盆兰花，还有两盆芦荟长得特别茂盛，而且芦荟一般不开花，可我家的那盆大芦荟已经开过好几次花了，几乎每年开一次，还有一盆柱顶红特别占空间。还有很多花，我也快叫不上名字来了。反正就是老多花把宽大的阳台挤得特别狭小狭窄。

不仅仅阳台有花，客厅里面还有两盆大花：两盆都是绿萝，花盆很大，花也长得好，这两盆绿萝在家里养的时间也很长了，有五六年了吧，已经把客厅的墙角都爬满了。客厅天花板上的四个角都已经爬满了绿萝，已经在客厅的顶上转了一圈儿了。客厅里面还有一个花架，上面摆着绿萝，摆着蟹爪兰，偶尔还摆一些其他的时令鲜花。

就连我的书房也有一盆大花，这是一盆万年青，在我的书房养了也有五六年了。记得当年大文豪鲁迅的桌子上就摆了一盆这样的万年青，不知道是不是和我这盆完全一样，我这一盆儿太大了，只能摆在地下。每当我心情烦躁的时候，回过头来看一看那翠绿的叶子，看一看那嫩黄的绿芽，心情就能平静很多。

每当家里的两盆茉莉花开花的时候，老婆给我沏上茶水来，都会在茶水上面放两朵儿茉莉花。茶叶的清香加上茉莉花的浓香，让茶水更有滋味，让生活也更温馨。茶香伴着花香，飘荡在我的书房，萦绕在我的笔尖。有时候想一想文字为什么那么轻灵飘逸，也许就是花香和茶香的助力。

我经常说的一句话，大家应该都能记得：让我们做一个热爱生活的人，淡定从容地过好这一生。说一个人热爱生活，从哪里能看出来呢？我想这些花花草草就是最好的证明。花草也有灵性，每一朵鲜花的盛开，都能给空气、都能给空间、都能给心灵带来无限的安慰和满足。问渠那得清如许，为有源头活水来。生活之所以能够宁静安详，也许就是这些花花草草带来的奇迹。

坐在电脑前，时间长了可以走到阳台上，走到客厅中看看花看看叶子，闻一闻花香，看一看叶子的成长，既养眼又养神，还能让浮躁的心情平静下来。闲时还可以浇浇花，看着清凉的水注入花盆，想象着花儿从根部把这些水吸到叶子和花朵上面，身体的疲惫也会随之缓解。

快乐是可以传染的，爱好也能够传染。老婆爱花我也爱花，两个孩子也喜欢花，有时候两个孩子也会给花浇浇水。俗话说得好：花都是浇死的，鱼都是喂死的。浇花也要掌握技巧和时间，需要看一看叶子是不是茂盛，花盆中的土壤是不是干燥。

老婆很少在网上买花，一般我们都是去花圃买花或者是在大街上买花。去年冬季的时候，老婆心血来潮在网上买了一盆梅花。在网上买的梅花看着也的确像梅花，枝干上也有一朵一朵的花苞。可是在有了暖气的空间里，鲜花并没有开放，到了今年春季从根部冒出了几抹绿芽。看到绿芽冒出，心中特别高兴，证明这一盆花并没有死亡。可是到了夏天，这一抹绿芽已经长成长长的枝条。这到底是什么花呢？用手机软件的识物功能扫描了一下，给出的答案原来是一盆桃花。我们看了不禁哈哈大笑，网上看来真的不能买花。这一株"梅花"在夏季冒出了好几根枝条，长得还特别旺盛，又挤占了不少阳台的空间。看着叶儿枝条长得特别茂盛，还舍不得剪。

有时候外面阴天下雨就以为室内的花也不用浇水，可是花草缺水了也会抗议，它们会用蜷缩叶子来警示你该给它浇水了。有些花喜欢水，有些花不喜欢水，你像芦荟和仙人掌多浇水了就不行，就会烂根儿。

有风有雨，有文字，有音乐，有阳光有快乐，就是很好的日子。有花有草的陪伴，枯燥的生活中平添了多少的乐趣。

花草宜人，每一家、每一户都有不少的花花草草。迟日江山丽，春风花草香。室外的花草需要春风，室内可以四季如春，花草可以四季飘香，为生活增添乐趣。如果没有了花花草草，生活该是多么枯燥，有了花花草草，生活才会更加地美好。

写给六叔的文字

六叔你好：

　　也许你会笑话我：都什么年代了还写信，有什么话直接给我说就行了。但是说出的话总是很苍白，而且很容易遗忘，写成文字，你什么时候都可以看看，这就是文字比语言要好的地方，所以我更钟情于文字。而且这些话我已经对你说了多遍了，再写下来，为的是能够激励你。

　　你这一次又酗酒了，我也不知道这是你今年以来的第几次了，也不知道这是这十年来的第多少次了。我知道你生活得很不容易，因为我不在老家，对你的关心和关注比较少，我在这里检讨我自己。这些不愉快的话咱就不说了，说多了你也难过我也伤心，咱们还是说点愉快的、开心的事情吧。

　　你还年轻，很年轻，别看我喊你六叔，其实你比我大不了几岁，你今年才五十多岁呀，大好的时光还在后面等着你。你的大哥七十多岁了，身体还硬朗。我爷爷去世的时候也已经八十多岁了，按咱们家族的年龄来看，你还能活三十多年，现在社会发展变化得这么快，三十多年后的社会，你不想知道是什么样子吗？你还有很多很多生活中的美好可以期待，一定要振作起来，好好地生活。

你不是不认识字，你有文化，记得我小时候你还教我写过字，写的是"中国人民解放军万岁"。你虽然上学不多，但是在你弟兄五个里面，文化程度应该是数你最高吧，我父亲才高小文化，你比他应该强多了。有文化，就应该有思想，有思想，就应该有思路，有思路，就会有出路。就你这年龄而言，和你同龄的伙伴们比起来，你并不比他们文化差呀。你活得也不比他们差呀，不要总是拿自己的短处去比别人的长处，那样你永远比不过。这一点我想你应该明白。

你个头儿稍微矮一点，但是你长得一点也不丑，只不过是你太不注意自己的形象了，你稍微收拾一下，你就是一个英俊的人。还记得当年在沈阳，广力姑夸奖你长得好看，你也许忘记了吧，以后注意下卫生、理理发，洗洗脸，刷刷牙，穿得干净整洁一点，你就是一个潇洒的自己。穿得干净整洁了，住得干净清洁了，心情也就会好了。心情好了，人也就会变了。

你很能干，不怕脏不怕累，脏苦累活儿你都干过，地里的庄稼你是一把好手，出门打工你也什么活儿都会干，而且你不笨，什么活儿看几遍你就会干。只要不怕脏，不怕累，只要用心干，认真干，生活绝对会好起来的，一点点艰难困苦又算得了什么，咱不说什么苦不苦想想红军二万五，累不累想一想革命老前辈，想一想和你同龄的人，学静已经坟头长草了吧，金玉也已经死去多年了吧，你的同学广平也已经被埋地下多年了吧。如果连死都不怕，又怎么能害怕生活中的一点点艰难和困苦呢。只要有手有脚，不怕苦和累，哪能有什么过不去的火焰山呢。

你很懂礼貌和礼节，你也很有上进心。家中的老亲戚，你都在维系。还记得小时候和你去阳谷郭屯镇的梨园村我姑奶奶家走亲戚，他们那里的签子馍馍你特别喜欢，在沈阳的时候我们还说，要是能把这个签子馍馍带到沈阳一定行。还记得我在四中上学的时候，给你出过注意，让你弄一套洗照片的机器。虽然咱们都没有干成，但是咱们最起码都想了，积极主动寻找机会。

我很后悔我从沈阳回来，如果我不从沈阳回来的话，你可能也就留在沈阳了，生活肯定会是另一番模样，可是，时光不会倒流，我们也不会再回到过去，但是过去的美好记忆我们应该能够铭记，你们三人在沈阳马刚乡干活，我从沈阳化工学院去找你们，咱们几个吃鸡头就吃得特别开心。想一想那时候的生活有多么艰苦，再想一想那时候的生活是多么快乐呀！

咱们现在生活多好了呀，吃饭有大白馒头，而且有菜吃了，隔三岔五还可以吃点肉，想一想小时候你吃棒子面窝窝头和老咸菜的时候，就那样的饭菜，你说了，篮子里面割不满草还不让吃饱，不单单不让吃饱，还得挨骂。想一想现在的生活不就是在天堂吗？不单单是吃的，还有用的，现在有了手机电视，原来想的共产主义也就是电灯电话、楼上楼下呀。咱们是不是已经过上了梦想中的生活了呢？其实那个时候，就是让你做梦，你也不敢想有现在这样的生活呀。不单单是吃的用的，还有住的，你住着咱们家族的老院，早就把原来的泥土屋翻盖成了全砖的房子，而且现在家里也已经安装了天然气，夏天有风扇，冬天有暖气，做饭再也不用抱柴火，也不要烟熏火燎了。想一想我奶奶蹲在灶台旁做饭的样子，现在这样的日子还能有什么不满意呢？需求越简单，生活越幸福，人比人得死，货比货得扔，咱不和别人相比，咱就比一比以前就行呀。事能知足心常乐，人到无求品自高。要学会知足呀！

你家庭困难，国家还有照顾，你现在享受着国家的低保，一年就有七八千的收入，逢年过节，政府还有慰问品，这难道还不知足吗？应该知足了呀六叔，一个月七八百块钱的花销，在农村应该有吃有喝了。而且你还能打工赚钱，像去年小杰弟弟高兴地给我说："你六叔今年也不错，一年干了三百个工。"我听了有多高兴呀，一年三百个工，一个工一百元的话，那就是三万元呀，有了这样的收入，咱们家几年就能翻身呀。

回忆回忆过去，想一想未来的美好生活。小杰现在暂时是困难点，但是他只要一直在干，把握住每一个机会，就能时来运转，现在已经有车，再就是首付买个房子了。学运正在上高中，学习也不错，再过两年考上大学，咱老扈家又出一个人才。学费也不用犯愁，只要你好好地干，这点钱算不了什么，再说了还有这些大爷和哥哥，国家还有助学补贴和无息贷款。等你上了年纪儿孙绕膝的时候，就可以好好地享受天伦之乐了。

你还年轻，一定要振作起来，谁的生活中都有波折，家家有本难念的经，不是只有你自己艰难。有了困难，勇敢地面对。小时候咱们都喜欢看电视剧《西游记》，《西游记》主题曲唱得多好：踏平坎坷成大道，斗罢艰险再出发。唐僧取经还要经历九九八十一难呢，我们这段生活中的不愉快又算得了什么。

听人劝吃饱饭，识时务者为俊杰。你不傻也不憨，你不笨也不懒，你还年轻，一定要振作起来，别人说什么没有用，关键是你自己。行了，不多说了，我相信你看到这些文字，一定能奋发起来，重新振作起来。

一首成龙的《壮志在我胸》，你听一听，我也听一听。

拍拍身上的灰尘，振作疲惫的精神

远方也许尽是坎坷路，也许要孤孤单单走一程

早就习惯一个人，少人关心少人问

就算无人为我付青春，至少我还保有一份真

莫笑我是多情种，莫以成败论英雄
人的遭遇本不同，但有豪情壮志在我胸
嗨哟嗨嗨嗨哟嗨，管那山高水也深
嗨哟嗨嗨嗨哟嗨，也不能阻挡我奔前程
嗨哟嗨嗨嗨哟嗨，茫茫未知的旅程
我要认真面对我的人生，拍拍身上的灰尘
振作疲惫的精神，远方也许尽是坎坷路
……

朝圣东阿鱼山曹植墓

聊城下面的这些县市区各有各的特点，要论知名度，应该是阳谷县最高，因为那里有武松打虎的景阳冈，有武松斗杀西门庆的狮子楼。但是要说真正的文化底蕴还应该要说东阿，"阿胶本经上品，出东阿，故名阿胶"。东阿不仅仅有滋补国宝阿胶，还有一位著名的历史文化名人，那就是才高八斗的曹子建。谢灵运曾经说过：天下才共一石，曹子建独得八斗，我得一斗，自古及今共用一斗。曹植一生聪明伶俐，颠沛流离，先被封平原侯，又被封临淄侯，再被封东阿王，而后被封陈王。因为天才狂放不羁，才高被世人所嫉妒，41岁忧愤而死。死之前为自己选择了葬身之地，那就是东阿鱼山。

东阿县城南18公里处，在奔腾的黄河西岸，矗立着一座亿万年的小山丘。这座小山背靠黄河，俯瞰鲁西平原，站在山顶隔河东望，群山连绵，回首西看，夕阳无限，大地苍茫一片。这就是东阿鱼山，也是七步成诗的曹植墓地。煮豆燃豆萁，豆在釜中泣，本是同根生，相煎何太急！这一首诗大家都知道，七步成诗的故事，大家也都知道，《洛神赋》的乐曲还在神州大地上空飘荡。

俗语说，七月半，鬼乱窜。农历的七月十五也就是中元节，也是缅怀先贤的日子。这一天的鲁西大地上阴雨蒙蒙，令人心情很是沉闷和压抑，待在室内如此，出去走一走会不会好一点呢？这一天有些地方不能随便去，特别是声色犬马的娱乐场所，当然这样的场所什么时候我都不去。这样的节日，这样的天气，能去的地方真的不多，那就去东阿鱼山朝拜一下曹植墓吧，也去朝圣，向这位诗文界的帝王致敬一下内心的崇拜。

驱车一个半小时到了鱼山脚下，曾经在2014年的秋季来过这里一次，这一次再来应该说是故地重游了。景点似乎变化很多，又似乎没有什么变化。增加了一些石碑，都是近现代文化名人的留言。因为才疏学浅，不敢诟病名人，但有些字写得太艺术了，让人认不全，这似乎也并不是什么好事，游客不都是书法家，书写的目的最主要的应该是让人看，应该认得的字反而不认识了，也就没有了意义。有些人我知道，像著名作家沈雁冰、著名诗人臧克家、末代皇帝溥仪的弟弟溥杰、著名画家刘海粟，还有聊城著名书法家于茂阳老师。因为孤陋寡闻，还有一些人我就不知道了。但是看看这些碑文、看看这些题字、看看这些签名就知道，多少的文人墨客都曾经朝圣过这里，还有日本的僧人也到这里来朝拜过。

细雨蒙蒙，如烟似雾，我们走在雨雾之中，走在绿色中。沿着山路前行，小山不高，不多长时间就到了山顶，到了山顶之后就能看到蜿蜒的黄河身影。山上有洗砚池，有曹植读书的地方——"羊茂台"，羊茂台紧靠着梵音洞，梵音渺渺，书声琅琅，曹植生前游玩到这里，就为这里的风景所吸引，决定死后葬身于此。下得山来，山脚下有两座隋碑亭，记录了曹植的生平。公元561年，曹植十一世孙曹永洛看到曹植墓衰败凋零，赴京都，承蒙北齐孝昭皇帝恩准，重修陵庙。该碑曾经沉没在黄河泥沙里，清朝时清理黄河的时候挖出了这块墓碑，特地盖了一座房子用于保护，这是真正的隋朝时期的文物。虽然碑身上的字迹模糊，已经认不全，但是能认出的字写得都非常精美，真的佩服古人的书法艺术。可惜石碑做得比较粗糙，也没有留下撰文和刻字人的姓名，应该是当时战乱频发颇不太平。

鱼山离东阿县城 18 公里远，当地经济条件也很一般，小山不大，上去下来也就一个多小时的时间。因为大家来了就走，所以留不住人，因为留不住人所以游客显得比较稀疏，和景阳冈几乎是一个模样，都是转一圈就走了的地方。其实要是细细地走下来，看下来，思索下来，也可以在这里待上一天两天三天。现在的人都是行色匆匆，没有多少人能够静下心来待在这荒山僻野里。

走出景区，回头一望，鱼山上面郁郁葱葱，突然想起了刘禹锡的《陋室铭》里面的句子：山不在高，有仙则名，水不在深，有龙则灵。聊城地处鲁西平原，虽然号称江北水城，可是却没有山，聊城也就东阿有小山。有山有水的地方很多，但是有曹植的地方就这一个。曹子建才高八斗，灵魂和肉身都寄托在这里，想到我们现在的美好生活，是不是要更加努力一点呢？

仁者好山，智者乐水，有山有水，有灵魂。曹子建应该是好热闹的一个人吧，可是现在却安静地待在这里。虽然有人来打扰，也都是静静地来，悄悄地去，来了就走，不给主人添麻烦。

时光素描

　　大脑一直飞速地运转，精神特别集中，时间长了脑袋也有点昏昏沉沉的了，为了舒缓下紧张的神经，那听两首舒缓的歌曲吧。最近特别喜欢牧云先生的歌曲《星空下的老房子》，那舒缓的旋律，那温软的嗓音，那令人心静心安的歌词，真的特别治愈。可能是今天的神经太过于紧张，听完一首《星空下的老房子》，感觉还是没有缓解过来，那就再听一首赵雷的《成都》吧，也是一首特别治愈的歌曲，曲调悠扬，歌词缓慢，特别是最后的两句童声，更是令人心安。

　　在电脑前坐的时间长了，有点腰酸背痛的感觉；两只眼睛一直盯着屏幕，一双眼睛也有点昏花了。已经快要到了知天命的年纪，健康才是第一，不能再这样消耗自己的精神和体力了，那就起来走两步吧。时间的关系，不愿意下楼，就在室内缓慢地行走，从书房走到客厅，通过客厅的玻璃窗，望一望远处大楼的顶部，室外的空气非常安详，有着很好的金黄色的阳光，远处的楼房、绿树，沐浴在金色的阳光里，犹如一幅美丽的油画，充满了奥妙，弥漫着神秘，微风轻轻吹拂，带着丝丝的凉意。

　　从客厅穿过我的卧室，再走到阳台上，一片光明，阳光懒洋洋地落在阳台的地面上、花草上，虽然已经是秋季了，阳台上的花草不知道季节的变换，依然在肆意地生长，有的叶子深绿，有的叶子浅黄，紫罗兰依然绽放着神秘的蓝色，吊兰垂下了长长的枝条，芦荟在阳光下更显得茁壮。茉莉花的叶子有些发黄，明显的是有些缺乏营养，可能是无论春夏秋冬都在生长的原因吧，也可能真的缺少花肥了。虽然那么明显地缺乏营养，茉莉花依然绽放出一朵洁白的花朵，那么娇小，那么妩媚，那么脆弱，因为只有一朵花，更显得弥足珍贵，花朵在阳光下娇艳地随着微风悄悄摇摆，不发出一点声响。阳台上一点声音都没有，花草都在静静地生长，没有声响也阻挡不住茉莉花的馨香，淡淡的花香依然走进我的心间，令人心醉又让人心伤，看着绽放着的那朵茉莉花，微微有些心疼花儿的坚强。

低头看完花，再抬头望一望窗外。楼下的小湖静谧安详，垂柳依然绿意盎然，随着微风轻轻舞蹈，在水面上留下了婀娜多姿的妩媚身影，把一湖水染成了绿色。湖面上有黑色的燕子在翩翩飞翔，一只、两只、三只、五只……今天的燕子怎么这么多？燕子时而腾空，时而滑翔，剪刀似的尾巴配上张开的翅膀，真的像一只只纸飞机在飞翔，小时候玩具很少，经常自己折叠出一只只纸飞机来享受飞行的乐趣。小湖中心的腾龙雕像，虽然是张牙舞爪，却没有了凶神恶煞的感觉，在阳光中也显得那么安详，那么静谧，那么美丽。湖边的月季花依然在绽放，开在秋天的花，更是别有一种夺人心魄的力量，令人深思，让人向往。偶有儿童的欢笑声传来，更显得时光宁静而安详。

从阳台再回到客厅，客厅里面的绿萝经过一个夏季的生长，一枝绿萝的枝叶已经从房顶垂到了地上，看来绿萝又需要帮助了，那就整理下吧。鱼缸里面的三尾锦鲤依然在水中摇头摆尾，看到我之后立马欢呼跳跃，以为我又要为它们喂食。俗话说得好：花都是浇死的，鱼都是喂死的。这三条锦鲤已经跟随我五六年了，也是非常有感情了。记得一开始养鱼，几乎每年换一次鱼，第一次把鱼养到这么长的时间。昨天刚刚喂了，今天不能再喂了，见到我再欢喜也不行，有时候也必须狠下心肠。

转了两圈再回到书房，有风从窗外匆匆而来，又匆匆而去，似乎没有留下一点痕迹，风儿这么着急为哪般？时光这么安详，风儿也应该轻轻吹才对呀。歌中不是这样唱的吗？风儿轻轻吹，叶子轻轻摇，时光挂在老树梢。扭头向外看，惊喜地发现，阳光又一次照进了室内，虽然走得不远，但是毕竟再一次来了，上一次阳光在室内是什么时候，都已经忘了。时光这么安详，我就不鼓掌欢迎了，不愿意搞出声响，我的心中是高兴的，这就行了。

可能就是一场阴谋

　　这两天秋意渐浓，天气也越来越凉了，晚上出去乘凉再骑电动车，凉风吹到身上，感觉不是很舒服了，于是把骑电动车改成了步行。可是步行的话，走的时间长了又浑身是汗，真的是骑车步行两难呀。忙了累了一整天，晚上不出去走两步，身体就像僵硬了似的特别不舒服。据说慢走能治腰疼，整天坐在电脑前，腰酸背疼，既然走快了出汗，那就慢慢地行走吧，控制住脚步，也就控制住了心情。

　　睡觉之前的时光怎么都好熬，最难的就是晚上入睡了。躺在床上的时候天气还是有点热，身上不盖点东西吧，就感觉到微微地发凉，盖上毛毯吧，又感觉到太热，为什么总是这么两难呢？盖了又蹬掉，冷了再盖上。这样反复几次下来，一晚上也就睡不好觉。到了天快明的时候，气温是真的下来了，需要盖上毛毯才能舒服一点。今天早上在半睡半醒之间，微微翻了一个身，突然觉得脖子旁边左边的肩膀猛烈地疼痛了一下，我不禁"哎呀"了一声，就把我给疼醒了，我的喊声也把老婆给吵醒了，老婆问我怎么了，我说膀子特别疼。老婆在迷迷糊糊中帮我揉了一会儿，也不起什么作用，这是怎么了呢？疼痛让我再也睡不着觉了。

　　睡不着觉了，时间太早又不愿意起床，躺在床上真的是辗转反侧，怎么也止不住阵阵闹心的疼痛。我于是起身坐了起来，看了看窗外，天色已经微明，好久没有起这么早了，既然睡不着了，干脆起床到外面走一走吧。我问老婆道："我想出去走一走，你去吗？"老婆沉思了一会儿，勉强地答应道："那就一起去吧。"

洗漱的时候脖子依然很疼，肩膀依然很疼，就是左边的脖子和肩膀连接的地方疼得最厉害，头可以向右转，但是向左边弯曲的时候就一阵一阵地疼痛。老婆看我难受的样子，心疼地说道："要不我帮你用擀面杖擀一擀呀？"我说："可能是落枕吧，用擀面杖擀一擀有什么用呀？还是出去活动活动吧。等回来之后我用那个按摩器捶一捶肩膀再说。"

洗漱完毕下楼，室外的空气特别清新，有着微凉的风。现在太阳出来得还是比较早，今天又是一个大好的晴天。太阳从东面出来了，西部的天空还高悬着一轮明亮的月亮。好久没有见到日月同辉的景象了。心情还是比较愉悦的，就是肩膀和脖子的疼痛让扛着一个脑袋的我，怎么都感觉到不舒服。

本以为走一走疼痛能够轻一点，可是回来之后疼痛依然。没有办法，那就用按摩器敲一下肩膀吧，以为敲完就能够轻松一点了，可是敲完15分钟后还是疼。今天又是周四，工作还特别繁重，可是疼痛令我心焦，让我烦恼。怎么才能安安静静地开开心心地开始新的一天工作呢？

以前只听说过别人落枕，还真的从来没有过落枕的经历，这一次算是经历了落枕的那份疼痛和不爽。我这个人自律性特别强，责任心也特别强，忍着疼痛开始一天的工作，一边干心中一边想：干吗这样难为自己呢？为什么要这样折磨自己呢？

为什么呢？我又能问谁呢？答案在我这里。其实完全可以不干，但是不干疼痛就轻了吗？也不轻呀，还不如做点什么忘记疼痛呢。

就这样一上午下来，疼痛虽然没有减轻，但是心情好了不少，毕竟我该做的已经做了。没有虚度光阴，没有辜负自己。其实生活何尝不是这样呢，一边苦着，累着，疼痛着，一边前行。走着走着一切就会好了，走着走着一切也就习惯了。

什么是坚强？其实这个世上本没有坚强，遇到困难的时候，挺一挺困难也就过去了，熬一熬疼痛也就会消失了。咬咬牙，跺跺脚，没有什么大不了的。

倒霉的我

　　熬过了酷暑，终于迎来了凉风习习的秋天。秋水伊人，秋风送爽，天高云淡，心旷神怡。秋天是多么令人神往和向往呀！可是还没有好好地享受秋天，我就被秋天撞了一下腰，被秋天的凉风伤害了。前天夜晚的凉风吹来，我左边的脖子和肩膀猛地一阵疼痛。从来没有经历过落枕苦恼的我，竟然也落枕了。以前从来没有考虑过脖子在哪里的问题，现在脖子时时提醒我这里就是脖子，因为它一直疼，一直酸涩，稍不注意猛一回头，或者是动作稍微大一点，就令我疼得龇牙咧嘴。

　　没想到落枕会这么厉害，以为疼一会儿就会拉倒，没想到这次却是死死地缠上了我，昨天整整的一天都是一样的感觉。这个感觉真的不好，让人心中特别烦恼。可是烦恼也没有办法，无论是捶是按还是敲打，这种疼痛依然那么顽固，那么坚强，那么不依不饶。怎么才能解决这种烦恼呢？真的令人吃不好饭睡不着觉。想一想也没有什么办法，只能傻傻地苦笑。难道这就是秋天送给我的礼物吗？哪有这样送礼的呀？

　　昨天的风凉，今天的风更凉，清风不知道我的疼痛，还在爬上我的鬓角。凉风吹到身上让我有不舒服的感觉了，再加上脖子的疼痛，我对凉风有了恐惧的感觉。明明应该可以享受的时候却在承受难受。

　　小儿子不明了我的苦恼，还在一边取笑我，这个臭小子真的就欠踹两脚。小儿子坐在窗前看书，正在享受凉风。我感觉到风有点太凉了，特别不舒服就要求他把窗户关了，结果引来了他大声的抗议。我说道，抗议无效，快点把窗户关上。小儿子不敢违抗我的命令，无奈地去关窗，可是他只把窗户关了一半，还留下一半让风进来。记得小时候的冬天，家里的房屋还没有安上玻璃窗，母亲每年都会拿白纸把窗户糊上，白纸是不透明的，糊上了之后就看不到了外面的风景。调皮捣蛋的我，偶尔会把白纸捅一个窟窿，目的就是想通过窗户看一看外面都有什么。母亲就说道："针鼻眼的小孔，牛眼大的风。"窗户一定不能捅破，否则的话屋里就不再暖和。小儿子帮我把窗户关上一半儿，这也挡不了风，挡不了寒，和不关窗有什么区别呀？

　　可是真的把窗户全关上了，没有了清风的陪伴，连自由呼吸都有点艰难，看来窗户还真的不能全部关死，而且现在正是享受秋风秋凉的时候，也不到关窗的时节。

　　倒霉就倒霉点吧，现在已经两天了，脖子和肩膀还在疼痛，但是相比于昨天来说，疼痛似乎也减轻了不少。老婆说落枕可能会疼痛一周的时间。我说你就别吓唬我了，但愿明天就能好吧。

　　吃一堑长一智，酒虽好不能贪杯，享受凉风也要注意身体。春捂秋冻，不生百病；病来如山倒，病去如抽丝。如果没有其他的办法，那就耐心等待时间疗伤，相信时间会让一切都好。

人间烟火气

秋风吹老了树冠，岁月沧桑了容颜。虽然时光的脚步缓慢，秋意也越来越浓了，炎热走远，酷暑消散，放假了一个多月的孩子们，又该回到校园了。这一个假期快要结束了，有些孩子已经踏上了返校的征途。我家老大这个月 29 日开学，小儿子本月 31 日返校。喧嚣了一个假期的家庭，又到了归于宁静的时候。似乎早就盼望着这一天，又有点舍不得孩子们走远。

孩子们快要开学了，在开学之前，带着孩子们回老家陪爷爷奶奶吃顿饭，让老人享受下天伦之乐。在返校之前，陪着孩子再到姥爷姥娘家团聚下，手心手背都是肉，两边的老人都需要陪伴。这就是日子，这就是生活，这就是尽孝。说得好不如做得好，有些话说一说就可以，有些事情必须要做，只有行动才能表达心意，只有做了才能满足心愿。

时间说长就长，说短就短，看似漫长的时光，真到用的时候才知道时光短暂。定好的昨天回老家看看爷爷奶奶，今天去姥爷姥娘家吃顿饭。民以食为天，其实团聚就是吃饭，可是吃什么饭就成了大问题，特别是在老人的心里。

每一次回老家，告知父母回去的时间之后，父亲母亲说得最多的一句话就是：吃吗？吃什么饭？这个时候你还不能回答随便，老人一片真心询问，回答随便太敷衍，可是吃什么呢？也的确是个问题。每次回老家之前，我和老婆都会考虑好这个问题，大都是买点现成的回家，买点羊肉，买点熟食，或者干脆在城里做好红烧肉等带回家。这一次知道回家之后，父亲一大早就打来了电话，我还没有起床呢，电话铃声就响了。接通电话之后，又是重复了千百遍的语言："今天中午回来吗？回来的话吃什么饭？"面对老父亲的电话，我的心中有点为难，因为这一次时间太早，早饭还没有吃呢，中午饭吃什么还真的没有考虑呢，更别说考虑好了。面对老父亲的询问，我支支吾吾、迷迷糊糊地说道："吃什么呢？吃什么呢？"

老父亲听出了我语言的模糊和态度的萎靡，也许是听出来我刚刚睡醒还没有起床，嗔怪道："这么晚了，还没有起床呗？"

面对老父亲的责怪，我不敢撒谎，像个犯错的孩子似的说道："嗯，刚睡醒没多长时间。"又怕老父亲继续责怪，立马言辞利索，精神振奋地说道，"我正准备起床呢，马上就起床了。"

"那今天中午吃什么饭呢？"老父亲没有继续责怪我，而是又回到了吃什么的老话题上面。

这的确是个问题，今天中午吃什么饭呢？我也在想，我随口说道："吃什么都行，简简单单吃点就行了，现在都不馋。"

"那今天中午吃包子，行吗？"父亲在征求我的意见。现在母亲身体不好，复杂的饭菜于她而言已经是很繁重的任务，母亲也不擅长做一些复杂的饭菜。小时候在农村，什么是好饭？蒸的就是包子，煮的就是饺子。包子和饺子就是小时候农村最好吃的饭了。老人讲故事的时候说，只有过年才能吃顿饺子，在父母的眼中，好饭还是包子和饺子。

听到老父亲说吃包子，我因为也没有思想准备，急忙高兴地同意："行，行，今天中午吃包子就行。"也不知道为了什么，这么多年来经常吃包子，可就是老家大地锅蒸的包子好吃。

"那我们把面和菜、肉都准备好，等你们来了包子再下锅。"

老父亲听到我同意，急忙高兴地说。

昨天忙完上午的工作，和老婆领着两个孩子回老家去。到家之后，母亲已经发好了面，择好了韭菜，见到我们回家了，老人高兴得合不上嘴，笑着对老婆说："我把肉、菜、面都准备好了，就等你回来包呢。"

老父亲看到我们回来了，高兴得连烟都不着急抽了，急忙抱柴点火烧大锅。点上火之后又拿了把斧子去院子里面劈柴，把家里的破木头劈成一小段一小段的木柴好烧火，像极了小时候过年的景象。我笑着说道："现在都有天然气了，还用点大锅烧火呀，怪麻烦的。"

老父亲也笑着说："小锅蒸包子太麻烦，还是大锅蒸的包子好。"

秋风轻轻地送来了秋天的清凉，天气很好，农村的空气更新鲜，天空蓝得令人眩晕，从院子里面抬头望向四角的天空，真的有了小时候的感觉，这种感觉真好。我陪着父亲在大门下面说一说家长里短，老婆在厨房忙着做饭，两个孩子一人一个手机在游戏人生，老母亲高兴得一会儿这儿转转，一会儿那儿看看，真的是温馨祥和、轻松快乐的家庭生活。

包子蒸好了，老婆掀开锅之后大声喊我，在老婆的建议下，拍了一个小视频发到了网上，赢得了很多朋友的点赞和回复，有的朋友说：回家的感觉真好！有的朋友说：这才是生活，有滋有味，喜欢！有的朋友说：真好吃，久违的感觉，这才是烟火气！有的朋友说：老师，我馋了，想吃！有的朋友说：家的味道。还有的朋友说：跟我家蒸的包子一样一样的。留言的朋友很多，点赞的朋友更多。

很喜欢一位朋友说的人间烟火气，更喜欢这位朋友说的家的味道。不一定非要山珍海味，不一定非要锦衣玉食，有家，有爱，有老，有少，有天，有地，有房，有院，家庭和睦温馨，生活开心快乐。生活如此，夫复何求？

两个酒场

　　不知道为什么，昨天下午情绪低落，有点心烦意乱，本来定好的是更新《玩彩人生》，可是怎么也写不进去了，不想太难为自己了，实在不想写就不写了。不写的话干什么呢？何以解忧，唯有杜康。中午在老岳父家喝了一罐 330 毫升的青啤，也没有解决问题。既然不想干活，那就休闲娱乐下吧，这几天也赶了一口时髦，正在追热播大剧《扫黑风暴》，昨天一口气看了三集，看得我惊心动魄，没想到人心可以如此险恶，没想到人性可以如此泯灭，生命在黑心人的眼中真的连蝼蚁都谈不上。徐英子和徐小山就这样死了，总感觉处理得不算完善。

　　就在我胡思乱想的时候，电话铃声响了，我一看来电号码，是一个夏天都没有联系的高中老同学孙总，打来电话问我今晚有什么安排，有没有什么大事，他说没有大事的话那晚上一块喝点。我这两天的酒局有点连上了，前天晚上刚刚和大学同学喝了点，今天晚上再喝我有点犯难，但是老同学多日不见，特别是高中时候我们几个经常在一块儿玩的同学邀请，拒绝了也肯定不行。于是我答应了下来。

　　我问孙总："在哪里呀？"

　　孙总说："还没有定好地方。"

我强烈要求道："还没有定好地方，那就来开发区吧。去别的地方太远了，我不方便去。"

孙总笑着说道："我们两家离得远，反正不是你跑就是我跑。"

我笑着说道："晚上我需要忙完才能去，大约要到七点才能到，你没事，你就辛苦点，实在不行让李老师开车拉你。"

孙总问道："那到开发区吃什么呀？"

我说："大山坳怎么样？"

孙总说："就咱们四个人，不去这么大的地方了，咱们找个地摊吃个烧烤吧。"

我说："那就去吃烤羊腿吧，就在开发区市政综合楼那儿，套餐也不贵。我来安排吧。"

孙总说："别别别，你不用管，一开始李老师说要请客，我来吧，你们都别管了。"

高中同学，又都是铁哥们儿，现在都已经人到中年，马上到了知天命的年龄，现在不像年轻时候那样，为了一顿饭钱心疼好几天，现在吃顿饭都能吃得起，也没有必要再互相谦让了。于是我就没和孙总再争来争去。于是我说道："那也行，你们先去吧，我忙完就走。"

孙总说："那你尽量快点呀，每一次吃饭，你小子总是最后到或者迟到。这一次到了开发区了，你早点到总没有问题了吧。"

"我尽量早去，你们到了之后先聊着，我七点之前肯定到。"我笑着说道。

老同学见面，很是高兴，别管是大学同学，还是高中同学，基本上都是一样，插科打诨，互相调侃，聊一聊过去，谈一谈现在，说一说工作，评论评论孩子，沟通交流下网络上的热点话题，展望下当前的国际形势。酒喝得很少，四个人吃饭，要了六瓶啤酒，李老师说开车不能喝酒，我们三个人才喝了五瓶啤酒。这两场酒喝得都不多，昨天晚上和高中同学喝酒，我喝了大约一瓶半啤酒，前天晚上和大学同学一块儿，我也只喝了一两半白酒。到了这个年纪了，真的没有必要再拼酒了。酒喝多了不单单是身体难受，最主要的是容易出丑。都是有头有脸的人物了，丢不起这个人呀。

　　无论是同学还是同事，好多年的老朋友都愿意找我喝二两，为了照顾我的时间，大家都尽量到我的旁边聚餐。这就是友情，这就是友谊，无论什么时候，都有朋友和同学惦记，而且设身处地为我着想。我真的很感激。电视剧里面的生活太阴暗了，看了都感觉活着就是负累。现实生活中却充满了温情和爱意，处处温馨时时祥和，还是现实生活好。

　　昨天酒场散得很早，回来的路上下着小雨，大街上几乎没有了行人，我的电动车在雨中飞驰，可是我心中却充满了暖意！

家庭生活中的小烦恼

这两天的聊城一直是阴雨天气，阴雨天气的秋季有了阴冷的感觉，又有点怀念阳光灿烂的日子了。阴天的秋季显得那么严肃，阴雨的秋天是那么认真，提醒我们别把秋天不当回事儿，一阵秋风吹来，真的有点肃杀的气息了。空气中飘着淡淡的忧虑，如烟似雾朦胧一片，远处的景色已经模糊，大脑中也是一片混沌。

孩子小的时候比较缠人，喜欢哭闹，总以为孩子大了一切就会好了，岂不知孩子大了也有大了的烦恼，还不如孩子小的时候，小的时候虽然也有不如意的哭闹，但是一哄就会笑，孩子大了有了自己的思想，不再像小时候那么好哄骗，也不再像小时候那么好打发，给点阳光就灿烂。这不是，刚刚吃完早餐，老二和他妈又斗气呢。天气凉了，明天就开学了，臭小子想买件卫衣穿，妈妈说家里还有很多卫衣，不用再买了。小家伙一听不高兴了，�‍着小嘴，一副气哼哼的表情，给这个阴郁的天气增加了更多的忧愁和烦恼。

儿子不高兴，妈妈也开心不了，他们二人闹别扭，我的心情也好不到哪里去。我本着息事宁人的态度对老婆说道："他要你就给他买一件不就完了，不就是二三十元一件卫衣吗？这点小事也值得生气，我真的服了你俩的气。"

老婆听了我的话非但不收敛自己的态度，反而气冲冲地对我发了火："那二三十元的卫衣有法穿呀？不能什么事情都听他的。

他哥走的时候，又给他留下了两件好卫衣，都是几百元的衣服。"

老婆的反驳令我哑然无语。以前老二最喜欢哥哥给他的衣服，穿上他哥哥的衣服都是乐得屁颠屁颠的，这一次怎么他哥给他的衣服他不喜欢了呢？我有点奇怪呢，臭小子发话了："我不想穿黑色的卫衣，我哥给我的是黑色的。"话语说得斩钉截铁，令人不容置疑。

"那不是还有一件白色的吗？"老婆立即接过话来，依然是气哼哼的。

儿子一听不再言语了，但是依然是满脸的不高兴，气哼哼地坐到客厅沙发上去了。老婆悄悄地和我说："估计是现在大了，不想穿他哥哥的衣服了，也想穿新的。"

我一想也是这个道理，但是他哥哥的衣服都是好衣服，不穿了闲置的确挺可惜，但是孩子大了也没有办法，只好无奈地说道："他真的不想穿，就给他买新的吧。"

爱美之心人皆有之，但是小男生不能总是讲究吃穿，现在到了青春期，逆反心理特别严重，不能总是再一味地高压政策了，该缓的也需要缓和，家和万事兴，家庭和睦才能温馨，家庭和睦温馨，才能更好地工作和学习。天要下雨我没有办法，家庭和睦总能够实现，过日子不能置气，一切随其自然就好。小儿子虽然不满意，但是一会儿就能过去。

老婆洗好了桃子切成块给我端了过来，一边递过碗来一边说："你尝一尝吧，这个桃子可甜了。"小儿子背完英语单词到书房拿手机，听到妈妈说桃子很甜就把嘴伸进碗里叼了一块到嘴里，我用牙签插起来一块桃子送到嘴里，真的满嘴桃子的香气和甜味。

老婆去收拾屋了，儿子在静静地看手机，我静静地写下这些文字，然后心情也平静了，室内静悄悄的，我认真地开始今天的工作。

秋天的雨

　　这一场秋雨下了两三天了，还没有要停的迹象，大前天和同学小酌就是在雨中归家，前天送老大去济南上大学就是在雨中前行，下午回来的时候依然是阴雨连绵，到了聊城的时候雨下得反而有点大了。昨天一天都是阴雨天气，昨天夜里更是下了整整一夜，到了天明雨声还在淅沥。阴雨的天气，潮湿的心，情绪也高不到哪里去。真的应验了鉴湖女侠的那一句诗句：秋风秋雨愁煞人。

　　秋风秋雨中，倍感凄凉，都快到了知天命的年纪，哪里来得那么多愁绪？不是想不明白，只不过不愿意去想罢了，太多太多的往事，太多太多的无奈，太多太多的悲哀，越是在这样的季节，越是在这样的天气，越是一起涌上心头，不能多想了，想多了头疼。本来心事已经缠绵，再头疼的话时光更是难熬。

　　秋天来了本来就有点凉，再加上秋天的风秋天的雨一起来帮助凄凉，令人的内心更是彷徨。高兴一点不行吗？何必无事非要悲伤？没有欢乐的时光里，要自己去寻找才可以，开心不来找你，就需要你去寻找欢乐。这个时候，这样的季节，最好能有三两个诗文好友，一起雨夜小酌，可是现在的人都很忙，你有空的时候他不一定有时间，就算都有时间，现在的城市太大，也轻易地聚

117

不到一块儿。其实聚到一块儿之后，也不一定没有忧愁，时光在变，社会在变，人也在变，现在的人都越来越实际，谁还如我一样在乎风花雪月这些虚无缥缈的东西。

既然没有好友把酒言欢，那还是一个人独自品味这秋雨，独自相伴这秋风，独自享受属于自己的寂寞无聊时光吧。人总要有点追求，追求一些心灵上的东西，而不是一味地蝇营狗苟，柴米油盐。唯有精神有寄托，生活中才有动力，没有高品质的精神生活与行尸走肉有什么分别。

窗外雨声很小，几乎没有风声，书房里面静悄悄的，老大开学了，已经回到了大学的校园，家里没有了老大的声音和气息。老二今天也开学了，也回到了久违的校园，开始了新学期的学习生活，不在家里"游戏人生"了，家里也不再像以前那样的热闹。真的很难得这份安静和寂寞，孤独现在不可怕，因为有了网络，寂寞什么时候都不可怕，因为寂寞的时候，可以和自己的心灵对话。众人面前管住嘴，独处的时候守住心，管住嘴不容易，守住心更难。关键看你的内心追求的是什么。有些人追求享乐，一直想着灯红酒绿，声色犬马。有些人追求高雅，读书写字，琴棋书画。人往高处走，水往低处流，什么时候都不能忘了对真善美的追求。五千年的文明，两千年的文化，都在告诉你什么是真，什么是善，什么是美。你的内心都知道应该怎么去做，为人处世别违心，不要总是让自己的内心忍受煎熬。

空山新雨后，天气晚来秋。聊城没有山，照样有风雨来袭，依然有秋色宜人。其实像现在这样的秋雨，真的算不上苦雨，像现在这样的风，也不能称为凄风。窗外似乎雨停了，楼下小湖边的垂柳依然绿叶婆娑，耷拉着头似乎在等待着什么，也许是在等待一阵风来吧，如果不摇曳，谁会在意你婀娜的身姿？如果不乱颤，谁会欣赏你的花枝招展？

耳边又响起了《水手》中的旋律：风雨中这点痛算什么，擦干泪不要问为什么，至少我们还有梦！是呀，梦想总是要有的，万一实现了呢？有梦想谁都了不起，每一个梦想都值得被尊重！

眼睛不舒服

大妹家的大外甥当兵回来了，昨天去看姥爷姥姥，邀请我中午也回老家吃饭，可是昨天上午的时光真的太紧张，再加上小儿子中午还要回家吃午饭，实在是无法回老家去吃午饭了，于是和老婆吃完午饭之后才驱车回老家。回老家的路上从南环路往南拐有一段乡村公路真的很美，道路两边盛开着鲜花，鲜花外面就是田野里的庄稼，道路两边栽种的柳树手挽着手肩并着肩，道路两边的柳树枝叶已经纠缠在了一起，你中有我我中有你，遮蔽了白云，阻挡了阳光，阳光下一片金黄色的绿意向前延伸，林荫小道令人心情特别惬意，每每走到这一段路，我的心情都特别好。这样的景色真的令人身心舒适，也特别养眼。一首熟悉的旋律就在耳边响起：走在乡间的小路上，暮归的老牛也没有了同伴……此时我的心情依然特别感动，特别闲暇，真想留在这大自然中不再归家。可是车轮在转，美景转瞬即逝，美好总是那么短暂。

到家之后看到外甥在刷碗，小妹正在擦抹油烟机，原来小妹也回了老家。父亲母亲都已经七十多岁了，母亲的身体不很好，我到的时候已经午睡了，知道我回来了，出来说了两句话又要躺下，母亲总是说晚上睡不好觉，就没有让她白天再躺下，而是让她陪着我们一块儿说会儿话，忙完之后说了一会儿闲话，谈了谈外甥买房和找工作的事儿。时光过得真快，原来的小娃娃现在已经成了大人，当了五年兵复员回家了，也已经到了找工作买房的年龄。现在聊城的孩子没有工作和房子，连个对象都不好谈呀。作为舅舅和舅妈的我们夫妻二人，能关心的还是要关心，能帮助的还是要帮助。说了一会儿话，也没有什么事情，大家也就散了，各回各的家。

晚上忙完之后到了八点多了，我刚刚吃完晚饭想出去走一走，在客厅沙发上坐下准备换鞋，手机铃声响起，我拿过电话一看，是老父亲打来的电话，我以为有什么要紧的事情呢，赶忙接通了电话，原来老父亲并没有什么事情，打来电话的目的是让我注意身体，别太劳累了，能出去走走就出去走走，别一直盯着电脑和手机，说我的眼睛显得特别疲惫和劳累，和别人的眼睛都不一样。我正在接着父亲的电话，母亲的电话又打了进来。原来两位老人没有在一块儿，一个在屋里一个在外面。我挂断父亲的电话再接通母亲的电话，电话的内容还是一样，都是让我多注意身体，不要太劳累，还是说我的眼睛显得特别累。儿行千里母担忧，真的一点也不假，我就回家待了两个小时的时间，竟然因为我的眼神显得特别累，父亲和母亲同时打来电话嘱咐我。这么大年纪了，还让老人担心，我的心中也有点凄凉。

挂了母亲的电话之后，老婆走过来，我问老婆："咱俩经常在一块儿，你可能看不出我的眼睛显得特别累吧？"

老婆也心疼地说："你的眼睛是显得特别累。总是在电脑前坐着的原因吧，以后不行少看会儿电脑吧。"

眼睛不舒服是从什么时候开始的呢？我想起了 2014 年的秋季和小光弟弟与老大去东阿影视城玩，拍了不少的照片，平常可能我也没有注意，但是看照片的时候发觉我的眼睛总是有酸涩感，一点精神也没有，和别人的眼睛不一样。到现在已经七年了。这十多年来，每天都坐在电脑旁边，眼睛总是感觉到疲惫，有时候发酸发涩，嘴里总是说注意注意，可是怎么注意呢？每天的任务就是坐到电脑前。以后能少看会儿电脑就尽量少看会儿吧。

昨天晚上临睡前，也不再看手机了，让老婆帮我滴了两滴抗眼睛疲劳的眼药水，可是并没有什么效果，今天早晨醒来，眼睛依然是酸涩疲惫，睡了一晚上了，按理说眼睛应该轻点好点了呀？老婆说我的眼睛发红。睡了一晚上醒来眼睛还发红，看来冰冻三尺非一日之寒，不是一朝一夕就能好的。早晨出去又买了一瓶消炎的眼药水，希望这次能管点儿事。

都说近视眼的人不花眼，其实这是错误的，现在近视眼的我眼睛也花了，看书看手机的时候，真的看不清了，又配了一副度数低点的近视镜，在家里读书看电脑的时候戴上这一副，外出的时候还是要换上正常读书的眼镜，否则在外面真的看不清呀。

一天天，一年年，人累，心累，眼睛累。都说眼睛是心灵的窗户，看到了眼睛也就看到了心灵，什么时候才能真正地眼明心亮呢？我期待这一天尽早来临。

内心独白

　　昨天一天阴雨绵绵，害得我一天没有下楼，今天早晨依然雨雾蒙蒙，令人心情很是郁闷压抑沉重。秋风秋雨秋凉秋虫，让人心情不得安宁。

　　昨天写了一篇文章《一位故人来访》，可能很多朋友没有看到，文中写道："妻子看我们要在家吃饭，主动出去买菜了，买回来了一只烧鸡、两样熟食和几样青菜，又炒了两个菜，给我们凑了六个菜。"这句话的本意是表扬妻子，可是老婆看了之后，却提出了严重的抗议，向我大声地说道："什么给你们凑了六个菜呀，我是给你们精心准备了六个菜。"老婆说得义正词严，大义凛然，我一听吃了一惊，后来一想老婆说得很对，在晚上那么忙碌的情况下，老婆的确是为我们精心准备了六个菜，除了四个肉菜，又为我们做了一个特别好吃的秋葵，还炒了一盘芹菜肉丝，也是我特别爱吃的。在这里衷心地感谢老婆的辛苦和热心。

　　记得有一句话：改变你的语言，改变你的世界。网络上有这个小视频，大家可以去看下。有一位盲人在路边讨钱，标示板上写着：我是盲人请帮助我。路过的人很多，给钱的人寥寥。有一个美女路过，并没有给这位盲人钱，而是把标示板翻过来写了一句话：这个世界很美丽，我却看不见。路过的行人纷纷解囊相助。

盲人最后问美女："你对我的标语做了什么？"美女说："我和你表达了同样的意思，只不过是换了种说法。"这就是：Change your words. Change your world。

同样一句话，换一种说法，效果和意义就大不一样。前天晚上老婆明明精心为我们准备了六个菜，让我说成了给我们凑了六个菜。凑了六个菜，就有点敷衍了事的意思，而精心准备了六个菜，就足以证明老婆对我朋友的心情和心意。每一个家庭里面，都需要有一个勤劳利索的女人，我很有幸，娶了一个好老婆。每一个成功的男人背后，都有一位伟大的女人，这个女人不是母亲就是老婆。如果母亲和老婆都很伟大，这个男人不成功都难。

记得有一句话说人生中的三大不幸：少年丧父，中年丧妻，老年丧子。看到这句话，再认真仔细想一想，人生的确非常悲凉。特别是人到中年，更需要有一个安稳的后方。什么是平安，"安"的字面意思就是屋子里面要有一个女人，古人的智慧不得不佩服。人到中年，更需要家里面有一个知冷知热的人，女性的细腻，女性的温柔，女人的温暖，最能安抚一颗男人沧桑的内心。只有家里有一个细腻温柔温暖的女人，才是一个温馨温暖的家。任凭外面风吹雨打，家庭就是避风的港湾，家就是那一个可以让你疗伤的地方，家也是让你放下所有伪装的地方，只有在家中才可以心安。

为什么奋斗？为什么拼搏？如果没有了家，人生就没有了方向。无论多晚，家中那一盏灯光始终为你照亮回家的方向，无论多累，家中那一盏灯光始终为你照亮归家的路。人行千里之外，家始终是你心中温柔的牵挂，儿行千里母担忧，有了老爸老妈，你就有个老家，人生还有归途。

妻贤子孝，妻子贤惠温柔，幸福的不是一代两代，而是三代。

有了妻子的贤惠温柔，才能在父母面前尽孝没有后顾之忧，不用担心后方起火；有了妻子的贤惠温柔，才能在朋友中间昂起头来，不用害怕在朋友们面前没有面子和尊严；有了妻子的贤惠温柔，孩子才会懂事听话，大人过的就是孩子的日子，孩子才是我们的未来。

夫妻双方只有互敬互爱，家庭才会和睦温馨。记住一句话，家是感情的纽带，不是讲理的地方，不要总以为自己有理，互敬互爱只是一方面，互谅互让才是最重要的。

老婆的抗议我虚心地接受，以后写文章的时候，我一定注意遣词造句，找到最合适的语言来表达想表达的内容。

昨天下午因为下雨没能出去转转，今天早晨早早起床，到外面转了一圈，眼睛总是很累很疲惫，一直在电脑前真的不行，还是大自然的绿色养眼。为了健康，为了家庭，为了孩子，为了父母，一定要保持好自己的身体健康。

人生几度秋凉

这几天的聊城一直阴雨霏霏，伴随着秋风的小雨在空中飘飘扬扬，雨不大，但是特别耐下，而且下得很认真，很顽强，秋天就是这样的景象，也给内心增加了几许凄凉，几多彷徨。好久没有出去走一走了，浑身上下就像生了锈，也许是夜风太凉，寒凉侵袭了小腿的肌肉，两个小腿肚子有点沉重和迟缓，走起路来不再像以前那么轻快。

雨下了几天了，窗外一片烟雾蒙蒙，从窗子外面走进来的空气扑到脸上，显得特别新鲜，但是空气中潮湿的气息太浓，给人的感觉并不是特别舒适。山路原无雨，空翠湿人衣。这么好的景象，为什么我就体会不到呢？同样的秋雨，在诗人的眼中竟然那么空灵美妙，我等凡夫俗子，真心体会不到，看来还真地需要修行，才能理解和体会这种空蒙。

聊城别名江北水城，千年的京杭大运河穿城而过，沿河两岸古色古香，沉浸着历史的浓厚。徒骇河现在也成了市内河，这些年更是修建了滨河大道，让沿河两岸都成了美丽的公园。东昌湖水烟波浩渺，东昌湖岸边更是风光秀丽。小湄河温润委婉，宛如小家碧玉，小湄河湿地公园，更是让人流连忘返。外面的世界真的很精彩，坐在室内想一想就有了想出去走一走的冲动。可惜时间有限，精力有限，明明知道风景就在身边，我却只能待在室内，面对着电脑的屏幕发呆，呆呆地看着电脑上惨白的屏幕。

有秋风吹过窗台，到哪里去寻找我的未来？数字是那么枯燥，文字是那么苍白。想说的话又不想说了，想写的文字又不想写了，难道就让时光这样静止下去吗？可是时光并不为我停留，依然在缓慢向前。前方的路虽然太凄迷，请在笑容里为我祝福。

风凉不胜其寒，可以关上窗户，不让凉风进来。小雨下个不停，可以不出门，出门可以撑上一把美丽的雨伞，不淋雨也能欣赏雨中的美景。可是身上的湿寒，找什么办法驱散？还可以去找医生，可以吃药，可以打针，可以锻炼，都能排解风湿风寒。可是心上的苦闷和愁绪，谁又能为我驱赶呢？

事因难能，所以可贵，贵在坚持，走自己的路，让他人去说吧。一剪微寒露凝霜，几度秋雨凭栏想。酒贱常愁客少，月明多被云妨。世事梦一场，人生几度秋凉。

秋天的阳光

今天聊城的天空一片蔚蓝，天空被这一波的雨水洗刷得一尘不染。这一波阴雨绵绵的天气终于成为了记忆。今天早晨醒来，窗外特别明亮，有着很好的阳光，有着很好的空气。因为最近的眼睛不舒适，老婆为了让我多睡一会儿，起床之后给孩子做饭送孩子上学都是悄无声息，没有喊我起床，想让我多休息一会儿。可是大好的时光舍不得辜负，我虽然有点对床恋恋不舍，但是依然起床洗漱。

外面天气很好，老婆建议出去走一走，我于是拿了帽子戴在头上准备下楼，老婆看我戴着帽子笑着说道："外面太阳很好，让你出去就是为了晒晒太阳补钙，戴个帽子干什么呀？"

我说："最近不是眼睛不好吗？外面阳光那么强烈，还是戴上帽子吧。"

老婆笑着说道："今天的眼睛好多了，就别戴帽子了，咱们出去走一走。现在很少有看到戴帽子的了，你也就别戴了。"

听人劝吃饱饭，这么多天没见阳光了，那就去沐浴一下阳光吧。

下得楼来，抬头一看，心中特别喜欢，这才是秋天的本色，秋季的天空应该有的样子，天高云淡，阳光灿烂。路边的花草树木沐浴在阳光下，显得那么宁静安详快乐。阳光穿过微黄的树叶，树叶多了一层金边，风儿轻轻地穿过树梢，树叶在阳光下轻快地舞蹈。在光与影的变幻中，地面上的阴影在轻轻地摇摆，彰显着岁月的悠然和漫长。

走到路边公园的座椅上，走累了想坐一坐，可是昨晚的夜色很凉，把空气中的水珠凝结成了露珠，露水很浓，打湿了座椅，想坐下却又不能坐了，不禁哑然失笑。老婆笑着说道："别懒了，别坐了，那边有健身器材，去活动活动筋骨吧。"现在路边的设施真的很好，又增添了很多的健身器材。崭新的健身器材在阳光下闪闪发光，吸引着过往行人的眼球。我真的有点太懒了，从小对体育运动就不喜欢，所以不为老婆的话所动。

再往前走，有一个双杠在路边，老婆说道："这边有个高低杠，你去活动活动吧。"

我看了看，摇了摇头，说道："上学的时候都活动不了，到现在这个年纪更不行了。你别看体操运动员玩得那么溜，人家那是专业的。我要是上去扭了腰，摔断了腿，后半辈子你养我呀？"

老婆笑着说道："我养你，你去活动活动吧。"

我还是兴趣不大，于是笑着说道："还是算了吧，不给您老人家后半生添麻烦了。"

虽然有着微凉的秋风送爽，但是阳光温暖得有点过了，感觉身上微微出汗，还是去寻找阴凉的地方行走吧。转了一圈回到家之后，真的感觉到有点热了，把衬衣脱下来搭在了椅子上，老婆关心我，又把衬衣送过来给我说道："还是穿上吧，坐一会儿就凉了。"

在电脑前坐了一会儿，一阵凉风吹来，真的是秋天的凉风了，吹到露出的皮肤上，感觉到的不再是舒爽。我于是顺从老婆的意思，又把衬衣穿在了身上，把袖子挽得高高的，还有点舍不得秋凉呢。

阳光透进了室内，让室内特别明亮，眼睛也感觉比前两天好多了。光与影的变换，代表着季节的变换，岁月的安详。坐着时间长了也累，到阳台上看一看，更感受到阳光的可爱，金黄色的阳光特别亲切，非常温馨，让心情很静谧安详，多么希望时光能这样永恒下去，不再流淌。可是今天已经是农历的八月初一，再过半个月就是中秋节了，过了中秋就是年，时光走得真是太快了。今天还是白露节气，我说路边的椅子上那么多露水呢。

秋色如画，秋水伊人，美好的时光总是那么短暂，美好的时光总是令人留恋。白天的阳光很好，八月初一，夜晚是没有月光的，那就应该更加珍惜这份难得的阳光了。

秋天的阳光，让绿叶更绿，让黄叶更黄，让蓝天更蓝，让白云更白，让明亮的天空更明亮，让浮躁的心宁静而安详。我喜欢秋天的阳光。

我订阅的杂志到了

　　今天的事情比较多，不想写文章，可是不写上两句文字，心情竟然平静不下来，写文字的话，有点不知道写什么了，这也是一种苦恼。生活中为什么那么多的苦恼呢？也许是因为我太过于追求完美，在本来就不完美的生活中非要追求完美，就是为自己制造麻烦，也就是在给自己增添烦恼，所以烦恼本身无所谓，之所以烦恼，都是自己寻找来的，既然烦恼都是自己寻找的，那就怪不得别人，只能埋怨自己吧。

　　昨天中午去接孩子放学，走到一楼，我习惯性地向一楼墙壁上的报箱看了两眼，发现报箱里面似乎又有了两本书。楼下的报箱空置了很长时间了，几乎是一个暑假没有看到书报的身影，好不容易发现来了新书，多么想立即拿出来看上两眼，可是不知道报箱里面有书，下楼的时候并没拿报箱的钥匙，接完孩子回来，立即拿了报箱的钥匙下楼去。打开报箱的门伸手拿出来两本书，一本是我订阅的《读者》，一本是我给孩子订阅的《读者》校园版。高高兴兴地拿着书上楼来，终于又有了精神的粮食了。

　　生活很无奈，除了需要物质的满足，也需要精神的愉悦，那么每期一本的国民心灵读本《读者》，就成了我的精神食粮。虽然现在网络特别发达，手机随时都能看到各种各样的文章和信息，但是一本纸质读物《读者》捧在手中，瞬间就能让浮躁的心情变得安静，也许是我太传统了，总认为读书就应该手捧一本书，静静地享受时光，静静地阅读岁月。虽然拿着手机也是看书，现在的网络文学也特别繁荣，可是手机看的时间长了眼睛太累，现在的网络小说注水太多，连篇累牍，而且错字错句特别多，令人看了心里难受。所以我轻易不敢涉足网络文学，可是时代的发展，科技的进步，注定了网络文学的繁荣和发展，也不能一味地抵制，应该跟上时代的步伐，发展的节奏。

上楼之后，先把《读者》校园版递给小儿子，臭小子看到来了新书也是特别高兴，看他眉开眼笑开心快乐的样子，我想起了我的小时候。我小时候曾经在初中订阅过作文杂志，那时候的书少呀，是真的少，看到有文字的纸片都舍不得丢弃，都要看看上面写的是什么。每个月等待杂志的到来，就成了心中最大的期待，甚至比等待过年都迫不及待，一旦书来了，立马打开，不是阅读，而是闻一闻油墨的馨香，心中就特别舒坦。憧憬着总会有那么一天，我的文字、我的名字也会变成铅字，刊登在散发着油墨馨香的白纸上面。

可是儿子接过书去，既没有像我小时候那样去闻油墨的香味，也没有仔细看封面的图案，而是把这一本书直接翻到了中间，一边翻开书页一边兴高采烈地说："我的书来了，我先看看笑话再说。"每期的《读者》和《读者》校园版的中间，都有一个栏目，就是《幽默与笑话》。小家伙拿到书的第一件事情，竟然先去看笑话。我笑骂道："你小子现在有吃有喝，不缺吃少穿，还有这么多书可以看，看你整天乐呵呵的，也没有看你缺少快乐呀？怎么拿到书之后先去看笑话呢！"虽然这样说，其实我深深地知道，无论是大人还是孩子，每个人都缺少真正的快乐。

行呀，先看看笑话也不错，最起码这是在追求快乐，追求快乐就是追求幸福，寻找烦恼就是自己折磨自己了。缺少什么就需要补充什么，追求什么就得到什么，追求快乐的人，才能得到快乐。就算孩子犯了错，我也不愿意打骂孩子，不就是想给孩子一个开心快乐的童年吗？开头正确了，结尾也不会差到哪里去，更何况知道自己在追寻什么呢。

美食不可辜负，可是吃多了身体发福，美景不可辜负，可是太留恋了浪费时间。真言一句话，阅读即生活。还有什么比手捧一本闲书，更让人精神愉悦的呢？在我的思想中，似乎没有了。

我理解的教师节的意义

师者，所以传道授业解惑也。今天又是九月十日，教师节。各行各业，有节日的职业很多，但是这么多节日里面，唯有教师节万众瞩目，原因在于，每个人的人生中必定会有老师，就算没上过学也会有老师，古人早就说过了："三人行，必有我师焉，择其善者而从之，其不善者而改之。"从古至今，对老师都是特别推崇，师徒如父子，一日为师终身为父，就是最好的证明了。特别是在封建社会的时候，君臣父子，君为臣纲，父为子纲，能把老师比作父亲，足以证明老师的地位。

老师不单单地位高，而且社会对老师也是特别尊重，人类灵魂的工程师，这样的溢美之词给了我们的老师。可见我们对老师的职业有多么尊敬。老师不单单是在传道授业解惑，而是在塑造我们的灵魂，塑造整个社会的灵魂。万世师表孔圣人，已经被顶礼膜拜了几千年，并将继续被膜拜下去，直至永远。历朝历代，孔府长子长孙，都是朝廷一品大员的待遇，足以彰显对老师的尊重。曲阜一个小小的县城，能够吸引全世界的目光，也是因为对老师的尊重！

十年树木百年树人，树木想要成栋梁需要十年的时间，一个人要想成为圣人，需要百年的工夫，可是生年不满百呀，人生成长成熟中，处处有师傅，才能让我们不走邪路，少走弯路。

今天是教师节，应该向老师们致以节日的祝福，一句节日快乐，不知能不能表达心中的情意？老师们太多了，祝福哪一位老师呀？祝福所有的老师们节日快乐，似乎语气有点特大了，自己还没有这么多的能量能够祝福众师长。

在山东济南，每一个人都是老师，无论男女，无论大小，因为济南称呼对方的通用称谓就是老师。而且我现在也学得聪明了，看到有文化有知识的从事脑力劳动的人，又不知道对方姓甚名谁，我就直接称呼对方为老师。看到从事体力劳动的人，搬砖的垒瓦的，安空调的通下水道的，哪怕就是街头扫大街的老大爷，我都会尊敬地称呼对方为师傅。老师是师，师傅也是师，术业有专攻，三百六十行，行行出状元，隔行如隔山，人生真的就是到处都有我们的老师，不单单是人，甚至动物，甚至植物，都有很多值得我们学习的地方。如果过教师节，是不是包括所有的老师和师傅们呢？如果包括的话，也经常有人喊我老师，这是不是也是我的节日呀？哈哈，虽然知道这不过是自欺欺人，但是依然好开心。

教师节到了，孩子的老师在群里发了通知：各位家长大家好！为维护师德师风建设，值此教师节之际，谢绝学生及家长向老师赠送礼品。希望我们家校携手，共同把孩子培养好，就是对我们老师的最高褒奖！

看到这则通知，心中特别欣慰。老师理解家长，家长理解老师，不是一直说理解万岁吗，这才是真正的理解。设立教师节的目的，不是为了让孩子和家长给老师送礼，目的是让我们尊重师长，重视教育。铭记尊师重教，这才是教师节真正的意义。

通下水道

　　今天是星期天，可是我起得并不算晚。因为今天有双色球，知道一上午会特别紧张，也没有出去走一走。右边的肩膀这两天有点沉重，因为事情太多，并没有当作一回事，今天早晨起来之后，右边的肩膀有点疼痛了，看来不管不顾也不行呀，老婆建议贴一贴膏药，这两天的聊城天气特别热，贴上膏药再出汗肯定不舒服，还是用按摩器敲打一会儿吧。按摩完肩膀感觉时间过得太快了，于是抓紧写双色球的走势分析。可是刚刚开了一个头，老婆在厨房里面语气紧张地喊"秋"。我听到喊声感到很奇怪，厨房不是我的领地，书房才是我的天下呀，这个点儿在厨房里面喊我干什么？语气还那么紧张。急忙起身去看，老婆正在厨房的下水道地漏边忙活。原来厨房的下水道堵了。

　　通下水道这种活，总不能让女人来干吧，再说了老婆既然那么紧张地喊我，肯定是自己解决不了了，虽然是秋天了，穿的还是短袖，也不用捋胳膊挽袖子，我就接过来老婆手中的疏通管道的疏通器，蹲下身来使劲往下捅。通了一会儿，天气太热，已经有点微微出汗了，可是水还是一点不往下流，水面上全是凝结成白色的油泥，看来是油太多在下水道里面凝结造成的下水道堵塞。也不敢使劲太大，怕把下水道捅漏了，还得给楼下邻居安装下水道管道，更是麻烦。怎

136

么办呢？出大力不是我的强项，动脑才是我的擅长，于是静下心来想一想，想起来前段时间看的一篇文章：有个人也是下水道堵了，找了疏通下水道的来了，上门费100元，用了三桶下水道疏通剂，下水道就通了，疏通人员要价300元。写文章的人很聪明，从网上搜了搜，这种下水道疏通剂，只要八元钱一桶，于是和来人较真，最后给了来人124元。最后来人愤愤地走了，写文章的人以后自己去买了下水道疏通剂。想到这里我对老婆说道："算了吧，我别这么费劲了，现在五金店里应该有下水道疏通剂，你去买上一瓶吧。"

老婆倒是很听话，一听我让去买疏通剂，转身出门下楼去了，老婆走了我才想起来，忘了嘱咐她了，要买的是厨房的下水道疏通剂，别买成卫生间里的了。于是打电话告诉老婆，一定要买厨房的下水道疏通剂，多买一瓶，一瓶别再不够。老婆走了，我用抹布把下水道的水一点点吸出来，累得我够呛。老婆很快买了回来，回来之后还笑话我多虑了，下水道疏通剂是通用的，厨房和卫生间一样，但是并不是我说的8元一瓶，而是13元一瓶。13元就13元吧，两瓶才26元钱，总比请个专门疏通下水道的要便宜不少，过日子也需要精打细算。

按照疏通剂的说明，堵塞的管道中需要留下一部分水，刚才的忙碌又成了无用功，为了效果更好，我让老婆烧了点热水倒进了厨房地漏管道，我一瓶疏通剂还没有全部倒完，白色的泡沫就翻卷来上了，突突地冒着热气往外喷涌，吓了我一跳。这是第一次使用管道疏通剂，还真的没有经验，马上把地漏堵在地漏口，就这样地上还淌了一片冒着白泡的污水。说明书上说，倒上之后需要等一个小时再用大水冲下。

一个小时之后，老婆把厨房地上打扫干净，以为这样就好了，往水池里倒了一盆水进去，结果下水道并没有疏通，倒下去的水又从地漏里面冒了出来，厨房里面又流了一大片水，老婆赶紧用抹布围住不让水到处乱流。不行呀，怎么办？没事，幸亏我明智，让老婆多买了一瓶疏通剂，收拾完毕，再把另一桶倒上，倒进去之后，刚才的状态重现，这次不能再等上一个小时了，试验下吧，还是不行，水依然不往下行，还是往外冒。水里面有了疏通剂，不敢下手了，幸亏没用我嘱咐，老婆也很明智，买了一双乳胶手套，我戴上手套再次用下水道疏通器往里面捅，就是那种带钢丝弹簧的简易小水道疏通器，一边捅一边转，死马当作活马医，这一次再不行的话，就准备也喊专业的疏通下水道的人员来了。

转呀转，原来捅不下去的弹簧终于全部进去了，慢慢地往外拔，虽然很费劲，但是能拔动，不像刚才似的进不去，进去了又拔不出来。等我把钢丝弹簧全部拔出来之后，水面慢慢地往下流，嘿，真棒，水没了。下水道通了。心中的这份喜悦真的难以形容。

下水道是通了，但是一上午的时间消耗得也差不多了。还有这么多的工作要做，只能中午加班加点了。但是加班加点也高兴，要是下水道不通的话，心中总是装着一件事件，干什么都不能静下心来，心静不下来，什么也干不好呀。

老婆看到下水道通了后，眉开眼笑地说道："以后知道了，每间隔两三个月，下水道里面就倒上一瓶疏通剂，既能杀菌，又能除臭，最主要的是下水道以后不会再堵了。"

吃一堑长一智，能够从经历中学到经验，就是波折最好的答案。平静的水面总会有涟漪，正是因为水面的涟漪，才让平静的水面更美丽。平静的生活也总会有波澜，波澜过后的生活反而更美好。下水道通了后，心中的喜悦真的难以言表。终于可以静下心来，干自己该做的事情了。

清晨妻子的辛苦

早晨有点懒床了，老婆起来给孩子做完饭把孩子送到学校又回来了，我还没有醒来。我不醒来老婆也不喊我，就让我继续睡，一直睡到了自然醒，可能是生物钟的原因吧，有时候就是想睡也白费，到了该睡醒的时候自然而然就醒来。迷迷糊糊睁开双眼，发现老婆不在身边，于是就大声地呼喊，喊老婆的目的是因为两个小腿最近又总是不舒服，需要老婆帮着揉一揉按一按，老婆心中虽然有点不情愿，但是我说了也只能帮着按，按了一会儿之后就催我起床，我懒懒地说不想起，老婆说起来吧，起来出去走一走转一转，去得晚了邻居笑话。

我还是有点不愿意起床，于是说道："人家都说腿疼的原因在于腰，你还是帮我按摩按摩腰吧。"

老婆无奈又帮我按摩了一会儿腰部，你还别说，早晨揉一揉腿，按一按腰，还真的挺舒服的。按了一会儿老婆又催我起床，反正孩子都走了，家里就我们俩，于是我又撒娇道："肩膀还是不舒服呢，再按一下肩膀吧。"

这个时候的我趴在床上，没有看到老婆的脸色，我脑补了下，应该是咬牙切齿了吧。但是老婆并没有说什么，再次给我按肩膀，也许是因为使的劲太大，也许是因为肩膀真的有问题，老婆一按，

139

我疼得龇牙咧嘴直喊，我越是喊疼老婆使的劲越大，我知道老婆这不是故意折磨我，而是认为我的肩膀真的有问题，所以才这么卖力帮我按摩。这个肩膀按下来，就没有揉腿按腰那么舒服了，但是按了一会儿稍微好点。老婆也有点累了，再次要求我起床。

不能再耍赖了，再耍赖老婆就该急眼了，我于是起身去洗漱。昨天夜里感觉到口渴，早晨起来有点口干舌燥，老婆每天早晨都会给我沏杯蜂蜜水，已经形成了习惯。于是再问老婆给我倒好水了吗。

老婆说："水倒好了，你喝去就行了。"

我走到餐桌前一看，玻璃杯中有多半杯蜂蜜水，因为我知道老婆都是给我正好的温水，毫不犹豫地端起来喝了半杯，还剩下一点就放下来杯子。

老婆看到我没有喝干净杯中的水，不高兴地说："你喝完呀？剩下这些干什么呢？"

我说道："水里面有沉淀，怎么喝完呀。"

老婆笑着说道："没有呀。"

我再次端起杯子来看了看，的确没有水渣子，于是喝干了杯中的水。

老婆看我喝完水，笑着说道："今天早晨的项目完了吗？可以下楼走一走了吧？"

我不好意思地笑了，然后陪老婆一起下楼走一走。外面的空气很清洁，也有着微微的凉风，但是天气还是比较热，稍微活动活动身上就出汗，算了，还是回家吧，这样的天气真的不适合运动。

风寒还是风热

这两天的聊城天气真的不正常，都到了中秋时节了，气温竟然还在三十摄氏度以上，好多人热得受不了，又把空调打开了，楼下地面上一片片空调冷凝水。我没有开空调，现在真的有点后悔了。不知道是风寒还是风热，反正我现在是鼻塞、头疼，浑身无力。

好久没有感冒了，大约有两年了吧，都快忘了感冒是什么症状了，也就大意了。

前两天感觉有点上火，耳朵里面又疼又痒，蘸了点双氧水搽了一搽，感觉好点了，就没有当回事。

这几天总感觉有点上火，于是找老婆要凉茶喝，老婆给我买了凉茶，可是喝了也不解决问题了。

前天晚上感觉嗓子不舒服，以为是喝水喝少了，半夜里起来找水喝，也没想到这是感冒的前兆。

昨天下午感觉嗓子有点不舒服，好像是淹了似的，又好像被什么东西拉过，总是不舒服，可还是没有往感冒的方面想。

到了晚上天气还是特别热，这么热的天气，开风扇吹得肩膀受不了，真的有点想开空调了。可是感觉开空调有点像开玩笑，还是算了吧。鼻子竟然不透气了，只能用一个鼻孔喘气，而且喘气还有点费劲。

紧跟着腿越来越轻，头越来越重，身子越来越无力，慢慢地开始头疼了，我才想到可能是感冒了。可是这么热的天气怎么会感冒呢?

老婆说不是感冒，应该是热着了，赶快打发我吃药，藿香正气、金银花口服液、阿莫西林消炎药、板蓝根都上来了。可惜已经晚了。

昨天晚上休息了一晚上，一晚上迷迷糊糊，一晚上昏昏沉沉，早上醒来，和昨天晚上的症状一样，鼻子还是不通气，脑袋还是又涩又疼，浑身依然无力，甚至有点怕热又怕冷，整个人都打不起精神来了，只想卧倒休息，似乎躺一会儿才得劲儿，可是躺着依然不舒服。

老婆总是后悔，说如果让我早吃点药就没事了，早让我喝板蓝根就好了，早给我买了凉茶喝就好了，早让我多喝点水就好了。这个世界上真的买不到后悔药。其实存在就是合理，之所以这样，就是太轻敌了，如果早对风寒感冒、风热感冒注意点，就不会引火烧身了。

这一次病来也不是如山倒，希望病去也不会如抽丝，该吃药吃药，该休息休息，一切顺其自然就好了。就像老婆最后补充的那样:一直不感冒也不好，偶尔感冒下也行，能够排一排身体里面的毒。也只能这样安慰自己了。

把书房的门关上

前几天天气太热了，仿佛又回到了盛夏时节，昨天的聊城天气终于正常了，艳阳高照，秋风送爽，枝头的树叶有的已经变黄，在阳光下的树叶似乎镀了一层金，更是闪闪发光，在温柔的阳光里，一片静谧安详的景色，多么大好的一片秋色呀！没有比较就没有伤害，更显出了昨天的天气温柔又可爱。

可就是这么好的天气，倒霉的我却无福享受，因为感冒的原因，凉爽的风吹到他人身上是享受，吹到我身上感受到的是难受。感觉到有风走进了书房，吓得我赶紧关上了书房的门，关上书房的门之后还感觉有风在身边游动，吓得我又关上了书房的窗。门也关了，窗也关了，书房里面的空气不再流动，没有了空气的流动，室内的气温慢慢地上升，一会儿的工夫，我的后背就有汗液偷偷地流出，本以为出点汗就能舒服点，其实完全不是那么回事，当后背汗津津的时候，身上反而更难受。这个感冒太坏了，弄了半天冷了不行，热了也不行。我只好把窗户再打开，完全密封也不行，本来就有一只鼻子不通气，空气稀薄了，连呼吸都成了难受的事情。

感冒的我依然是难受，说不上哪里不好的难受，头部一半疼痛一半麻木，脸上一半麻木一半酸涩，感觉到脸部有些水肿，鼻子一直流鼻涕，像清水一样的鼻涕不请自来，都不通知一声，有时候拿纸拿得慢了，自己就出来了掉在了身上或者地上。擦的次数多了，鼻子也疼。嗓子还涩还疼，嗓子里面就像在燃烧，喝再多的水也浇不灭。有时候感觉上火很严重，好像一双眼睛里面也能往外喷火。双腿无力，肌肉发疼，胸中也在隐隐约约地疼。口中似乎长了疮，上腭和牙龈也在疼痛。哪里来的这么大的火呢？

上网查一查吧，鼻流清涕可能是病毒感染，需要喝点抗病毒口服液，口腔生疮可能是上火，来点板蓝根或者双黄连口服液。可能有炎症，需要吃点消炎药，可能是热伤风，需要吃点藿香正气水。太多了，太乱了，都快把我弄迷糊了。那就吃药吧，家里有什么药就吃什么药吧，家里有氨酚黄那敏、藿香正气水、阿莫西林、板蓝根、金银花颗粒，这么多药都治感冒，把这些药都吃了吧。这么多药都吃了，感冒应该和我说再见了吧？

可是吃完药之后，依然是昏昏沉沉的，一点也没有感觉到好受。一上午就这样昏昏沉沉过去了。下午反而更打不起精神了，怎么办呢？看来药还是不够，再去买点吧。家里没有抗病毒口服液，再去买点抗病毒口服液吧。社区门诊买药还能报销，正好让社区门诊的大夫帮忙看看。

到了门诊，大夫让张口，看了看舌头和咽喉，告诉我咽喉红肿就是上火，鼻塞流鼻涕就是感冒。告诉了大夫我吃的这些药，大夫说吃的药太多，大都不对症，只是把病症给掩盖了。既然大夫说我吃的药不对症，那就让大夫给安排药品吧。大夫又给我拿了一样治感冒的药物，一样中药消炎的药物，让我配合阿莫西林吃就行了，其他的药物都不用吃了。大夫说得头头是道，看来专业的事情还真的需要专业的人来干，在网上搜索的那些真的不顶用。本来想买抗病毒口服液，也没有买就直接回家了。

到家之后吃完大夫开的药，效果暂时也没有感觉到有多好，就是困，特别累，特别想睡觉，整个人都拿不起个儿了。晚上七点多就躺到了床上，迷迷糊糊中睡了又醒，醒了又睡，中间起来吃了次药，洗了次脚，就迷迷糊糊中睡到了今天早晨的七点多。老婆说我睡了十二个小时，这下把缺的觉都给补回来了。

今天早晨起来之后感觉还行，最起码头不再疼，人也有精神了，虽然鼻子还不舒服，总是有点流鼻涕，还有点打喷嚏，但是身上也不再那么乏力。但愿这次感冒快好起来吧！看来有病还得去看医生，总以为自己懂得很多，其实只会耽误病情。对症下药才是真的很重要。

无论有啥别有病，无论没啥别没钱。这句话真不假，一个小小的感冒，就把我折磨得这么狼狈，真的有点不可思议。今天的阳光依然很好，也有凉爽的秋风吹过，吹过我的身边依然不是很舒服，我还是把书房的门关上吧。

秋凉了

今天早晨醒来，感冒好多了，似乎又回到了刚开始要感冒的状态，鼻子有点轻微不通气，两个鼻孔有一个想罢工，让呼吸感觉有点轻微的困难，又能克服。嗓子稍微有点疼，疼得不那么厉害，但是有很强烈的存在感。因为刚刚醒来，头脑说不上清醒，也不能说迷糊，就在模棱两可之间。想了一想没有再睡下去的理由，那就别再躺下了，能起来就尽量起来。起来出去走一走吧，好多天的清早没有出去遛弯儿了，起来出去呼吸呼吸新鲜的空气。

这一次的感冒的确有点太严重了，严重到我一人感冒，全家人跟着一起吃药。先是老婆感觉自己嗓子疼，我让她赶紧吃药，儿子放学回来后，也说嗓子不舒服，老婆也赶紧让他吃药，就这样一家三口都陪我吃药，不愧是一家人，真的是有福同享有难同当。病毒性感冒还真的传染，作为密切接触者的老婆和儿子都未能幸免于难，还好他俩还没有感冒的症状，只是感觉到嗓子疼。这是感冒发起的最初级阶段，吃点清热解毒的药也许就能控制住。越是在萌芽状态下，越容易消灭掉，等到病情加重的时候，想好就难了。我感冒了四五天了，一家人跟着我吃了四五天的药。现在我又有了一个新的外号——大病毒。

庆幸的是，今天早晨醒来的感觉是我的感冒好多了，正好我的药也快吃完了。治疗感冒的药每次吃两粒，结果厂家弄了一盒药里面装的是15粒，正好剩下一粒，绞尽脑汁我也没有想明白厂家这样做是什么意思。剩下这一粒不能扔了吧，可是吃一粒药又不符合说明书上的规定。再去买一盒？难道是为了多卖一盒药，也不对呀，当时大夫给我拿药的时候，拿的就是一盒药呀，也没有直接给我两盒呀。我真的是困惑了，剩下的这一粒药就剩下吧，就像喝酒的时候剩下不想喝了，美其名曰：留点想头，下次再喝！可是这是感冒这是有病呀，我真的不希望还有下次呀。别的地方都可以说，欢迎您下次再来，唯独医院不能说，如果说了的话，病人肯定会急眼。不希望有下次也没有用，发烧感冒，头疼脑热，这都是太常见的病，没有人能躲得过这些小毛病。

　　感冒药不吃了，消炎药还用再吃点吗？我的意思也不想吃了，老婆不同意，给我倒好水，给我拿来药，非让我再吃两粒消炎药，听人劝吃饱饭，既然老婆说要吃，那就继续吃，反正吃了也没有多少坏处，消炎药在医院一般都是七天的量，再吃两天也无妨。治疗嗓子疼痛的药没了，又去药店买了两样清热解毒的药，这个药还是要常备无患，就算我不吃了，老婆和孩子也要再吃两天。我发觉一个不知道是不是规律的规律，这个病毒性的感冒传染，有两个时间段传染得特别厉害，一个是患者刚患上感冒的时候，特别容易传染给他人，另一个就是患者感冒要好的时候，也特别容易传染给别人。现在我的感冒快好了，更要让家人注意安全，一定要该吃药的时候吃药，严防传染，否则功亏一篑，可就不好了。因为感冒了不仅仅是花钱，主要是太难受了，这些天我都是晕晕乎乎过来的。

　　今天早晨出去，秋风真的凉了，冷冷的秋风吹到身上，就算穿了长袖，也能感觉到秋风的寒凉。越是这个时候，越容易染上风寒，感冒不是一个人的事情，感冒了最容易出现的症状就是打喷嚏，一个喷嚏打下来，成千上万的病毒在空中起舞，这些病毒在空气中狂舞，张牙舞爪，气焰嚣张，谁碰到了谁就倒霉了，感冒不仅仅会传染给他人，病毒也会传染给家人。所以一定要注意身体，及时添加衣裳，勤洗手，开窗通风，尽量少到人群聚集的地方去，如果必须去，一定要戴上口罩。如果可以的话，也可以早晚吃点清热解毒的药物做一下预防。

秋风吹起，清凉袭来，越是这个时候，越不能贪凉，一定要穿好衣裳，为了自己，为了家人，为了健康。

没有朋友

总以为自己朋友很多，曾经写文章炫耀说，我的朋友遍天下，可是现在才知道，我的朋友好少好少，少到多少年了都没有新朋友。

前两天和亲戚在一块儿吃饭，说到马上又要到中秋和国庆节了，这个时候结婚的人特别多。有位亲戚说，这一周接到了五张请帖，另一位亲戚说，这一周也是天天喝喜酒。别人诉说的是接到请帖的无奈和悲催，我听了却是羡慕得了不得，因为这么多年了，很少接到喝喜酒的请帖了。

我就在想了，为什么接不到喝喜酒的请帖呢？因为原来的那些朋友已经结完婚了，现在的这些朋友孩子们都还没有到结婚的时候。然而这么多年下来，我没有了单位，也没有了年轻的朋友，一直待在家里，我的朋友都断层了。可以说，这十多年了，我就没有增加新的朋友。

大约在 2011 年的时候，我去一个单位上了三个月的班，就参加了三次婚礼喜酒，因为有单位，就有年轻人，可惜只是上了三个月的班，就没有再去。原来那些认识的人已经渐行渐远，渐渐地你不来我不往了，渐渐地没有了音讯。

后来，又结识了两位朋友，三个家庭一直在走动，因为是邻居，因为比较投缘，所以成为了朋友，这种友谊一定要珍惜。

再后来，也认识了很多人，也遇到很多人，可是达不到你来我往的境地，大都是泛泛之交，萍水相逢而已，一直没有深交下去。

现在的朋友，想一想还是那些老朋友，高中同学，大学同学，刚上班的时候结识的一些同事，人数并不是很多，但都是值得托付的朋友，有事情都到场都能帮忙的朋友。

外地的朋友很多，而且关系还比较好，可是远水解不了近渴，还应该重视下身边的朋友，朋友就要你来我往，多沟通多交流。

没有了单位，这些年一直在家里，以为多么自由，其实一点自由也没有，因为我太自律了，对自己的要求太严了，反而没有多少时间应酬。要想交到朋友，社交必不可少呀，该付出的还是要付出，该应酬的还是要应酬，深刻地反思自己，做得真的不够，以后一定要抽出时间来，多和朋友们相聚交流。否则新的朋友没有结交到，老的朋友再弄丢了。以后有酒场就要去参加，有饭局就要去捧场。好长时间没有酒场和饭局的时候，自己也来组个酒场，来个饭局，让朋友们聚一聚、聊一聊。

珍惜老朋友，结交新朋友。平常多搭桥、多修路，到时候人生的道路自然就好走。

中秋节的思绪

又是一年中秋节，前几天的阴霾一扫而空，聊城的天空特别洁净。

天气很给力，心情却跟不上了。本来计划中秋节写一篇华丽的文章，不知道为了什么，精神无法集中，也懒得写了。

我慵懒地和老婆说："今天不想写了。"

老婆轻描淡写地说："不想写就不写了。"

我笑着说道："反正今天是中秋节，难得的好日子，可以找个理由歇一歇。"

老婆也笑着建议道："不想写了，咱们就出去玩去。"

我问道："去哪里玩呀？"

老婆却没有给出答案，因为老婆知道我不可能放下写了一半的文章就走，所以也没有再说什么。老婆了解我，我也知道老婆的心思。累了这么久，难得有这么好的天气，真的应该出去玩一玩。可是想一想昨天大街上拥挤的程度，心中又有了怯意。天下这么大，却没有多少我能去的地方，心中不免有些悲哀。

今天中秋节，我也不愿意一直邋遢下去，找出了好久没有用过的茶壶和茶杯，让老婆帮我清洗干净茶具，沏一杯好茶犒劳犒劳自己。喝杯茶清清口，也清清心。感谢一位广东揭阳的朋友，

151

这个中秋节又给我寄来了一盒六饼普洱茶。说了给这位朋友邮寄一点我们聊城的特产阿胶枣呢，到现在还没有腾出来时间。为了这份友谊，这两天一定要把阿胶枣寄出去。

都知道喝茶比喝酒好，我酒量虽然不好，可有时候也想喝杯酒去，真想喝酒了，却不知道找谁来陪伴，一个人喝酒，了无生趣。

苏东坡在宋朝的天空下，中秋夜通宵达旦，把酒喝大了，也没有说和谁喝的，只不过喝了一晚上，酒肯定是喝大了，喝多了酒的苏东坡想念自己的弟弟，于是作了一篇前无古人后无来者的诗篇：

明月几时有？把酒问青天。不知天上宫阙，今夕是何年。我欲乘风归去，又恐琼楼玉宇，高处不胜寒。起舞弄清影，何似在人间。

转朱阁，低绮户，照无眠。不应有恨，何事长向别时圆？人有悲欢离合，月有阴晴圆缺，此事古难全。但愿人长久，千里共婵娟。

这首词从小读到大，每一次读起来，都是别有一番滋味在心头。太多的名句，太多的感慨，都已经被古人道尽了，真的很遗憾，现在的人再也写不出这样的诗篇。

虽然说李杜诗篇万口传，至今已觉不新鲜。江山代有才人出，各领风骚数百年。可是屈原之后再无《离骚》，苏东坡之后，中秋节的月亮就已经写完了。

嘴里说说出去玩可以，该写的文章还要写，该做的事情还要做，人在江湖，身不由己。行走江湖，难免遭遇风险，风刀霜剑，时不时侵袭，多个心眼，人在江湖飘，尽量不挨刀。人在红尘走，尽量少喝酒。喝酒不单单误事，更是因为酒入愁肠，清泪两行。

人没有格局不行，但是格局太大了也不好，能力跟不上野心，只能穷困潦倒。人不自律不行，但是太自律了也不好，偶尔也需要放纵下内心的狂野，才能心平气和。

　　春秋多佳日，登高赋新诗。多么想走出书房，去高远的地方。晴空一鹤排云上，便引诗情到碧霄。天朗气清，朗月悬空，等待十五的晚上，等待十五的月亮，期待佳期如梦吧。

生活中总是有些遗憾

　　昨天白天的天气很舒适，昨晚的月亮也应该很皎洁，可惜时间的关系没有认真仔细地欣赏，只是在阳台隔着窗子看了一眼，月明星稀，南边的天空有两颗星星特别明亮，有点争抢了月亮的光芒。月亮太亮的时候，却在天空寻找星光，有时候我的思维总是和常人不一样。

　　看了一眼月亮和星星，我就转身倒在了床上，可是这么好的夜色，这么美的月光，这么早入睡有点浪费，我眼中的月光已经这样，再看看别人眼中的中秋夜什么样吧。于是拿起手机，打开了朋友圈。朋友圈里面，有两个亲人发布的内容都是一样：在老家过中秋就像过年，又放鞭炮又放烟花，很是热闹。城市里面不能放鞭炮了，但是老家农村还可以，月光下的烟花真的很绚烂，月光下的鞭炮应该响得很嚣张，可惜我未能回老家，热闹是别人的，我什么都没有，心中不免有点惆怅。

　　朋友圈里面又有两个人发布了同样的内容：在皎洁的月光下，竟然有了电闪雷鸣。真的是东边日出西边雨，道是无晴却有晴。原来昨天夜晚的聊城出了这样的天气奇观，月亮高挂在东边的天空，西边却是电闪雷鸣。有图片，有视频，这样的中秋夜晚的天气奇观，我竟然待在室内没有发现，更没有缘分欣赏，惋惜的感觉在心头蔓延。真的是鱼与熊掌不可得兼，有些精彩为什么总是让我错过呢？

既然心中总是惆怅，那还是睡吧，别再看了。昨天中午没有午休，夜晚休息得还算可以，虽然也有梦，但都是清浅的梦，醒来之后，梦中的痕迹已经忘却了。今天早晨醒得有点早，今天孩子开学了，老婆早起要给孩子做饭，把手机的闹钟定的是早上五点五十分，以前的我很少听到手机的闹铃声，都是老婆听到之后悄悄地起床，再把卧室的门关上让我安静地睡眠。可是今天的闹铃声把我也给喊醒了，醒来之后不想再睡了，于是下床拉开了窗帘，一片黎明的曙光走进了室内，太阳竟然已经出来了，现在的天依然明得这么早。

老婆看我拉开了窗帘，奇怪地问我："拉这么早的窗帘干什么？你不再睡一会儿了？"

我说道："不睡了，今天早点起来，出去走一走吧。"这些天的生活不规律好久了，早晨没有出去走一走，今天我想出去走一走，健健身，也散散心。

走到路口的街角小公园，听到了悦耳的鸟鸣，一些养鸟的老人，早早地把鸟儿挂在了树枝上，鸟儿在黎明的天空下，在绿叶间尽情地欢唱。鸟鸣让人心情大好。虽然已经是中秋时节，枝头的叶子依然绿意盎然，路边的小草依然青翠可人，既养眼又养神。茂密的小草上点缀着滴滴露珠，更是令人动心。我拿出了手机想来几张小草上带露珠的照片，换了好几个角度，在镜头里面的小草总是不如眼中的有魅力，算了，既然拍不出想要的效果，还是别再浪费时间了。我悻悻地把手机收了起来，露珠的生命太短暂，心中略微有些遗憾。

一边走一边想，中秋节过了，马上就到元旦了，过了年又会长一岁，越来越老了，不免感慨地说："怎么样才能年轻一点呀？"

老婆接话道："要想显得年轻，只能通过穿衣打扮了。"

我听了有点悲伤，反问道："身体就不能再年轻点吗？"

老婆摇了摇头说："不能。"

听了老婆的话，心中感想很多。

没有了云彩的遮拦，清晨的阳光已经很霸道，只好选择有阴凉的地方行走，走着走着就感觉有点口干舌燥，我对老婆说道："现在要是有一杯温热的牛奶该有多好！"

继续行走，走了五千步左右的时候吧，老婆说道："有点累了。"

我笑着说道："你的小体格现在不行了呀？这才走了多少步呀就嫌累了，以前可不是这样。"

老婆苦笑道："有点老了。"

我一听，感觉不对：什么老了，明明是胖了，活动的时间太少了。于是说道："也许是胖了吧，胖子一活动就嫌累。"

我以为老婆会给我一个白眼，没想到老婆竟然默默地点头同意我的话语。

转了一圈上楼回家，进门之后我也感觉累了，往客厅的沙发上一坐，就不愿意动了。老婆温了一杯奶递到我的手中，我一口气喝干，开始新的一天。

这就是日子，这就是生活，这就是时光，这就是岁月。日子一天一天过，总有些遗憾，总有些可惜，也总有喜悦在心间，总有希望在前方。

何必这么苦和累

昨天早晨出去转了一圈，感觉很好，本想着今天早晨再次出去转一转呢，今天醒得也比较早，和昨天差不多的时候就睡醒了，甚至比昨天还早，没等手机定的闹钟铃声响起就醒了。老婆看我醒了，郑重其事地告诉我说："外面下雨了。"

我一听，心中吃了一惊，昨天晚上看天气预报上说，到今天上午才会下雨，这雨来得有点早呀，怎么不按天气预报上说的下呢？这个时间段下雨，苦的又是上学的孩子和上班的人。天气也有点瞎胡闹，专门欺负这些人。起来到窗前一看，这哪是下雨，简直就是大雨倾盆呀，都到了中秋时节，聊城的这个季节不应该再下这么大的雨呀。不单单雨大，而且还电闪雷鸣。这样的天气，孩子怎么上学？心中不免替孩子犯愁。

老婆拿出来手机看，孩子班级群里班主任王老师发来了信息：各位家长，今早天气恶劣，路上注意安全，晚到一会儿也无妨！老婆笑着说："等的就是这个信息。"

看到老师发来的信息，我的心中也十分安慰，现在的学校、现在的老师真的太好了，多么人性化的管理呀！心中一阵感动涌起，感谢学校的管理，感谢老师的辛苦。最近的聊城天气真不正常，孩子多么有幸呀，上了聊城东昌东校这样的学校，遇上了这样负责任有爱心的老师。

雨下得小点了，老婆去送孩子上学，我继续在床上躺着，却再也睡不着了。这样的天气，这样的雨，本来想好的今天早晨再出去走走，看来又泡汤了，心中不免有些遗憾。真的是计划没有变化快，难怪老祖宗这样说：出门看天色，进门看脸色。古人的智慧真的太高了。文明需要继承，文化需要传承，在传统文化中就是能体会做人做事的智慧。

上午忙了一会儿，感觉有点疲惫，走出书房休息下，看到老婆正在厨房的面板上和面，准备中午给我们包包子吃。小时候认为最好的饭，锅里煮的就是饺子，箅子上蒸的就是包子。到了现在，几天不吃包子，还真的有点想念包子的美好味道。

为了给偷懒找个理由，我于是对老婆说："老婆，我想明白了，不想这么苦了，也不想这么累了，把身体保持好，把心情保持好，多陪你活两年才是最重要的。"

老婆笑着说道："就应该这样！想明白了就好。"

我无奈地说道："每天这么辛苦，还换不来好，辛辛苦苦地付出，得来的很可能是牢骚和抱怨，真的很没劲。"

老婆叹了一口气，因为她也知道，有些人在网上专门攻击我。老婆甚至发狠地说过："让那些人公开道歉，再封了他的号。"

可是我深深地知道，这个世界上，就算管住了他人的口，也管不住他人的心。更何况我一个普通人，根本管不了任何人。这个世界上最难得的两件事是什么？一个是把自己的思想装进别人的脑袋，另一个就是把别人的钱装进自己的口袋。

星光不问赶路人，但行好事，莫问前程。苦和累也只是说一说，该做的事情还得做，该怎么做就怎么做。是苦还是乐，只能是如人饮水冷暖自知。经常说的一句话就是理解万岁，可是让人理解太难了。有些人就是坐井观天，井蛙不可语于海，夏虫不可语于冰，碰到了杠精，你说什么都没有用。更何况有些人，就是专门拿着放大镜在寻找你的缺点。你的亮点和优点，他们眼里根本就看不见，更别说你的辛苦和劳累了。

最近在追剧，追的是2006年拍的《天道》，小说的原名叫作《遥远的救赎》。这部电视剧是在聊城拍的，我还曾经看到过王志文拍摄吃面那一段。丁元英的自嘲，留给我很深的印象，在这里再次摘录一次，和大家共勉共赏：

本是后山人，偶坐前堂客；醉舞经阁半卷书，坐井说天阔。大志戏功名，海斗量福祸。论到囊中羞涩时，怒指乾坤错。

囊中羞涩的时候，总要找个理由和借口来为自己开脱，没有天时，没有地利，没有人和。实在找不到理由的时候，那就怒指乾坤错吧。

辛苦点没啥，为了兴趣，辛劳点就辛劳点吧，为了爱好。何必这么苦这么累呢？因为不安分的心。

真的需要点阳光了

小雨下了多少天了？我都已经快记不清了，中秋节前不是阴天就是下雨，就中秋节那天有了太阳和月亮，可是过完中秋节之后，又是一连串的阴天和下雨，真的记不清下了多长时间了，记忆中最近聊城的地上湿漉漉的就没有干过。干爽，干爽，只有干了才能爽，湿漉漉的道路，湿漉漉的地面，湿漉漉的空气，湿漉漉的心情，一点也不爽，容易发霉，容易长毛。

喜欢大自然，喜欢在花草中漫步的感觉，可是天一直下雨，也没有办法出去，都已经这个年纪了，也没有必要撑一把伞到雨中浪漫了，而且凄风苦雨的秋季，一点也不浪漫，而是有着阵阵的寒意，脚下的水，湿了鞋，走路都很难。

向往风轻云淡，期待风和日丽，以前总认为平常的日子总是很平常，连阴雨的天气里，才知道平常的日子也非常难得，非常可贵。

都知道平凡的可贵，可是平凡只是平凡，只有经历过不平凡的人，才能品味到平凡的可贵。打鱼，放羊，晒太阳，很平凡很平常，一直过这样的日子肯定索然无味，但是经历过风吹浪打、狂风暴雨之后，再过打鱼、放羊、晒太阳这样的日子才知平凡的可贵。最怕的就是，有些人一生真的碌碌无为，还总是安慰自己平凡可贵。

　　不经历风雨，怎么见彩虹，没有人能够随随便便地成功，经历的风雨，没有彩虹也无所谓，经历风雨的目的并不是为了见到彩虹，彩虹不能吃也不能喝，也不能当钱花，还是快点晴天吧，老百姓的玉米都在水里面泡着呢，再不收的话，都快长芽了，民以食为天，如果粮食都发霉长芽不能吃了，这才是真正要命的痛苦。

　　没有经历过饥饿的人，不知道粮食的可贵，没有亲身经历过饥饿的人，不知道饥饿是一种什么感受，实话实说，我也不知道饿到极端是一种什么体验，而且好多好多年没有饥饿的感觉了。虽然我没有亲身经历过，我可以通过文字、通过影视作品知道。《资治通鉴》里面写过，隋唐时候有人吃人的现象，这应该是真实的历史。《水浒传》里面，有人肉包子的故事。《三国演义》里面，也有猎户为了让刘备有肉吃，杀了自己的老婆。后面的两个虽然是小说，想一想都令人心惊肉跳。

　　外面的天空不再阴暗，有了发亮的迹象，虽然这种明亮令人不是很舒服，有点燥得慌，但是多么希望太阳快点出来呀。我们真的需要点阳光了。

　　大家都向往秋天的月亮，我在盼望一轮出现在秋天的太阳。

不敢说辛苦，不敢说累

　　这些天停电限电成了网络的热门话题，还真的担心聊城也停电停水，没想到今天上午真的停电了，当电脑的屏幕黢黑一片，吓得我差点出了一身冷汗。幸亏只是临时停电，停电了一个小时之后就来电了，否则今天都快不知道怎么过了。

　　虽然只是停电了一小时，却让今天上午的公务特别繁重，在电脑前坐了整整一上午了，腰酸背痛头晕脑涨，真的感觉特别辛苦非常劳累。再加上窗外又是细雨蒙蒙，更让人心头充满了阴郁。可是想一想老家田地里的农民，正在水中收割玉米，再辛苦再累，也不敢说辛苦不敢说累了。

　　中秋节前后的这些天，聊城一直是阴雨天气，雨下得太大下得太勤，田地里面都是水，正好是秋收秋忙的时候，玉米已经成熟在地里需要收割。以前都是用收割机收割，今年的地里面都是水，收割机没有办法下地了，只能靠手工收割才可以。

　　农活儿最累人，特别是过秋过麦的时候，累得人抬不起头直不起腰。现在这些年好多了，有了大型的机械操作，不用再肩扛手提。可是今年遭遇到雨水，机械没有办法使用，只能用最原始的方法收割庄稼。不单单是只能靠人力，而且还需要在水中劳作，难度之大可想而知。

现在的农村，大部分都已经是老年人，中青年人都在城里，很少再去下地。老年人身体不好，还要干这么繁重的体力劳动，想一想都令人着急。老父亲七十多岁了，还要干这么重的活，我的心中特别难受，特别沉重。不让老人种地还不听，我也没有办法了。老人总想通过种地给孩子减少点负担，其实这不是减少负担，而是增加压力。

　　我小时候上学，长大后工作，半生下来，基本上没有干过农活儿，现在这种情况怎么办呢？只能在心里着急上火。老父亲口里说不用我管，可是我不管谁管呢？唉，真难呀！让他找些人帮忙干，哪怕我出钱呢，可是现在这个时候，都是一个人当三个人用的时候，家家户户都一样，都需要在水里土里劳作，根本找不到闲人。

　　在农村找不到人，城里的人给多少钱也不会去干这活儿呀，再说就是去干，也干不了呀。而且真的花钱雇人，收的玉米卖点钱，真的不够人工费用，还不如直接让玉米烂在地里。可是已经成熟的玉米烂在地里，老父亲又会心疼得受不了。真的是两难呀！

　　朋友们帮我出主意吧，我应该怎么办？

　　农民的苦，庄稼人的累，不知道多少人能够体会。本以为走出了农村，离开了土地，我不用再犯愁庄稼的问题。可是百善孝为先，不能让老父亲自己在家里受罪遭累呀，再说病了还是我的问题。身体累不算累，心累才是真的累。我现在身体疲惫，心更累。

　　我已经想好了，今天下午回家看看，然后到国庆节放假，喊上亲戚一块儿回老家，再辛苦再劳累，也要争取把玉米收回家。以后不让老父亲种地了，这次不知道父亲会不会答应。

　　实在不行，也只能顺其自然，听天由命。

让灵魂在路上

当阳光来临的时候，之前的阴霾一扫而空，蓝蓝的天空，灿烂的阳光，金色的阳光真的能够抚平心中的忧伤。漫步在阳光下，行走在树荫里，空气清新明快，脚步轻松潇洒，心情愉悦闲适。原来秋天是这样的美好，时光短暂，一定不要错过，一定不要辜负这大好的秋色。

因为连绵的阴雨天气，这些天的清晨一直没有走出去，今天醒来之后，懒懒地走到窗户的边上，伸出手来轻轻地拉开窗帘，阳台上一片明亮和温馨，久违了的太阳再次出现在东方，窗外的楼房、树木和阳光交相辉映，一片金色的炫目的灿烂。空气中似乎伸出了一双温柔的小手，穿过玻璃窗走进了我的胸膛，想把我的那颗潮湿的心拿出来晾一晾。很难抵御得住这种明媚的吸引，恨不得脸也不洗，牙也不刷，就奔到楼下，去享受阳光的抚摸，去感受空气的温润。

地上背阴的地方还有着些许的水迹，地势低洼处还有着浅浅的水面。这些天的大地也是喝饱了水再也难以下咽，只好让雨水在地面上留恋。这下好了，太阳出来了，就算阳光照射不到的地方，水也会变成水雾慢慢地消散。潮湿的时间太长了，就连大地、道路也期望干爽。脚步走上去，一点声音也没有，似乎昨天的夜里依然有小雨飘落。现在总算晴天了，又能见到太阳了。心中依然有些激动，有些感动，也有些怅惘。

路边的小草上面沾满了露珠，在阳光下晶莹闪亮，虽然已经快到深秋时节，小草依然绿意盎然，特别养眼。有些树木枝头的叶子已经发黄，甚至有很多已经离开了树梢，但是树梢还没有光秃秃的感觉，就像中年的男人，只是有些头发少了，反而比浓密的枝叶更加有韵味和魅力，也稍微有了一些凄凉。

这些年一直蜗居家中，很少出去走一走，也因为责任心太强，不想耽误很多东西，造成了身心疲惫，情绪忧伤。难得在外面走一走，排遣下心中的忧伤。昨天看电视剧《天道》，看到芮小丹在延安旅游，真的非常羡慕，心中就在想什么时候我也能出去逛一逛，来一场说走就走的旅行呢。家中有老人，家中有孩子，父母在不远游，这是古老的训导。孩子还在上学，需要有人陪伴，需要有人管饭。还有手里的工作，也不是说想放下就能放下。太多太多的制约，哪里有什么自由呀？

一路走来，这一场连绵的秋风秋雨，又摧残了太多的花朵，路边很难看到鲜花盛开了。看来真的是到了花谢的时节了。其实有花开就有花谢，有花开时的喜悦，就有花落时的寂寞。都喜欢繁花似锦，有多少人又能品味孤独和寂寞的时光呢？我喜欢静，大部分时间喜欢一个人待着，哪怕就是发呆也行，因为寂寞也是一种享受，就像深秋里面的凄凉，品味起来也并不令人彷徨。

一路走来，行走并不是目的，要学会一边走一边欣赏路边的风景，路边的风景也不是目的，既然上路，总有一个目的地，实现目标才是我们的初心，像我今天早晨只是出去转一圈，画完这个圈又不是目的，从家里出去，走一圈再回家，难道家就是出行的目的地吗？真的不是！出去的目的就是出去，行走的目的就是行走，在出去的过程中，在行走的时光里，能够想一点什么，做一点什么，看一点什么，似乎才是这次出行的目的。可是这一次的出行真的又没有什么目的，只不过想享受下阳光的抚摸而已。

漫步在阳光里，我反而迷失了我自己。我是谁？我想干什么？我为了什么？我想得到什么？似乎这些都没有答案。一直待在家中，一直阴雨天气，不单单身体不舒服，就连灵魂都有点发霉，我不想让生活无聊无趣，我不想让生命没有意义，我只不过是想让灵魂在路上。除此而外，真的没有什么意义。

红尘纷扰不烦就好

刚刚经历了两天的晴天，聊城的天空又是阴云密布了，我没有下楼不知道外面下没下雨。老婆进来告诉我，又下雨了。

田地里的水还没有干呢，又下雨了，这麦子还能种上吗？真的令人忧心忡忡。

民以食为天，现在的蔬菜特别贵，贵得都快赶上肉价了。

昨天在东昌宾馆吃饭，七百元一桌的酒席，因为席面上有了几个青菜，大家都说菜做得很好。不像原来的酒席，除了肉食就是肉食，现在蔬菜又成了好东西了。

玩笑归玩笑，今年的天气不正常，老百姓的日子有点难过呀。

昨天下午回来的时候路过小区门口，几位老人在说闲话，说到天然气涨价，大家都去买天然气，排了一天的队没有排上。

今天早晨有人在小区的群里说今天早晨六点就去燃气营业厅排队，抓到了一个号是 128 号，前面还有一百多人在等待。

其实燃气涨价并没有涨多少，完全没有必要为了节省几十块钱这样排队。据说排队已经排了两三天了。

前几天油价上涨，老婆劝我去加油，我懒得去，加满一箱油省下个三五十元，不够在那里排队心烦，而且来回车也要烧油，根本节省不了几个钱。

　　天阴得有点心烦，只好安慰自己，保持好心态，该来的会来，该走的会走，不是自己所能左右的，干脆就顺其自然。

　　钱财乃身外之物，生不带来死不带去，多少算多？够用就行。一日三餐，真的花不了几个钱。过去了的已经过去，没有必要耿耿于怀，未来肯定会来，也没有必要纠结自己。

　　想开看淡，这个世界离了谁都转。红尘纷扰，不烦就好。

我言秋日胜春朝

有位朋友说：这个人老了。

是呀，岁月的流逝，风霜的侵袭，每个人都在变老，我当然也不例外。

什么是老？苍老的是容颜，我的心依然年轻，依然在悸动。

有些人的生活一直在重复昨天，这样的日子，了无生趣。

有些人一直在追求新的，每天都有新鲜的血液在身体中流动，大千世界，芸芸众生，生活似乎相同，其实并不一样，同样是二十四小时，有些人开心，有些人快乐。我们追求的就是生活的乐趣。

"老"只是一个概念，"新"也只是一个词语，关键看心，心中只要有想法，那就不会老去。秋风吹来，树叶飘零，叶子又开始了一段新的旅程。叶子在空中飞舞，依然美丽动人。秋天的美比春天的美令人心动。落红不是无情物，化作春泥更护花。

生如春花之烂漫，死如秋叶之静美。是泰戈尔的诗句吧？秋天是老吗？在诗人的眼中显然不是，秋叶的精美，更是一种生活的潇洒，更是一种生命的从容。生老病死是大自然的规律，谁也躲不过去。秦始皇追求长生，派徐福带领童男童女去大海中追求长生不老药，最后也是无果而终。嘉靖皇帝深居宫中整天求仙问药，也摆脱不了生命的规律。何况你我小老百姓。

　　自古逢秋悲寂寥，我言秋日胜春朝。

　　晴空一鹤排云上，便引诗情到碧霄。

　　山明水净夜来霜，数树深红出浅黄。

　　试上高楼清入骨，岂如春色嗾人狂。

　　秋水伊人，秋月照人，秋天就是秋天的味道。老要张狂少要稳，也只是世人的一种追求，其实老就是老，家有一老如有一宝。五千年的中华文明，三千年的诗韵，哪里老了？

　　今天的聊城天气很好，阳光灿烂，秋色宜人，真的不想坐在室内，我要出去走一走、看一看，领略下秋色的美景，享受下秋天的宁静。

　　不过阳光虽然很好，温度有点低了，聊城的气温最低到了0摄氏度了。

早　餐

昨天晚上看了一会儿书，看的是新到的《小说月报》，看得有点入迷，时间有点晚了，被里面的故事吸引，晚上迟迟未能入睡，早晨醒来的时间有点晚了，老婆给孩子做完早饭并送孩子到学校回来之后，我依然在睡梦之中，老婆捏着我的鼻子不让喘气，我才从睡梦中醒来。

醒来之后，老婆就问我："早餐吃什么？"

我迷迷糊糊中没有听清楚，以为是让我起床呢，于是说道："今天周一，没有什么大事，我再睡一会儿吧。"

老婆笑着说道："我问你早晨想吃什么饭？"

想吃什么饭呢？有时候有点害怕老婆这样问，因为我也不知道吃什么呀，于是把皮球踢了回去："你想吃什么呀？"

老婆幽幽地说道："我也不知道吃什么，所以才问你呀！"

看样子老婆是不想做饭了，也不知道做什么饭了，早晨儿子早早去上学，儿子走后，就剩下我和老婆两人，有时候真的不知道想吃点什么，现在根本没有什么特别想吃的食物呢。我于是郑重其事地想了想说道："算了，我也不知道吃点什么，不行咱们出去吃吧。"

老婆一边玩手机一边说："出去吃什么呢？不行我熬点小米

粥吧。"

我又想了一想说："算了，还是出去吃吧。"

"那出去吃什么呢？"老婆还是不知道该吃点什么。

"出去吃点小吃呀，出名的小吃，在家里轻易不会做或者做不了的。"其实我也想不起来吃什么，在脑海中把聊城出名的早晨能吃的小吃过了一遍，还是找不到答案，于是给了老婆一个模棱两可的答案。

老婆不言语了，继续玩她的手机，我这个时候睡意全无，于是也拿过手机看了一会儿新闻，手机里面没有什么感兴趣的东西，现在的网络上自媒体都是为了流量，胡吹乱嗙，逗人玩而已。我看了一会儿手机，了无兴趣，于是说道："不看了，起床了，在床上看手机没有意思。"

不知道外面的天气是不是冷，我于是问了问天气预报，智能音箱告诉我：今天聊城的天气晴转多云，温度比昨天高6摄氏度，空气指数60，空气还可以。我一听比较高兴，以为外面不冷了呢，于是穿得不多就下楼了。到了外面才知道，根本不是那么回事，空气中依然有着丝丝冷气，冻得我有点头疼。看看路边的行人，好多都已经穿上羽绒服了，都已经是一身冬装的打扮了，怎么感觉秋天还没有怎么过，就到了冬季了呢。

小区外面门市部不少，可是只有一家炸油条的早餐，这个油条不是我所爱，继续往东走，到久合社区那边看看吧。忍着冷往前走，一边走我一边抱怨："早知道天气这么冷，不出来吃早餐了，现在后悔了。"

老婆笑着说道："要不咱们现在回去，我再给你熬点小米粥，煎个鸡蛋吃吧。"

我心有不甘呀，都出来这么远了，没有同意老婆的建议。走到燕山路向北拐，前面有个河间驴肉火烧不错，可惜的是这家店早餐不营业。继续往北走，前面有个"逍遥镇胡辣汤"，这个店里面人比较多，我以前去过，味道不是我喜爱的，算了吧，继续往北走吧。到北面有个荣食方，还有个众稻八宝粥，这两家店不错，装修也很好，很干净，就是有点远。我一边走一边嘟囔："现在是越混越惨，小区门口连个早餐店都没有了。"原来我们这个小区，是这一块最繁华的地方，各种小吃都有，聊大东昌学院和其他很多地方的人都跑到我们小区门口吃饭，这些年随着久合社区、鲁化明星小区等的建成，我们小区成了最落寞的地方了。现在门前连个早餐店都没有了，心中难免有些生气。

往北走了不远，久合社区东门有个"高唐老豆腐"店，看到这个店，我有点不想往前走了，老豆腐也就是豆腐脑，这种小吃比较受大众欢迎，可是我的兴趣却不是很大，但是我对高唐老豆腐店里面的驴肉火烧和驴肉卷饼很感兴趣。怎么办？进去还是不进去？我自己拿不定主意了，于是扭头问老婆："高唐老豆腐行吗？"老婆爽快地答应了。

进到店里，人比较多，需要排队点餐，老婆让我在后面排队，自己先去找座位了。门面不大，室内面积也不大，我们进去的时候人还不算特别多，前面也就五六个人。我问老婆吃什么，老婆说一碗豆腐脑一个火烧就行。我又问火烧加点什么，老婆说什么也不用加，加个鸡蛋也行。我已经决定了，我就要个肉火烧，火烧里面加上驴肉。

高唐隶属聊城，也很出名，曾经有过金高唐银平原之说，高唐有柴家花园，也是著名画家李苦禅的故乡，现在也是书画之乡。最出名的小吃就是高唐老豆腐，然后就是高唐驴肉。东阿出阿胶，阿胶是用驴皮熬制的，按理说东阿驴肉应该出名，可是出名的却是高唐驴肉。高唐老豆腐也是本地著名的小吃，早餐时间，很多人喜欢来碗豆腐脑，吃个火烧夹肉。如何好吃，我就不说了，免得大家馋得慌。反正是别说在高唐了，就算在聊城，每一家高唐老豆腐店，都是人满为患。我吃饭的时候，店里人已经满了，还有两个小朋友特别可爱，还有很多人不在店里面吃，要了之后打包带走啦。

　　吃完饭，天也晴了，天上虽然还有很多乌云，太阳总算出来了。吃饱饭，心情也舒坦，也不再那么冷了。唯一的遗憾就是驴肉塞牙，店里面人太多，老板夫妇太忙，我没好意思去找老板要牙签，而且这种充满人间烟火气息的小店，要牙签也不一定有呀！

　　民以食为天，市井小店，人间烟火，就这样一天又一天。回到家，休息一会儿，坐到电脑前，昨天已经成为过去，开始我的新的一天。

做了一个小手术

昨天下午到医院，做了一个小手术。

右腿的大腿左侧，臀部下面起了一片褐色的小斑块，三年来一直不很好，边缘经常出现白色的毛刺，走路的时候偶尔有点疼痛，到医院看了几次，医生也诊断不出这是什么毛病。今年夏天去过一次医院，大夫建议做一个小手术，切割下来做一个病理检测，当时夏天，我担心做完了手术之后再出汗，可能对伤口愈合不好，反正也不是什么大毛病，当时就和大夫说，等到秋天再来做这个小手术吧。

后来有一次去东昌府区医院，又到了皮肤科检查了一下，做了一个皮肤镜检测，也是检测不出什么原因，大夫还是建议做切割，切割之后做一个病理检测才能知道究竟是怎么回事，然后才能对症下药，而且切割本身就是最好的治疗方式。但是东昌府区皮肤科不能动手术，要是手术的话需要联系外科大夫住院手术，一想这么麻烦，而且东昌府区医院离家又远，就没有在东昌府区医院继续看。

昨天下午到了聊城脑科医院的皮肤科，换了一位大夫，还是建议做小手术，切割之后做一个病理检测。既然所有的大夫都这么说，那就听从大夫的建议吧。到了医院，还是大夫专业，就应该听从医生的建议。正好时间也来得及，就把这个小手术给做了。

是住院治疗呢还是在门诊做手术，如果住院的话，可以报销一部分费用，但是住院都有门槛费，而且住院现在也特别麻烦，需要做核酸，住院每天还需要打针输液，还耽误时间。不住院在门诊手术不能报销，但是做完手术就可以回家，只需要到医院去换几次药，七到十天之后需要去医院拆线。

老婆问道："我们换药和拆线不来医院行吗？在外面的小门诊部换药拆线行不行？"

大夫不同意老婆的建议，说道："既然是我们做的手术，我们就负责，建议到医院来换药和拆线，而且到时候能够观察病情的变化。我们的病号我们要负责，在外面的小门诊部毕竟不专业。"

手术费用倒不贵，才一千多元，加上病理检测费用，这个手术一共花了一千三百五十元。手术的时间也不长，就是半个小时左右。平生第一次做手术，心情还是有点紧张，趴在手术台上很久医生才进去，越是等待的时间长我越是紧张。打麻药的时候真的太疼了，疼得我出了一身的汗。我问大夫打麻药为什么这么疼，大夫说都是我太紧张的缘故。

做完手术回到家来，躺在床上，心情特别沮丧，麻药的药效渐渐地过去，以为我会疼得受不了，结果疼痛并不是很厉害，就是活动有点不自由，不敢弯腰，不能剧烈活动，其实我一般也不会剧烈活动。虽然不是很痛，但是总感觉不舒服，晚上早早地就睡下了。

老婆心疼我，轻声问我："行吗？不行的话咱们就去医院住院。"

我一听哭笑不得，大半夜去哪家医院住院呀。老婆说实在不行去急诊呀。

拉倒吧，我还是好好休息休息吧，静静地休息，慢慢地等待，等待腿上的伤口快点好，好了我才能出去走两步。生活需要从容安详一点，生病了就需要坚强一点，这点痛又算什么呢？

　　做了手术了，医生不让喝酒了，还好我的酒局不多，也没有酒瘾。

　　手术后，医生嘱咐不让吃辣椒，我对辣椒也不算很喜爱，我就在想，要是湖南四川人做了手术不让吃辣椒怎么办呢？

　　一个小手术而已，用不着太矫情，也不用太在意，慢慢地一切都会好起来的。

名利犹如过眼烟云

前天的手术做完之后，并没有感觉到伤口的疼痛，到了昨天下午的时候，伤口一直隐隐作痛，不是阵痛，而是一直在疼痛，令人心情很不舒服。站着不行，坐着不行，躺着也不行，怎么做都无法让疼痛消失，只能默默忍受。

今天早晨醒来，感觉疼痛轻了不少，还是睡着了好，睡着了也就不再疼痛了。可是再漫长的睡眠终究也有醒来的时候，醒来之后感觉好才是真的好，睡梦中再好也是做梦。梦毕竟是梦，不能当真。因为伤口在大腿的下面，最怕坐着了，但是干活不坐着不行呀。强忍着吧，忍一忍或许就会好了，还是把困难交给时间吧，相信时间能够解决一切。

中国有一句老话：干的不如看的，看的不如捣乱的。我命苦，我只能干。当局者迷旁观者清，看的也许真的很高明，但是还有句话是这样说的：纸上得来终觉浅，绝知此事要躬行。看的人很可能眼高手低，不信你让他来干一干就知道了。所以就有了这句老话：是骡子是马，拉出来遛遛。田忌赛马的故事大家都知道吧，跑得快并不代表就是赢，因为很多比赛都是三局两胜。

其实演员都需要观众，你干得再好，没有人看也没有意思，也没有意义。文章写出来之后，就需要读者，所以看客和观众也是一种资源。就像现在的自媒体，都需要粉丝来捧场。群众的眼睛是雪亮的，高手在民间，尊重粉丝，爱护粉丝。我一直这样行动。人敬我一尺，我敬人一丈。胡雪岩经常说：花花轿子人抬人。大千世界，芸芸众生，是爱好和兴趣让我们相逢，相逢就是一种缘分。尺有所短寸有所长，欢迎大家来指正。

大江东去，浪淘尽，千古风流人物。白发渔樵江渚上，惯看秋月春风，古今多少事，都付笑谈中。苔花如米小，也傍牡丹开。勤劳的蜜蜂，辛苦的蚂蚁，生命在，就需要行动。帝王将相也好，贩夫走卒也罢，人生在世能几时？何当共剪西窗烛，却话巴山夜雨时。

面对有些人的冷嘲热讽，我也只能微微一笑。希望朋友们和我一样，有时间的时候多读读书，书中自有颜如玉，书中自有黄金屋。一个人的经历毕竟太少，环境制约了你的高度。多读读书，和伟人沟通，同圣人交流。

名利犹如过眼烟云，来无影去无踪，干吗非要去追寻。你停下来了的时候，这个世界也会静止。去留无意，荣辱不惊。何惧他人的三言两语！

平生第一次手术，只不过身体受点苦，其实也没有什么特别，万事随缘，顺其自然。

且放白鹿青崖间

这一次的手术，不住院是个错误，今天已经是手术后第五天了，伤口总还是疼痛，虽然还没有到疼痛难忍的地步，但是一直作痛，也令人心中不舒服。这么多天了，怎么总是感觉不到轻点呢？我也是有点奇怪了。

昨天下午去医院换药，大夫说要是疼得厉害的话，也可以吃点止疼药了。一开始动手术的时候，医生还说应该到不了吃止疼药的地步，医生看了伤口之后说伤口有点红，幸好还没有肿。为了快速消除炎症，医生让我照了二十分钟的红光，感觉暖暖的比较舒服。

坚强一点吧，这点小疼，能忍受的还是要忍受，也不能太矫情，越是矫情越是疼痛，还不如大大咧咧，什么都不在乎呢。

其实这个斑块在腿上已经三年多了，也没有什么大的感觉，就是偶尔边上起个毛刺，走路的时候有点轻微的疼痛，抹点药就会好几天。但是医生建议做个小手术，主要的目的是想做下病理检测，别再有什么大问题。同时做手术也是治疗过程，切割了之后，也就没事了。当时以为这样的手术很简单，所以也没有住院。谁能想得到，一天的疼痛比三年的疼痛都疼呀。

不过身体既然有了异常，还是听医生的话比较好，医生毕竟还是专业人士，给出的建议建立在专业的角度。这样的斑块，切割了也好，在身上长得时间长了，不一定会产生什么病变。就像感冒不是大病，感冒的并发症就比较厉害。糖尿病也不是什么大病，高血压也不是什么大病，但是这两个病的并发症一旦出来，都可能要命。

人吃五谷杂粮，哪里能不生病呢，有了病就去看医生，病好了人也就精神了，无病才会一身轻。身体没毛病，心情才会好，不是这里疼，就是那里痒，心情肯定好不了，心情不好了，一切都会糟糕。

身体不能当家，疼痛不疼痛我说了不算，我的心情，我的心态，我自己却还是能左右的。这点痛算什么，苟利国家生死以，岂因祸福避趋之。乐观一点，阳光一点，无论是身体还是生活，也就不会坏到哪里去。

古来万事东流水，人生短短几十年，想开点，看淡点，实在不行的话，学一学诗仙李白：别君去兮何时还？且放白鹿青崖间。须行即骑访名山。安能摧眉折腰事权贵，使我不得开心颜！

没有什么大不了，休息休息总行吧。小舟从此逝，江海寄余生！

最美不过夕阳红

聊城的天气还是不错，早晨醒来，阳光的影子透过窗帘吸引着我，可是再吸引我也没办法下楼走一走，因为右腿还是隐约疼痛，不适合运动。昨天发了一个小视频，引起了云南一位朋友的羡慕，他留言道：老师你那里天气好，我们云南普洱每天下雨！其实聊城也就这两天天气比较好，从八月十五到现在，聊城也没有几天好天气，连着二十多天，一直是阴雨连绵。差点让人都发霉了，就算人不发霉，心里面也是生长着杂乱的草，一直不清爽，也不轻松。

天晴了心情就好，天阴了心中就滋生无数的烦恼，我等凡夫俗子也属于正常现象，高人如苏东坡，才会在雨中从容坦荡，在雨中还能吟诵出脍炙人口的名篇，苏东坡被贬黄州，也就是现在的黄冈，那个经常出学生试卷的地方，苏东坡一天出门办事，走在半路上，天有不测风云，就下起雨来了。老百姓看到雨来，都是慌里慌张，而苏轼却能在雨中漫步，甚至成就了一篇千古名篇《定风波·莫听穿林打叶声》。摘录在这里，和朋友们一块儿欣赏：

三月七日，沙湖道中遇雨。雨具先去，同行皆狼狈，余独不觉。已而遂晴，故作此词。

莫听穿林打叶声，何妨吟啸且徐行。竹杖芒鞋轻胜马，谁怕？

一蓑烟雨任平生。

料峭春风吹酒醒，微冷，山头斜照却相迎。回首向来萧瑟处，归去，也无风雨也无晴。

欣赏完诗词，再回到现实，今天是农历的九月十八，时在深秋，虽然阳光很好，天气依然有些肃杀。今天是老父亲的生日，老父亲勤劳辛苦了一生，连出生都是在这样天气肃杀的日子里。父亲出生在1950年，七十多年前的深秋时候，父亲来到了人间，出生在一个距离城市遥远的小小的村落里面一户贫穷的人家。从小缺吃少穿，正在成长的时候又遭遇了自然灾害，而且家中兄弟姊妹很多，被过继给了另一户院里的人家，缺少父母之爱，像个野孩子似的长大，后来去当兵，入了党，也当了班长，退伍之后依然回到了这个小小的村庄，从此一辈子和土地打交道一直到现在。我不想让他再种地了，可是无论我怎么做工作，他都不同意，七十多岁了还非要种地。实在反驳不了我的语言的时候，他就会说这是命里注定。他们那一代的人，就是那么顽固，孩子不听话，急了还可以打骂，老人不听话，真的没有一点办法。

老父亲七十多岁了，我总给他说，活了这么多年了，也应该活明白了，人间什么稀奇古怪的事情，也应该见怪不怪了。可是老人脾气大，还总是争强好胜，疾恶如仇，看不惯的时候，总还是着急上火发脾气，无论干什么，总想走在他人的前面。老父亲过生日，我也不敢怠慢，该准备的东西要准备。现在还没有到供暖的时候，等到供暖的时候，我会把父母接到城里来和我同住，春夏秋三季，老父亲喜欢农村，喜欢和那些老哥们儿在一块儿有说有笑，轻易不会到城里来住。现在父母还在老家，我今天就要早早地回家，我们兄妹三个都回去给老父亲过生日。我作为长子更应该早点回去，父母年龄大了，早点回去好让妻子有时间准备今天中午的饭菜。蛋糕妻子已经订好了，再去买点东西我就回老家。今天的周刊上午不写了，下午如果没有时间，那就只好等明天了。为了老父亲，只好委屈下朋友们了。

百善孝为先。什么是孝顺？其实孝只是一方面，给老人买条好烟，带上两瓶好酒，买点好吃的也大都让我们吃了。老人年纪大了，关键是要顺着，说他爱听的话，别总是抢白老人，就算老人有不对的地方，我们能迁就尽量迁就。现在基本上都已经衣食无忧，不单单关注老人的吃饭和穿衣，更要安慰老人的心灵，让其老有所乐、老有所依、老有所养。因为当兵出身的原因，老父亲比较坚强，能不麻烦孩子的就尽量自己解决，而且总还是替我们操心，不让老人操心，也许就是最好的顺从吧。

天气很好，我很欣慰。老父亲过生日，我很开心。今天正好是周六，孩子们都不上学上班了，一起回老家，给老爹过一个开心快乐的生日。最美不过夕阳红，温馨又从容！

你可以假装

在以前的文章中，经常和大家聊到一句话：不要假装努力，结果不会陪你演戏。前两天去给孩子开家长会，在孩子教室的墙壁上，又看到了这句话，当时看了心中还很亲切。有次我的同学和我聊天，还说到这句话，他是公司老总，给员工培训的时候，也说到了这句话：不要假装努力，结果不会陪你演戏。

不会假装，有时候似乎成为了生活中的真谛，但是有时候，往往不是这么回事呢。

病榻之上，病人已经病入膏肓将不久人世，医生出于人道主义的关怀，嘱咐家属不要和病人说出实际的病情。家属不在病人跟前的时候眼含热泪，见到了病人反而要和颜悦色，轻轻地告诉病人没有多大的问题，好好养病很快就好。这个必须要假装了，不假装的话，有些病人不是病死的，而是被吓死的。

孩子上学的时候，老师会经常嘱咐家长，周六周日或假期之中，一定要让孩子学习。可是孩子在老师的眼皮底下还会认真仔细，一旦到了家里，一般不会听话乖乖地学习，总是一边玩一边学，家长和老师告状，说孩子不好好学习，老师说：一边学一边玩，也比什么都不学要好得多。哪怕孩子在假装学习也要孩子学习，学总比不学好，想一想也是这个理。

我知道有些人不喜欢我，甚至很反感我，至于为什么反感我，反感我什么，我真的不是很清楚，也许是羡慕嫉妒恨，也许是恨铁不成钢，也许有些人就是看别人不顺眼，不单单是对我，网络上的喷子太多。我给这些朋友一个建议，就算你不喜欢我，你可不可以假装喜欢我呢？良言一句暖三冬，恶语伤人六月寒。人都喜欢听好话，你假装喜欢我，说点好听的给我，我看了就会高兴，我一高兴，心情就好，心情一好，状态也就好，状态好了，是不是我们就皆大欢喜了。

春秋战国时候，有个人总是自命清高，频频给君王提建议，君王有点不喜欢这个人了，说这个人有点沽名钓誉，故弄玄虚。有一位大臣说了句话，立马改变了君王的看法。这位大臣说，如果这个人一辈子能够做到这样，是不是就不是沽名钓誉了呢？所以一直假装下去，说不定也就成全了自己。

都说兴趣是最好的老师，可是兴趣又是怎么来的呢？你生下来不可能就对某一件事情感兴趣，虽然你不喜欢，但是你可以假装喜欢，一直假装下去，慢慢地你就会了解、理解这个东西，等你了解了、理解了，兴趣也就产生了。就像齐白石，一开始并不钟情于美术，但是到了五十多岁提起了画笔，终于成为一代大家。到现在谁家要是有一幅齐白石的真迹，那就是传家之宝了吧。

《红楼梦》中许多人物很有意思，林黛玉不喜欢薛宝钗，这个大家都知道，毕竟二人是情敌。可是后来林黛玉和薛宝钗成了闺密，就连贾宝玉都很奇怪，问林黛玉什么时候"孟光接了梁鸿案"，就是因为林黛玉假装喜欢薛宝钗，慢慢地了解这个人，才发觉这个人并不是真坏，而且一切都是本性的流露。

有时候，假装也不错，你也可以假装喜欢，只要一直假装下去，你就会发现，慢慢地从不喜欢到喜欢，又从喜欢变成了痴迷，从量变到质变，也许就是从假装开始的吧。

你也可以假装，真的，就从假装喜欢我开始吧。

不是硬挺就是熬煎

根据医生的吩咐，今天上午再去医院照红光，这个小手术已经十天了，刀口那个地方还是有点红和疼，我很上火，医生也很着急，但是我和医生都没有办法，只能交给时间来解决问题。只要时间能解决的问题，那也就不算大问题，大不了就耐心等待呗。

既然大夫让上午去医院，那就不在家里吃早饭了。老婆要做早饭我没有同意，还是出去吃点吧，在家里做饭有点麻烦，出去吃点也简单，最起码不用刷锅洗碗了，自己的老婆自己疼，能让妻子休息的时候就别让妻子劳累了。

出去吃什么又成了问题，早餐品种特别多，可是真想吃的东西却不多。还没到小区门口呢，老婆就问我吃什么。吃什么呢？我也想知道，需要好好想一想，老婆看我有点犯难，于是嘟囔着豆浆油条，豆浆油条是传统的早餐，可是我有点不喜欢。还是去吃一点传统的有名的小吃比较好，既然出去吃，就应该吃在家里吃不到的美食。路边有个小吃店，牌子上挂着"家庭风味包子"，一看就不喜欢，家庭风味的包子还用到外面吃？直接在家里就解决了。

昨天早晨在御润财富城那边的一家羊肉丸子馄饨店吃的馄饨也不错，走着走着就走过了，算了，不再走回头路了，脑科医院西边有家牛肉汤店，曾经在开业的时候去吃过一次，感觉还不错。

今天早晨吃饭，就在医院旁边吧，吃完饭去医院也方便。那就去吃一碗牛肉汤吧。

进店之后才发觉，店里非常冷清，不像羊汤店里那样人声鼎沸，也许是价格有点高吧，也许是味道不很好吧，反正店里面除了三个店里的人，就是我和老婆两个人在吃饭。这是一家连锁店，店里面装潢很好，墙壁上还有牛肉汤的介绍，看着很时髦很网红的店面，怎么就没多少人呢，这个时间正好是早餐的旺季呀，其他小早餐店大都是人满为患，甚至还要排队等候，这里面却是冷冷清清，我有点想不明白。后来进来两个人，都是外卖小哥来取餐。牛肉汤的味道还可以，里面的豆腐皮和粉条也煮得很烂，烧饼也不错，一块五一个也不算贵，为什么就是没人来吃呢？也许就是因为装修太好，一碗牛肉汤 12 元，价格还是稍微贵了点吧，一般人吃饭看到装修这么好就不敢进来了。我的早饭吃到一半，总算进来一个人，在我要走的时候，又进来一位顾客，也不算没人，看来就是这一会儿人少吧。这么大的店面，这么好的位置，要是没有人吃饭可麻烦了，可是这个店干的时间也不短了，也许是我的错觉吧。

算了，自己一头虱子挠不清，别再替别人操闲心了，吃饭不是目的，目的还是到医院。到医院照红光，为了刀口尽快好起来。休息了一晚上，感觉好多了，到了医院，让大夫一弄，疼得反而有点厉害，但是总体来说是好多了。

快点好起来吧，两天没敢坐着了，今天忍痛坐着写完这些文字，继续今天的搬砖。很多事情很简单，不是硬挺就是熬煎，曾国藩说"挺"经，把"挺"上升到经的高度，老百姓说忍，也就是忍受这痛苦。其实说白了就是坚持，坚持下去，不成功都难，一万小时定律，大家都知道吧？我的这点小小的疼痛算不了什么，大不了咬咬牙，十天都过去了，说好也就是三两天。

你吃过藕馅儿的包子吗？

　　俗话说得好：好吃不过饺子。小时候家里穷，贫穷限制了我的想象力，我认为最好的饭就是饺子，其次是包子。小时候最大的梦想就是下着饺子，蒸着包子。现在包子和饺子都不稀罕了，想什么时候吃就什么时候吃，想吃什么馅儿的就吃什么馅儿的，可是有些包子馅儿和饺子馅儿，还真的没有吃过。

　　昨天中午老婆包的包子，包的是藕馅儿的。这个馅儿以前没有听说过，也没有想过会有这种馅儿的包子。一开始还以为这是老婆的独创，老婆说不是。老婆说以前去聊城开发区，在一家卖包子的地方，看过到这种馅儿的包子，可是想尝一尝，一直没有买到，正好家里有两节藕放了好长时间一直没有吃，也不知道怎么吃才好，凉拌藕现在天气有点凉，炒一炒吧也不很好吃，于是想起来用这两节藕包包子，试试好不好吃。

　　老婆说用藕做馅儿包大包子，一开始我还真的有点担心，因为从来没有吃过，不知道藕馅儿的包子好不好吃，老婆心里也没底，所以包得不多。既有期盼，又有点胆怯，我坐在餐桌旁等待，包子出锅之后，冒着热气，我最喜欢这种感觉，特别是在寒冷的冬季。小时候走在街头，看到街头包子铺蒸笼里面的热气氤氲蒸腾，就眼馋得了不得，恨不能一口气把一笼包子给吞到肚子里。看到老婆端包子出来，我有点迫不及待了，但是现在害怕烫，没敢立刻下手去抓，只是眼睁睁看着。

　　等了一会儿，终于忍不住下手，送到嘴边，又不敢下口，一怕烫，二怕不好吃。吃了一口，感觉还可以，再吃一口，味道还不错，第三口下肚才品出了藕馅儿包子真的很美味。哈哈，有时候，有些事情尝试一下也不错。难怪陆游这样说：纸上得来终觉浅，绝知此事要躬行。东西好不好吃，尝一尝才知道，但是有时候只是尝一尝，也不一定就能得出正确的结论，需要认真，需要仔细，需要慢慢地品味，才能品尝出美好的滋味，美食的味道。

　　美味需要共享，美食需要分享，老婆想到了我妹妹，于是决定给我妹妹家送几个包子过去。我妹妹在香江二期开装修公司，卖木门，有点忙，轻易不会包包子和饺子，可惜距离我这里有点远，不能来吃。老婆在微信上拍了包子的照片，让我妹妹猜是什么馅儿的。藕馅儿的包子真的很稀罕，我妹妹猜不出来。老婆说下午给她送几个去。

　　吃完午饭休息了一会儿，我俩出门乘18路公交车去香江市场。因为是终点站乘车，我选了靠窗的座位。阳光很好，车内很是温暖。有一位老人坐在我前面，也许是因为他穿得太多吧，感觉车内有点热，就把他那边的车窗打开了半个。车开起来之后，他在前面感觉不到风大和风凉，我在后面有点受不了。于是站起来把窗户给关上了，老先生一看我关窗有点不乐意了，立即又把车窗打开。轻易不坐公交车，更不想因为乘车而生气，我对老先生说："你在前面无所谓，我在后面风太大。"老先生也不是不通情理，虽然不情愿，但还是把车窗关上了。后来对过有了空位，老先生起身坐到了对过晒不到太阳的地方，对我投来了不快的目光。我只好微笑了。

　　到了妹妹的店里，她竟然没有吃午饭，幸亏我们给送了包子。妹妹也是第一次吃藕馅儿的包子，一直夸她嫂子做的包子好吃。其实不仅仅是包子好吃，最主要的是这份心意。

往事不可追　未来不可猜

前几天聊城的天空烟雾弥漫，到处雾霭沉沉，雾霾有点严重，心情也不舒服。

今天的聊城，空气清新清洁，深深地呼吸一口空气，也有点清凉清冷。

虽然已经是深秋的节气，阳光依然温暖和煦，懒懒的阳光洒进室内，光明和温馨也在室内弥漫开来，令人心情轻松惬意。

几天的压抑，几天的郁闷，几天的苦和累，已经渐渐地远去，消失在时光中，飘散在岁月里，似乎已经成为了记忆，其实已经成为了过去。

悠闲，悠然，悠哉。

在温馨的秋日暖阳中，怀着懒散的心情，看看猫儿和狗儿打架，一个在上，一个在下，一个用嘴，一个用爪，其实就是在玩耍。

时光如此曼妙，岁月如此悠然，朝朝暮暮，聚聚散散，人生无常，青山常青，在宁静安详的时光中，追忆下曾经的过往，憧憬下不远的未来。往事不可追，未来不可猜。追一下又何妨，猜一猜也不错。

是什么令时光如此的温柔？什么才能够淹没时光的漫长？心中有爱，眼中有光，灵魂有归属，吾心安处是吾乡！

红尘万丈，烟火人间，温柔也有温度，风度也有韧性，猫狗有爱，草木有情，沉浸在鸡鸣狗跳中，都是修心，漫步在草木葱茏处，都能怡情。

云在高处，水在瓶中，人在心中。

追逐岁月，猜测人心，知行合一，云水禅心。

岁月无常，时光难返，千言万语，随其自然！

前尘往事，过眼云烟，草木凋零，秋色弥漫，人情未了情，徘徊在心间。

时光晕染了岁月，云霞渲染着天穹。秋高气爽，北雁南归，生活再难，总会有春天。

往事越千年，弹指一挥间。驿外断桥边，梅花香了又残。过往已往，未来快来。

开在深秋的海棠花

因为腿上的伤口一直没好，半个多月没有出去散步了。

虽然已经是深秋季节，昨天的天气真的是出奇的好，好像又回到了阳春三月，清风微送，阳光和煦，天空也没有了雾霾的侵袭，一派清新。

这个秋天，除了阴天就是下雨，很少见到如此好的天气，心中又痒痒的，真的不想辜负这样美好的天气。上午忙了一上午，下午的时间比较富余。虽然腿上还在隐隐作痛，也阻挡不住想出去的心。小湄河湿地公园好久没有去了，上一次去的时候好像还是在夏季。干脆到小湄河公园遛弯儿去。

走着去小湄河太远了，毕竟腿还有点不行，于是和老婆骑上电动车到了小湄河公园。

小湄河公园一如既往，游人不多也不少。无论季节如何交替，小湄河什么时候去都是妩媚动人。蓝蓝的天空，一丝丝的白云，树的叶子有的已经枯黄，有的已经变成红色，有的还是碧绿，小草也是一半枯黄一半青翠。走着，看着，心动着，开心着，快乐着。

走到小土山的前面，秋风真的很厉害，几株海棠在路边放哨，树上叶子大都脱落，新出的嫩叶也已经变成了红色，令人想到了春天的海棠花开时。

老婆突然一声惊喜："快看，海棠开花了。"边说边用手指着海棠的枝头。

我循着老婆手指的方向望去，蓝天下的树枝成了一幅意境深远的美术作品，枝头叶子已经稀疏，在枝头真的盛开着一朵美丽的海棠花，在清风中摇曳，在蓝天下舞动多彩的身姿。

海棠花绚烂在春季，春天的海棠花怒放枝头，一丛丛，一树树，令人目不暇接。秋天的海棠也开花了，只有一朵，物以稀为贵，小小的花朵，娇嫩的花朵，开在秋风里，令人心动，令人可怜。我拿出手机，拍了几张照片，给花儿留个纪念。

"这里还有花骨朵呢？"老婆又惊喜地说道。

可不是，在深秋，想不到的时候，不仔细看真的看不出，不单单有花，还有花骨朵呢，花蕾含苞待放，更是令萧瑟的深秋充满了生机。

我看着花骨朵先是高兴，想着想着还是有点伤心，天气预报说，从 11 月 4 日开始一股寒流来袭，气温下降 8 摄氏度到 10 摄氏度，明天开始，就是雨雪的天气。这娇嫩的花朵却还在风中摇摆，花朵最怕风雨的袭击。古人尚且"只恐夜深花睡去，故烧高烛照红妆"。我是不是应该为这开在深秋的珍奇的花儿也做点什么。做什么呢？我不能在这里为花儿遮风挡雨，也不可能把开花的海棠树移栽到家里。把花蕾从枝头取下来？似乎太自私了，也似乎太残忍了，花儿还是应该待在枝头最惬意。

想做点什么，可是又什么都不能做，最是悲伤无奈无力。

花儿呀花儿，你为什么选择不该开花的季节开花呢？

昨天还是阳光和煦，风和日丽，今天已经阴天下雨，不禁又想起了那些花和花蕾，在凄风苦雨中现在如何了呢？生不逢时，也许就是最大的悲哀。

春花秋月何时了

昨天下午，想出去走走，可是腿上的伤口依然有点难受，这一次做的这个小手术，也是我平生第一次手术，没想到伤口能如此的顽固，动手术之前，大夫告诉我，七到十天就能好。可是从上个月的18号动了手术，到现在已经十七八天了，伤口还是又痒又痛。虽然痒得不是很厉害，痛得也不是受不了，但是对心情的影响太大了，总让我在痛苦之中。不想让这种痛苦左右我的心情，怎奈疼痛不受我的左右，就算笑也只是强颜欢笑。

室内并不冷，出去之后才知道，室外温度还有点低。家门口的风景都已经习以为常了，总想到远处走一走。也许走着还无所谓，骑上电动车出去，总感觉有点凉飕飕的。

庆幸的是阳光还比较和煦，风儿也还算温柔。骑车既然凉飕飕，干脆下来走一走。

青石板路上，覆盖了一层的落叶，落叶并不像作家们写的，一地金黄，反而有的灰色，有的褐色，也有黄色的，一点也不鲜艳，看上去凄凉多于喜悦。

落叶很多，地上覆盖了厚厚的一层，脚踩上去，细碎的响声，脚下软绵绵的，似乎有点不忍心下脚了。林黛玉葬花，谁来把这些叶子埋葬？花有灵性，叶子也是。为什么那么多人可怜花，很少有人关心叶子呢？也许是叶子太多了，也许是叶子的生命力太强了，经历了整个春、夏、秋三季。

回首向来萧瑟处，也无风雨也无晴。生命短暂，时光短暂，叶子如此，人又何尝不是呢？

落寞的秋，孤寂的秋，凄凉的秋，人在深秋，倍感神伤。一步一步走着，悲伤从脚底袭上心头。走到月季公园的西门口，花枝在风中摇曳，还有蜜蜂在花丛中留恋。盛开在深秋季节的月季花，依然娇艳。难怪都说月季独占四时春呢？

岁月的更替，生命的轮回，大自然的规矩，仅此而已。年年岁岁花相似，岁岁年年人不同。景色依然，物是人非。莫等闲，白了少年头。

春花秋月何时了，往事知多少？少不更事，从懵懂少年，到秋叶凄凉，这也是人生的旅程。

不想悲伤，不想凄凉，出门是为了散散心，不要再让心灵蒙尘了。

运动生阳，身上渐渐暖和，有点出汗了，抛却忧伤，忘记疼痛，人生苦短，何必心伤。

前面一群志愿者，穿着相同的马甲，戴着一样的帽子，为了聊城创建文明城市，奉献着自己的一份力量。那鲜红的马甲，令人眼前一亮，也令人心头一动。

别让生命虚度，总要做点什么，做一点有意义的事情，心中就不会空虚了。

太阳渐渐西沉，楼群挡住了阳光，夕阳西下几时回？明天又是新的一天。明年又是新的一年。叶子落了，明年的枝头照样枝繁叶茂。我又何必伤悲呢？

雪地阳光

雪停了，天晴了。

大地很干净，一片洁白，令人动容。

天空很干净，澄明湛蓝，令人眩晕。

太阳出来了，寒冷的时候，最感动的就是冬日暖阳。今天的太阳不像冬天，反而有点像盛夏的骄阳。阳光似乎直射过来，令人不敢观望。

阳光照到雪地上，本来洁白的雪地更加的明亮，大地也能耀眼，真的很罕见。

雪光反射到天上，天空更加的蔚蓝，雪光反射到脸上，脸色更加的动人。

明亮，到处一片明亮，无论是室内还是室外，无论是背阴还是朝阳，都是一片明晃晃的明亮。亮得眼睛似乎有些受伤。

鸟雀哪里去了，为什么一片静悄悄？

大雁南归了吗？

雪地上的风光，已经变了模样，2021年的初雪，令人铭记。

雪地上的阳光，令人荡气回肠！

高兴一会儿是一会儿。

我曾经时间观念很强，上学不迟到，上班不迟到，赶车不迟到，赴宴不迟到。

我现在是一个没有时间观念的人，早十分钟又怎么样，晚半小时也无所谓，世界还是这个世界，我还是我，早点晚点，没有多大变化。因为我现在不用上班，也不用上学，不用赶车，也不经常赴宴了。

因为心散了，人也就懒了，懒散的时光也不错，生活本来已经很累，干吗总让自己那么紧张。

想睡了就去睡吧，昨天晚上感觉累了，也疲惫了，主要是腿上的伤口总是愈合不好，不想坐着，也不想站着，那就干脆躺着去吧，躺了一会儿也就睡着了。想睡就睡的日子，就应该知足了。

睡得早，醒得也就早，醒来之后想起来就起来吧，可是起来又无所事事，那就干脆再睡一会儿。日子就是如此的惬意。

日子真的惬意吗？其实一点也不舒服，内心的煎熬，只有自己清楚。

我这个人喜欢把悲伤留给自己，把幸福和快乐送给他人。自己的事情，自己知道就行了，没有必要哭丧着一张脸给人看，再说了，也没有人喜欢去看一张哭丧的脸。

阳光很好，雪地也很好，没有去雪地里撒野，也没有去阳光下奔跑。为什么不去，因为已经过了年纪。

冬日暖阳之所以令人心动，要的就是这一份人间的温度。

且把郁闷压在心中，快乐，你追求就有。

老婆冲了一杯咖啡端过来，馨香弥漫在四周，还祈求什么呢，这已经足够。

金钱和名誉，都是身外之物，虽说时间就是生命，时间真的有，到了我这把年龄，浪费一点没什么大不了。

开心快乐太少了，高兴一会儿是一会儿，舒服一阵儿是一阵儿吧。

享受温暖，享受阳光，享受温馨。

情深义重

就在刚才接到了一个来自青岛的陌生电话。原来是青岛83岁的李老先生，看到我身体不适，打来电话问候。老先生已经八十多岁了，专门打了电话安慰我，让我的心中十分的感动。

昨天下午去医院换药，给我动手术的医生不在，科室的医生帮我换的药，也许是医生只对自己的病号负责，这位医生换药的时候动作有点大，用力有点狠，让我又疼得差一点儿受不了，一直让医生轻一点，再轻一点。前天动手术的时候不让老婆进去，老婆也不知道伤口什么样，动完手术之后老婆走进手术室，看到手术台上流了不少血，特别心疼。以前每次换完药，老婆都会给我拍一张伤口的照片，昨天我以为她又拍了伤口的照片，结果我要看伤口照片，老婆告诉我并没有拍照。老婆说别看了，看了也怪吓人的。

昨天晚上入睡的时候，越是夜深人静万籁俱寂，疼痛越是那么明显，越是安静安宁，疼痛越是被放大。一点一点的疼从伤口向四周蔓延，最后传到心上，哪里还睡得着。越是不能入睡，越是辗转反侧。伤口还最怕动，越是活动疼得越是厉害。可是一个姿势待久了，也是特别不舒服，总想着动一动能够舒服一点，可是越动疼得越厉害，越是不能动的时候，越想动一动，总是别着劲儿，真的让我哭笑不得。

昨天也破了一个纪录，告诉朋友们身体不适，让大家不要再等待了。内容发出去之后阅读的人并不算很多，才 1800 多个阅读。可是回复的朋友特别多，简短的文字，竟然有 122 个朋友评论回复，每一个评论都是祝我早日康复，每一个回复都是朋友的一片心意，看到大家的语言，心中暖暖的。有位朋友竟然这样说：伤在你身上，痛在我心里。看到这样的文字，真的差点儿热泪盈眶了。

有时候静下心来想一想，我一个平平凡凡普普通通的人，究竟何德何能，能让朋友们这样关心和爱护。面对大家的热情，我无以为报，只能更加认真仔细，更加用心。

今天伤口的疼痛减轻了不少，我的心情也好了很多。但是为了尽快好起来，我还是不能太劳累太疲惫。这两天不敢坐着，站的时间长了还不行，站着不行，坐着不行，躺着总行了吧？躺着也不行，也真的是太为难我了。

其实只是一个小小的病痛，能够得到那么多朋友的安慰和祝福，我真的有点儿受宠若惊了。

心宽了，这个世界也就小了。格局大了，世间也就没有什么烦恼的事情了。在生命的长河里看待生活，在历史的烟云中看待现实。古今多少事，都付笑谈中，更何况是一点小小的伤痛了。人生的道路很漫长很漫长，在漫长的人生旅途中，总会有着各种各样的不如意、不尽意。想开一点，看淡一点，别纠结自己，别为难他人。

尘世的喧嚣中有人惦记，有人祝福，真的很好。

再次衷心感谢朋友们的关怀和温暖。就是因为有了你们，正是因为有了你们的善良和爱心。哪怕前路多么崎岖，多么坎坷，我将会继续劈波斩浪，奋力前行。

你的心在我的心中，希望我的心也能融进你的血液里。

老先生八十多岁了，心态特别好，听声音一点都不像八十多岁。别人八十多岁了还这样语音洪亮，中气充沛，我的八十多岁会是什么样呢？老先生告诉我保持好心态，这让我真的很感动！我们都保持好心态。

为谁做的嫁衣裳

常言说得好：种瓜得瓜，种豆得豆。

老婆去年买了一株"梅花"，花骨朵很好，可是并没有开花。我还特别惋惜呢。可是第二年从根上发出嫩芽，我以为这株"梅花"又活过来了，很是兴奋和高兴。可是长出来的叶子越长越像桃树的叶子，后来用手机上面的软件查了查，还真的是桃花。当时还在想，还是不能网购，怎么买的"梅花"给我弄了个桃树呀。后来听同学说了才知道，这是梅花嫁接在了桃树上，下面发的桃树芽应该抹了去，上面才会长梅花。可惜我不知道，让桃树枝疯长，梅花也就蔫了，没有长成。估计梅花是长不出来了。

我家前面有一个公园，也是聊城网红的打卡地，名字叫作聊城九州洼月季公园。虽然已经是冬季，月季花还在枝头娇艳。一株花上，能够开出来好几种颜色的花。为什么这样呢？因为园艺师把好几个品种的月季花嫁接在了一株上面。

现在的种植技术让老话不再准确了。因为有了嫁接技术，把一粒种子埋进土里，长出的还是这个种子的秧苗，结果可就不一定什么样了。

小小的种子埋进土里，有了适宜的水分、空气和温度，种子也会爆发出巨大的能量，就能够生根发芽。可是从根部源源不断送来的养分，不一定就供养谁来着。

念桥边红药，年年知为谁开？

我认真，我仔细，我辛苦，我努力，我甚至带病坚持，可是结果又怎么样呢？照样有人口出怨言，我也真的没有办法。

种豆都不一定得豆，种瓜都不一定能得瓜。为谁辛苦为谁忙，为谁做的嫁衣裳？

你不来我不往，友谊如何维系？

没有人喜欢孤单，人到中年，在钢筋水泥的丛林里面栖息，都活成了孤岛。

没有人喜欢孤独，可是经常一个人对着手机傻笑，对着电脑发呆，看着窗外的景色，灵魂却不知到哪里去了。

渴望友情，渴望交往，可是结果却是你不来我不往，一颗一颗孤独的灵魂在大街上游荡。

表面上看着是平坦的大道，谁知道前面处处是陷阱，到处是泥泞。

为了保护隐私，不敢相信陌生人，甚至连电话号码都不敢告诉对方，生怕号码被到处传播。

为了排遣寂寞，在网上寻找远方，以为可以掏心掏肺，谁知道风流总被雨打风吹去。

以前见面，最常见的方式就是互递名片，留个联系方式，现在见面，别说手机号码，甚至微信都不敢随便添加，生怕什么时候陷了进去。

也想走进对方的心门，去触摸内心中最温柔的地方，可是人还没有靠近，对方的心门已经关闭。

也想让生活充满阳光，可是不给内心留一点点缝隙，阳光怎么才能进来呢？

也想让日子充满诗意，可是整日在红尘中徘徊，体会到的都是冰冷和冰霜。

阳光灿烂的日子里，心中为什么还有阴霾？多情总被无情恼，热情热心换冷淡冷漠，我心只能独自寂寞。

总以为友谊很纯洁，是谁让纯洁的友情蒙上了灰尘？为什么好心没有好报，为什么努力没有结果？

你不来我不往，友谊靠什么维系。自尊就是一片透明的玻璃，看着很光明，其实很容易碎，而且碎了很难复原。一碗水洒到了地上，再也回不到过去的模样。

把心门打开，让阳光进来。勇敢地敲开门，说不定里面就会有朋友。

寂寞可以让人成熟，在夜里可以寂寞；孤独能够使人稳重，在黑暗中可以孤独。一旦云淡风轻，一旦风和日丽，就给心灵放个假，灵魂没有牵绊的时候，就会遇到有趣的灵魂。

以善意对待这个世界，世界就会还给你善意，以温柔的心对待他人，才能得到温柔的心。

无　聊

　　不知道为什么，有点无聊的感觉弥漫在心头，整个人都感觉不好了，懒懒地什么也不想做，可是什么都不做也不行，让人更加的无聊和寂寞。

　　昨天还兴致勃勃，今天就百无聊赖，无精打采，垂头丧气。天空还是昨天的天空，依然十分的洁净和蔚蓝，太阳还是从前的太阳，把一抹金光描绘在大地上。阳光透进室内，室内明晃晃的。突然对这种光明有点反感了呢，渴望能够阴郁一点，感觉对不住这么好的天气。

　　我静静地看着屏幕，电脑似乎也在偷窥我的内心。我想从屏幕中找寻点安慰，电脑想从我身上得到点什么呢？

　　透过电脑的屏幕，我似乎看到了很多朋友拿着手机在刷新自己的手机屏幕，希望手机的屏幕中能够出现我的文字。刷一遍，看不到，摇摇头，叹口气，过一会儿再继续刷，想知道我的一点消息。

　　有多少人只是在看我的文字，不知道我在电脑前面发呆。呆呆傻傻的我，为什么受到那么多人的喜爱，小小的我，又为什么受到那么多朋友的青睐，普通平凡的我，何德何能，能够让那么多人想念。

细草微风岸，危樯独夜舟。

星垂平野阔，月涌大江流。

名岂文章著，官应老病休。

飘飘何所似，天地一沙鸥。

人生天地间，真的就如空气中的一粒尘埃，身不由己，随风而动。"人生到处知何似，应似飞鸿踏雪泥。泥上偶然留指爪，鸿飞那复计东西。"网络上有我的文字，云端里有我的身影，手机里面可以搜索到我的声音。世人都以为我很潇洒，其实我就在书房里呆呆傻傻。

就这样傻傻的吧，人生难得糊涂，傻傻地吃，傻傻地笑，傻傻地过也很好，最起码傻傻的生活中就没有那么多的烦恼。

想多了苦，干多了累，人到中年一切随缘，缘深缘浅，顺其自然。

故乡的菜园

　　20 世纪 70 年代，有一个男孩出生在了一个距离城市很远的农村家庭，那个时候的人都很穷，穷得真是缺衣少穿，但是孩子吃风也能生长。慢慢地孩子长到了七八岁的年龄，整天跟小伙伴在田野里面疯跑，到水里摸鱼，到树上捉鸟，别管是天上飞的，地上跑的，还是水里游的，都成了孩子们的目标，无非就是希望能够找点吃的东西。越是这样，大人越讨厌孩子们，真的是七岁八岁万人嫌。

　　那时候没有农药，也没有化肥，地上的水可以喝，田野里的瓜果可以吃，孩子们对贫穷没有什么感觉，因为大家都穷，用不着攀比，也就没有心情的失落。

　　那时候还是生产队的时候，孩子的爷爷在队里看菜园。菜园的旁边有一口水井，有一架水车，有一头老牛围着水井转，水井里的水就随着老牛的转圈，从井里到了地上，淌到了水沟里，流进了青青的菜地里，滋润着碧绿的菜苗。地里的菜苗在风中舞蹈，在阳光下生长。菜地里面有茄子、黄瓜、西红柿和豆角等各种各样的蔬菜，慢慢地成熟。

　　这一片菜园，这一口水井，这一头老牛，还有看菜园的老人家，就成了孩子们梦中的乐园。一天天没有什么事情的孩子，也就整天围着菜园转，对水车好奇，对那些个瓜果蔬菜垂涎欲滴。可是菜地有了老人家，孩子们都不敢轻易去采摘。越是摘不到，心里面越是渴望。特别是在炎热的夏天，孩子们在太阳下奔跑，跑累了，也口渴了，地里的黄瓜和西红柿的魅力更是无限。

这一天趁着老人不注意，孩子们还是溜进了菜园，对鲜嫩的黄瓜下了手。可是还没有等到黄瓜进嘴，就被看菜园的老头发现了。孩子们跑，老头撵，孩子们笑，老头骂，惊飞了地里的麻雀，吓得小虫子也不敢再鸣叫，甚至连蝉都停止了鸣唱。

小男孩跑得慢，被老头撵上了，平时和蔼可亲的爷爷，上去就是一巴掌。其他的孩子看到小男孩挨打，也吓得停下了脚步，小男孩挨打了没有哭，其他的孩子有的反而被吓哭了。

爷爷看到孩子们有的哭了，于是到地里摘了一把黄瓜，一个小孩子一个，唯独没有挨打的这个小男孩的。小男孩挨打的时候没有哭，这个时候反而委屈地哭了。

我拿着自己的黄瓜，看着哭泣的小男孩，想不明白这是为什么，于是把我手里的黄瓜掰了一半，递到了他的手里，小男孩倔强地拒绝，哭着回家了。

拥有良师益友是一生的幸运

最令大人牵肠挂肚的就是孩子的学习。我这人比较佛系，总感觉儿孙自有儿孙福，孩子学习不是为了大人，而是为了自己，所以对孩子的学习成绩没有他妈妈那么上心，为了家庭的和谐安宁，孩子有点小小的过失，我也只会微微一笑，小孩子正是顽皮的年纪，太束缚儿童的天性也不好。但是太放纵也不行，无论爸爸还是妈妈，总要有一个严格一点。学习是一个严肃认真的事情，马虎不得，放松不得。孩子有了好的爸妈，还需要良师益友在人生的道路上指引方向，传道、授业、解惑。

昨天晚上九点半，臭小子从学校放学归来，进门之后，小儿子轻轻叹了口气，我一点感觉都没有，老婆的感觉比较敏锐，问孩子怎么了，为什么进门之后先叹气。

臭小子一开始还轻描淡写，一边换鞋一边说："没事，有点累了。"

臭小子晚上不在家吃晚饭，从学校回来，每天晚上都会再吃点东西，这已经形成了习惯。老婆忙着为孩子准备加餐，所以没有再追问，我对孩子的累了也不相信，但是我也懒得追问。儿子看我俩都没有追问，憋不住了，自己幽幽地来了一句："这次的物理又没有考好。"

"考了多少分呀？"老婆听到儿子说没考好，好奇地问道。

"考了85分。"儿子似笑非笑、似哭非哭地说道。

"怎么搞的？考试的时候睡着了？"老婆半是生气、半是调侃地问道。

"粗心大意了，填空题写串行了。"小儿子看到妈妈并没有着急，一边往里走一边有点嬉皮笑脸地说道。

"你呀，总是粗心大意，就不能认真仔细点？"老婆气愤地说。

"王老师这次又收拾我了。"也许是怕妈妈再批评自己，儿子快速接过话来，兴高采烈地说道，"王老师在课堂上说我，'这次扈保宁嘚瑟得又找不到北了，等下了课我帮他找找北在哪里。'结果下课之后，王老师又收拾我一顿。"

儿子被老师批评之后和其他人的表现一点也不一样，别的孩子被老师批评之后，总是心事重重，垂头丧气，我儿子被老师收拾之后，总是高高兴兴，眉飞色舞，似乎不是受了批评，而是受到了表扬。不用说因为上次期中考试考得还可以，班里第三，年级第二十二名。因为上次考得好点了，这一次小尾巴又翘起来了，分不清东西南北了。难怪班主任王老师——也是他的物理老师，说他找不到北了。

看到儿子被批评了还这么开心，我也很欣慰，于是对儿子说："物理，是一门能考满分的科目，你应该铭记这次的耻辱，下次努努力，也给你王老师争口气，考个满分出来。"

儿子点头说是，坐到餐桌前信心满满地说："物理已经考完了，看看数学和英语的吧。"

儿子有这份信心就好，信心是金，每个孩子都会粗心，有了挫折也不是坏事，要让孩子经受挫折的教育，只要有上进心，有信心，相信下次可以表现得更好。其实让我更欣慰的是，孩子和老师的关系很好，被批评了，竟然这么开心。

　　我发自内心地感激孩子的老师，正是因为老师的用心、老师的认真，孩子才能被批评了还这么意气风发，追求上进。人生得遇良师，也是一辈子的幸运。

　　看着孩子高兴地吃东西，我的脑海中浮现出了孩子班主任王老师的样子：中等身材，三十多岁的男子，神情和蔼，聪明不外露，很有内涵。王老师是山东大学硕士研究生毕业，本科上的是山东省内最好的省属高校山东师范大学。能在初中就遇到这么好的老师，既是良师又是益友，真的是孩子一辈子的幸运！

美美地泡个澡

从 10 月 18 日动手术开始，到今天的 11 月 26 日，已经是 38 天了，这 38 天以来，我的右腿伤口一直包扎着纱布和胶带，不是疼就是痒，这个罪终于受够了。昨天夜间起来上卫生间，狠下心来，终于把纱布和胶带让我给扔掉了，让皮肤和空气来点亲密的接触，轻松下，自由点，能够轻松呼吸下空气。

虽然伤口还微微有些不舒服，微微的疼和轻轻的痒，但是再也不用担心强烈的疼痛了。这次的伤口终于算好了吧。

这一个多月来，被伤口折磨得惨不忍睹，不能吃辣，不能喝酒，不能洗澡，这三个不能，真的让一般的人受不了，不一般的我已经忍受了一个多月了，这下的我是不是可以自由了？

酒可以不喝，辣椒可以不吃，现在就想着美美地泡个澡。伤口还是有点怕水，昨天白天去门口的药店买防水的创可贴，可是没有这么大的。晚上又去另一家药店，还是没有这么大的防水创可贴，后来店员给出个注意，有婴儿脐带创面保护的创可贴，也是防水型的，虽然还是有点小，担心包裹不全我腿上的伤口，也买了一盒回来，聊胜于无吧。

吃早餐的时候，因为腿上的伤口有点疼和痒，我用手轻轻地摸了下腿上的伤口，没想到伤口的脾气还不小，立马还以颜色给我，接连像针扎蜂蜇似的疼了三两次，吓得我有点胆战心惊，是不是我的纱布不该揭开呀？

坐在我经常坐的皮椅上，下面很软，以为没有问题了，可是不大一会儿，伤口就用疼痛向我提意见了，我想不应该这么娇贵了，想继续坐着，腿上的伤口看我不把意见当回事，直接用抗议来表达自己的不满，竟然又隐隐约约地疼得厉害起来，吓得我赶快换了座椅，还是不能压着伤口呀。这个罪究竟什么时候才能让我受完呢？我可是早就受够了。

一个多月不洗澡，一般的人真的受不了，特别是身上一热的时候，真的是浑身都痒，痒得令人难以忍受。中间老婆用温水给我身上擦洗过两次，擦洗下虽然也有效，还是不如泡泡澡舒服，现在想的就是，立刻，马上，快去泡个澡，舒服一秒是一秒。

泡完澡之后，是不是就可以找三五个好友喝点小酒了？既然泡澡都没事了，喝二两小酒也应该没问题了吧，三五好友，围炉煮酒，想一想都很美，那就先想一想吧。

苦尽甘来，没有这些天熬煎的苦，怎么去体会苦尽甘来的感觉！

家庭生活中的小乐趣

今天周六，儿子不用去上学了，本来可以睡个懒觉，可是这个臭小子早早就起来了，七点多就进来我的卧室，儿子周六不睡懒觉，固然令人欣喜，但是早起不是为了学习，跑到我的卧室里来的目的是找手机，找手机就找手机吧，竟然提出来让他妈陪着在手机上玩扑克游戏，就有点得寸进尺了吧，令人有点哭笑不得。

早餐桌上，老婆给我们烙的肉饼，非常美味可口，儿子一边吃一边继续得寸进尺，竟然说道："那天的鱼做得非常好吃，什么时候再做一次呀？"

老婆看到儿子继续得寸进尺，有点不悦地说道："你什么时候听话了，什么时候我再给你们做吧。"

老婆的潜台词很明显，就是说儿子什么时候听话，知道学习了什么时候再帮儿子做鱼吃，小家伙也很聪明，听出了妈妈的弦外之音，不由得皱起了眉头，有点不高兴了。我不想让懊恼充斥在早晨，急忙接话说道："老婆你不能这样说。"

两个人听我这样说，都好奇地看着我，等待着我的下文。我连忙说道："你应该说，什么时候你让我高兴了，什么时候就给你做鱼吃。"

"怎么才能高兴呢？"老婆幽幽地问道。

"儿子听话了，知道主动学习了，不玩手机了，你不就会高兴了？"我坏坏地看着儿子笑着说道。

小儿子也很会打岔，看到矛盾的焦点又到了他头上，于是坏坏地笑着问妈妈："你什么时候才能高兴呢？"

老婆幽怨地看了我一眼，说道："等你爸爸'相妻教子'的时候我就高兴了。"

我一听有点吃惊，怎么矛头到了我这里，我于是问儿子："中华上下五千年，你听说过男的'相妻教子'这种说法吗？不都是女人'相夫教子'吗？"

儿子笑着摇头道："没听说过。"然后扭过头去对他妈妈说道，"你这个要求太高了点吧？应该是'相妇教子'吧。"

老婆听了点头道："就是'相妇教子'。"

没想到两个人一唱一和，无理取闹，我只好摇摇头叹口气，此话题对我不利，我需要赶快转移话题："这块饼是谁咬的，赶快吃了。"

生活中处处充满了乐趣，只不过我们平常不留心不留意，小小的开心和乐趣，就像流星转瞬即逝，记下来，留给以后不快乐的时候看一看，就会知道生活中不全是烦恼和忧郁，星星之火，可以燎原，希望这小小的快乐能够充实每一天。

用心体会，生活还是蛮有趣的，想起来都会心一笑。生活中为什么那么多烦恼，就是因为我们很容易放大忧虑，无视快乐而已。

周日上午时光小景

　　在椅子上坐的时间长了，有点累了，站起来伸个懒腰，并不起什么作用，于是转身走出书房，走到客厅里，想活动活动筋骨，蹲个马步，刚刚好了的腿提出了强烈的抗议，猛烈地疼了两下，看来还是不能剧烈地活动。什么时候才能自由地活动，自如地挥洒呢？

　　也许是半个多月没有怎么长久地坐着的缘故，现在坐的时间稍微长一点，屁股也会提出自己的抗议，屁股的抗议不是疼痛，而是刺痒，痒得我总想把手伸进裤子里，去屁股上面使劲挠，可是屁股的痒不像后背的痒挠一挠就管事，而是越挠越痒，甚至想把屁股上的皮都挠破了才得劲，但是屁股又疼了起来，又痒又疼的感觉更不好受。

　　怎么办？只好麻烦老婆给屁股的皮肤上抹点药膏或者抹点芦荟液，你还别说，抹点药凉丝丝的还真的挺受用。可是一次两次还好说，抹药的次数多了，老婆也烦，时不时让我闭嘴，甚至给我个白眼让我体会。白眼的体会虽然不好受，谁让咱有求于人呢，只好厚着脸皮，死乞白赖地软磨硬泡。有时候想一想也很生气，一个最不值钱的破腚，最不值得珍惜的破腚，从什么时候开始变得如此娇贵？好不容易腿好点了，屁股又蹬鼻子上脸了，真想逮

217

着屁股狠狠地揍一顿，可是打在自己身上，疼在自己心里，打不得呀。

虽然腿好了，还不能久坐，一个是腿不答应，一个是屁股也抗议，只好坐一会儿起来，出去走一走，没有什么事干，单纯在室内散步也找不出散步的感觉，到阳台去看看室外的风景，和阳台上的花朵沟通交流下。前两天又买了一盆梅花，不知道能不能成活，不知道能不能开花？到鱼缸前和鱼儿聊会儿天，鱼缸里面有两条锦鲤，一个红色，一个金色，这两条鱼养的时间真的不短了，得有六七年了吧，一开始是八条，最后剩下这两条了。看到鱼缸上面有点灰尘，去卫生间洗一洗抹布，擦一擦鱼缸，也算休息下大脑，活动下筋骨。

活动下筋骨，有点口渴了，不麻烦老婆了，自己冲杯咖啡喝，让咖啡的馨香熏陶下自我。中国人喝茶，外国人喝咖啡，我是茶和咖啡都要喝。喝咖啡需要用咖啡杯，喝茶需要用茶杯，喝水需要用水杯，不是穷讲究，麻花不叫麻花，要的就是这个劲。找到咖啡杯，洗干净之后，又找出专门搅拌咖啡的勺，自己冲杯咖啡给自己喝，自己动手丰衣足食，这种感觉也很好。

喝完咖啡，还得坐下干活，命苦别怨政府，点背别怨社会，每个成年人的生活都不容易，说是自由身，其实比上班还忙碌十分，上班的时候，还能有个下班的时间，还能歇个礼拜六和星期天，现在是五加二、白加黑，只能是忙里偷闲，苦中作乐了。

心态要好，格局要大。

我想上岸

聊城又阴天了，没有了阳光的陪伴，心情也比较潮湿。

据说冷空气又要来了，你那里阴天了吗？天气冷不冷，天气可以冷，但是心不能寒！

今天周一，不想让心情潮湿，可是有时候做不了心情的主，只能慢慢地调节，慢慢地修行。

2021 年还剩下一个多月的时间，时光总是这样匆匆，挽留不住时光的匆忙，只好顺其自然。

冬季来临了，天气越来越寒冷，特别是阴天的时候，就算气温不算低，也给人一种阴冷的感觉。这种感觉不好，阳光被乌云遮挡，我不希望下雨，也不希望下雪。

不知道老天会不会顺从我的意愿？运气不会一直站在一边，风花雪月的年少，已经无影无踪了，蹒跚的步履，鬓边的白发，年华老去，青春还会再来吗？

青春不是年龄，而是心情，更是心境，心底无私天地宽，忍一时风平浪静，退一步海阔天空，与人为善与己为善，何必争什么高低贵贱。

境由心造，相由心生，慈眉善目的不一定就是老和尚的独有，冰清玉洁也不是少女的独享。花开的时候静听花开，花落的时候叶落无声，风声雨声，情有独钟。

锦瑟无端五十弦，一弦一柱思华年。

庄生晓梦迷蝴蝶，望帝春心托杜鹃。

沧海月明珠有泪，蓝田日暖玉生烟。

此情可待成追忆？只是当时已惘然。

不知不觉间，快到了知天命之年。庄生化蝶，子非鱼安知鱼之乐。没有经历过他人的苦楚，莫劝他人善。杜鹃啼血，精力有限；精卫填海，精神无限。

晨钟暮鼓，惊醒世间名利客；经声佛号，唤回苦海迷梦人。千佛山上的这一副对联，自从邂逅，就无数次在我的脑海中回旋，是不是证明我有点佛缘？佛度众生，苦海无边回头是岸！

孤寂的灵魂一直在红尘中飘荡，孤独的肉体一直在苦水中漂浮，什么地方是我心归处？我想上岸。

没有停不下的风雨，没有晴不了的天。这两天的日子有点难过，时光过得这么快，一切只是眨眼间。什么也不做，时光也会向前，无为无不为，何必自作多情，又何必自寻烦恼呢？

走还是跑

天晴了，十一月份也剩下最后一天了。

说珍惜都是无用，该怎么过还是怎么过吧，就把这十一月份的最后一天，当成普通的一天吧。

该吃吃，该喝喝，该干什么干什么。

就算不想干，也只能是想一想，不想干的事情多了，都还得干，想干的事情也多了，可是都干不了。

想哭就哭吧，想笑就笑吧。别让情绪压抑住心灵。明天和意外不知道哪一个先到，不用那么努力去奔跑，跑得快了还容易摔倒。

老家有句俗话：坷拉绊倒，起来再跑。还有句大家经常说的话：连走都走不好，就想跑，你咋不想飞呢？其实我真的想飞，从小就有这个梦想，拥有自己的翅膀，像鸟儿一样在蓝天下翱翔。

不知道大家注意没注意这个现象，孩子会走路都不是从走开始的，而是从跑开始的，都是先会跑了才会走。那些说走不好就想跑的说法真的是错误的。不信的话，你回家去问问你妈妈，看看你是不是先会跑才会走的。

走着稳，跑着快，但是两条腿的人怎么跑也没有四条腿的兔子和狗跑得快，更何况还有千里马。小时候看《三国演义》，最喜欢的不是刘备的的卢马，而是吕布的赤兔马，人中吕布，马中赤兔，什么时候我也能有一匹千里马呢？可是看到孙悟空一个筋斗就能十万八千里，竟然又对赤兔马嗤之以鼻。

走着没有跑着快，跑着没有骑车快，自行车没有电动车、摩托车快，摩托车赶不上四个轮子的小汽车，更有火车和高铁，天上还有飞机在翱翔。越来越快，朝发夕至，人类活动的半径越来越大。我爷爷和我奶奶的活动半径也就是房前屋后，我父亲和我母亲的活动半径也就是三里五庄，十里八乡。我活动的半径是农村到城市，城市到农村。孩子们的活动半径却已经是小城市到大城市了，原来大城市的亲戚，很多都已经出国了，地球成了一个小村庄。

小时候，慢慢地走，快快地跑，人到中年，习惯快快地走，既要快还要稳才行，老年人就别跑了，老年人最怕摔倒。

时光飞逝，日月如梭，走还是跑都不重要，重要的是安全第一，开心就好。

慈　悲

　　吃早餐的时候，家里的小狗"二狼"不着急吃东西，而是一次次摇着尾巴往门口跑，看来小东西想下楼去方便，吃完早餐，我穿好衣服带小狗下楼。

　　天气晴好，蔚蓝的天空一尘不染，太阳也已经出来了，天地一片光明，可是空气却特别冷，地上的水都已经结了冰，虽然还没有到三九天气，可是手已经不愿意露在空气中，脸上也有了一阵阵的寒意。走到楼前的小湖边，湖里面的水也已经结了一层薄薄的冰。

　　湖边的柳树上还有叶子，叶子已经变黄，还没有离开枝头，树下的草丛中，又冒出了浓浓的绿意，也不知道是什么植物，在这个天寒地冻的时节一片一片钻出地面，给枯寂的冬季一抹绿意。绿色本是生命的颜色，我看着这些绿色，心中没有喜悦却是十分的惋惜，这就是生不逢时吧。也许过不了几天，这些绿意就会枯萎，生命真的太短暂了。

　　天冷了，需要的是温暖，如果这是春天该多好呀，春天象征着温暖，可是现在却是严冬，萧瑟、孤寂、清冷。

　　谁能借我一点爱，让我向寒夜买点温暖。温暖是什么？温暖是温度，温暖又不是温度，有了温度，却不一定就有了温暖。

　　一个冷漠的眼神，犹如一把利剑，能刺痛温柔的心，让温暖的心变成了寒心。

一张冷漠的脸上，也是恒定的 36 摄氏度，给人的感觉却如同坠入了冰窟。

一句温柔的语言，能够抚平忧伤的心。一句恶毒的话，就算身在六月心也寒。所以才有了那句话：良言一句三冬暖，恶语伤人六月寒。

一个医生，医术再高，没有了爱心，总是冷冰冰地对待病人，他也不是一个好的医生。医者，不仅仅要看医术，还要看仁心。此所谓医者仁心！

仁者爱人，老吾老以及人之老，幼吾幼以及人之幼。这是爱，人和人之间的爱。

爱是人的天性，看到小奶猫的呆傻萌，每个人都会心动，这就是天性。看到弱小的动物受伤，每个人都会心生怜悯，这也是人的天性。

可是光有爱也不行，爱有时候也如烈火，也能焚身。很多爱容易因爱生恨，很多爱容易溺爱纵容。有时候爱也容易走进极端，以爱的名义进行伤害。爱还要与慈悲同行。

慈就是仁爱，和善。《说文解字》中解释：慈，爱也。爱，可以，但是要和善地去爱，所以叫作慈爱。孩子做错了事情，父母劈头盖脸，也是爱之深责之切，但是这种爱不是慈爱。

那么慈悲呢？慈悲属于佛教用语，大家都知道的一句话：我佛慈悲，普度众生。慈悲：佛教用语。称给予人们安乐叫慈，拔除人们痛苦叫悲。后用慈悲泛指对人的同情和怜悯。

天冷了，需要温度。天寒了，需要温暖。无论什么时候，作为一个人，都需要慈悲。需要他人对自己的慈悲，对待他人也要慈悲为怀。

爱是天性，每个人都有，如何去表达爱，最好慈悲为怀。心怀慈悲，自然慈眉善目，温柔和气。

学会和时间做朋友

昨天和大家学习了卡耐基《人性的弱点》里面的文章《如何与他人愉快地沟通交流》，感觉收获还是特别大。

有时候人的定力真的不足，总想着用自己的语言去驳倒他人的观点。现在静下心来想一想，真的没有这种必要。多个朋友多条路，多个敌人多堵墙。把他人驳倒了对个人来说也没有什么多大的实际效果，反而让他人心情不痛快，为什么非要这样呢？与人为善，与己为善。特别是在没有多么大的利益纷争的情况下，更没有必要让自己树立太多的对立面。你不让他人高兴，光想着他能让你愉快，这怎么可能呢？要学会与他人和解，才能与自己和解。

昨天有一位朋友就是在网上一直和我争论不休。很多时候误解或者误会来源于理解能力的不同。同样的一句话，站的角度不同，立场不同，所得出的观点也不一样。文化程度、环境影响、思维能力也不一样，五个手指头伸出来还不一般长呢，干吗非要苛求每个人都一样呢？

尊重他人并不代表就认同他人的观点，但是就算不认同的情况下，语气尽量委婉一点，温和一点。这个世界非常浮躁，这个生活也非常乏味，冬天虽然有冬至的暖阳，但是阻挡不住冬季的萧条和萧瑟。马上又要年关岁尾了，年年岁岁花相似，岁岁年年人不同！很多行业都进入了寒冬，每个人都在为生活打拼。其实我们都有着相同的追求，我们都有着相同的目标，别管是南来北往的，还是东奔西走的，家都是我们回归的方向。

很多时候没有必要故弄玄虚，也没有必要张扬，沉重一点可能不好，沉稳一点大家都能接受。每一个人都值得被温柔地对待，每一个人更值得温和地交往。我们的日子并不是如围棋非黑即白的。围棋只有两种颜色，但是阳光却是七彩的。一地鸡毛是不可能避免的，但是把鸡毛收拾起来，扎一条鸡毛掸子也是非常美好的艺术品，还能打扫心灵的灰尘。

竹影扫阶尘不动，月穿潭底水无痕。古人不见今时月，今月曾经照古人。生命是如此的短暂，欢乐是那么稀少。在有限的生命里，干吗还非要追求苦恼。很多事情其实并没有那么深奥，只不过我们想得太多了，让思维简单一点，让生活淳朴一点，让心灵纯洁一点。

绿水无忧因风皱面，青山不老为雪白头！大雪压青松，青松挺且直！要知松高洁，待到雪化时。不必在乎一时的得与失、兴和衰，学会和时间做朋友。

做时间的朋友，学会等待，保持好耐心，春来的时候自然万物萌发。只有沉得住气，才能成大器。

不想争辩，不想上火，更不想生气。就让时光静静地流淌，就让生命慢慢地绽放。

好多年没见电脑病毒

单纯的数字和号码有点太枯燥，也太无聊了，所以每天总想和朋友们聊一点数字之外的东西。可是这么多年下来聊的东西太多了，有时候也不知道该聊什么了。不能总是说天气吧。不过聊一聊天气还真的是国人的一大喜好。见面说一句，今天天气很好，就是一个打招呼的话题。聊城今天的天气也很好，虽然外面有点冷，室内却是温暖如春。

自从杀毒软件免费之后，电脑病毒渐渐地远离了，好多年没有看到电脑有病毒的现象了。今天早上电脑开机竟然提示杀毒软件不能正常启动了。有点奇怪，为什么会这样呢？杀毒软件提示我要重新恢复系统。既然软件提示了，那就按软件的操作来办吧。别管怎么说，电脑有了病毒真的很麻烦。人得病了可以去医院，电脑也会得病，有时候想一想也真的很可笑。

本以为清理系统只需要一袋烟的时间，可是等啊等，等啊等，竟然一个多小时了还没有完。这就有点儿太考验人的耐心了。正好是上午的大好时光，不能把时间交给软件吧。看一个多小时还没有恢复好，我果断地停止回复，重启电脑。

今天上午的时光本来很好，让电脑这样一闹，我大好的心情有点心浮气躁了。这就是生命中最无奈的现象。生活中总是碰到各种各样的无奈，这要是在以前的话我肯定会特别忧伤。现在随着年龄的增长，这样的现象见得太多了，也就见怪不怪了。是时间给我的力量，也是书籍给我的力量。有时候多读一点书真的有好处，书读得多了很多时候就是见怪不怪了。书读得多了也不容易上当了。不是有这样一句话吗？我读的书多你别骗我。

慵懒的心情，懒散的时光，就这样过也很好。最起码没有让心情变得忧伤。

都说文字能抚平忧伤，都说音乐可以疗伤。其实什么都不用说，最重要的是要让自己的内心变得坚强。给窗户安上玻璃，风就进不来了；给心灵装上篱笆，忧伤也就无处躲藏。想开看淡吧，地球离了谁都能转。

快乐的三重境界

　　生活中苦恼太多，比如孩子考试没有考好，老人身体有些欠佳，老婆情绪有些不高，都能给平静安详的生活带来些许烦恼。不一定有多么深的苦恼，可就是这些淡淡的忧伤，让生活变得有些落寞，有点无聊。面对落寞无聊的生活，我们需要一些快乐作为疗伤的解药。

　　有些苦恼来自于生理上，比如你在路边行走，突然看到一个人一手扶着路边的树，另一只手把鞋子脱了下来，使劲地抖动，这个时候你就会想到，应该是这个人的鞋子里面进了砂子，走路的时候砂子有些硌脚。一粒小小的砂子进了人的鞋子，就会让这人不快乐。这个痛苦就是来自于生理上的感觉。

　　快乐的第一重境界，就是生理上的快乐，有了美食，最好能有美酒，有了美食美酒，最好能有一个高雅洁净的进餐环境。这些快乐，都是生理上的快乐，也属于最低级的快乐。

　　快乐的第二重境界，应该高于生理需求。大自然的法则，一直是弱肉强食，人类区别于动物的地方就是，人类懂得同情弱者，同情弱者，帮助弱小，也能从中获得快乐，这就是道德上的快乐。古代的乡绅精神，讲究的是修桥铺路，积德行善，然后在这些行为中获得快乐。

　　小时候写作文，经常扶老人过马路，这就是助人为乐。小时候还被要求：捡到了不属于自己的东西，要还给失主，如果实在找不到主人，也不能把东西占为己有，而是要交公。做这些事情，也能让人获得快乐。

　　除了前面这两种快乐，还有一种快乐，就是精神上的快乐，心灵的快乐，灵魂的快乐。高山流水遇知音，朝闻道夕死可矣，这就是属于最高境界的快乐，快乐到只要一天的时间就可以。这也是历朝历代的哲学家一直在寻找的快乐真谛。

　　你快乐吗？我很快乐。其实你连快乐都不懂的，你又怎么会快乐呢？你就算快乐，充其量也就是傻乐而已。

　　美食可以使人快乐，华服可以使人快乐，这种快乐未免太低级了。

　　助人为乐，也只不过是道德上的快乐。

　　唯有精神上的快乐，超脱生理的需求，跳出道德的范畴，才是真正的快乐。可惜这样的快乐，能体会到的人很少。有些人穷其一生，也只是停留在快乐的第一重境界而已。

祝福儿子生日快乐

今天是 2021 年的 12 月 9 日，聊城的天气不是很好，有点冷，有点阴。天气预报上说：聊城晴，空气良，现在室外的温度是 8 摄氏度。太阳正在努力地驱散乌云，把阳光洒满大地。

每年的 12 月 9 日，于我而言都是一个特殊的日子，因为这天是我大儿子的生日。这一天我把一个生命带到了人世间，成为人父。我深深地知道自己的责任和义务。

2000 年的时候，我还在鲁西化工集团聊城化工厂上班。那年的冬季，工作并不紧张忙碌，可是那时候的我还年轻，对家庭关注得不多，有时间了愿意和同事、朋友在一起。

儿子是当天的傍晚时分出生的，妻子有感觉是在中午。当时我正在和两位同事在古楼东边东昌府区人民医院附近的一个饭店喝酒，老婆的电话来了，让我带她去医院，我马上打车回去。当时年轻，一开始熟人介绍，把老婆送到了古楼北面的一个私人诊所接生。到了那里我一看环境太简陋了，感觉不行，又立即走了，再次打车把老婆送到了东昌府区人民医院。到了医院还没有床位，找了熟人，在一个大房间里面加了一张床，房间很大，里面有八九张床。到了医院不长时间，各项检查结果还没有出来，老婆就被送进去了。

到了傍晚的时候，妻子顺产，给我生下了一个儿子，六斤六两，数字很吉利。从那一刻开始，我就升级当了爸爸。

有了儿子，家中的欢乐更多了：儿子会笑了，儿子长牙了，儿子会说话了，儿子会跑了……

那时候我是业务经理，经常出差到外地，回来的时候，总是不忘给儿子买点小礼物。记得 2001 年的夏天，我从外地买回来一个绿色的小青蛙玩具，玩具里面有发条，上紧发条之后，小青蛙会自己蹦跳。儿子穿着小肚兜，坐在门市部的桌子上，看着小青蛙一蹦一跳，乐得哈哈大笑。儿子的笑容，始终在我的记忆中。包括那张绿色的桌子，是我同学的爸爸送我的三抽屉办公桌，桌子虽然早就没有了踪影，因为儿子的关系，那张桌子也永远留在了我的记忆中。

儿子会说话了，我就教儿子背古诗，最不能忘记的一幕始终在我的脑海中徘徊。晚上睡觉前，儿子给我背诵他会的古诗：松下问童子，言师采药去。只在此山中，云深不知处。儿子那甜甜的、带着奶味的童音，真的令人陶醉。我当时就和妻子说过很多次，要是能把儿子背诵的声音录下来就好了，留给以后听一听，可惜没能做到。

儿子三两岁的时候，有一个冬季的中午，我在楼下看店，妻子在楼上做饭。小儿子在楼下和我玩，小孩子调皮，总想去动柜台里面的东西。当时的铝合金柜台，里面镶的是玻璃，我怕玻璃碎了扎破儿子的小手，于是屡次警告他不能动。可是小家伙管不住自己的好奇心，越是不让动就越在柜台里忙碌。我生气了，过去照着屁股上轻轻地来了一巴掌。穿着棉衣，肯定打不疼，可是小家伙挨打了，虽然打得不疼，但是委屈得不行，别无他法，只好和我抗议，带着一半是伪装一半是委屈的哭声说："哼，不和你玩了，上楼找妈妈去。"看着儿子我哈哈大笑，天真的小家伙最大的威胁竟然是不和我玩了。

　　儿子四五岁的时候，这一年的夏季，我在外面给人帮忙管理公司，在聊城市工商局楼上办公，因为距离家不远，周日的时候我也会带孩子去办公室。把孩子放在老板台的侧面桌子上，同一个办公室的朋友逗孩子玩，问他："妈妈好还是爸爸好？"孩子聪明地回答："爸爸妈妈都好。"朋友又问："奶奶坏还是姥姥坏？"儿子知道问题不怀好意，笑着说道："奶奶姥姥都不坏。"朋友看难不倒小家伙，使出来撒手锏："请问你是孬坏蛋还是好坏蛋？"臭小子伸出小手要打同事，嘴里还大声喊："你才是坏蛋。"喜得我们哈哈大笑。朋友一直夸我们家孩子聪明伶俐不简单。

　　孩子到了上幼儿园的时候了，头两天还高高兴兴去，两天之后不行了，每次去上学都是又哭又闹，非得抱上车子才行，一般都是妻子送去，听妻子说，有时候能在车后座哭一路，一个多月的时间没有主动上过一次车。老大的幼儿园换得特别频繁，一开始送到东昌湖北面东昌宾馆的儿童乐园里面的幼儿园，后来这家幼儿园搬家到了老柳头新村，离家太远了，又把儿子送到家前面兴华路上的一家幼儿园，再后来送到了古楼新村里面的一个幼儿园，最后在湖北小区幼儿园才算固定下来。

　　儿子到了上学的年龄，但是孩子生日是下半年，虽然也是2000年的孩子，但是已经到了2000年的最后了，比同龄的孩子都小。我和同学去找了民主小学的校长，民主小学虽然离家远，但是学校比较好，校长建议孩子明年再来上小学。当年东关民族小学成立私立小学——阳光小学，里面也有幼儿园，就在振兴路上，实验中学的对过，离家又近，学校又好。儿子因为年龄的关系没有去上民主小学，妻子给他报了阳光幼儿园，儿子反而上了一所聊城最好的小学。

阳光小学是私立小学，抓得特别严，儿子在班里又是前五名的学生，到了小升初的时候，聊城的孩子都报文轩中学或者东昌中学，这也是聊城最出名的两所私立初中。儿子想报文轩，因为阳光小学的学生大部分报文轩。这时候我已经在开发区买了房子安了家，家附近有所东昌中学东校离家近，要求儿子报这个学校。孩子还是比较听话，最后上了东昌中学东校，但是初中三年的时间一直遗憾没有去上文轩。小升初之前，作为家长心中不稳，担心孩子考不上文轩东昌，有一次我去学校问他的老师，老师说："考上肯定没问题，就是分高分低了。"

老师都说得这么肯定了，我也就没再为儿子报公立初中，送儿子去东昌东校考试的时候，儿子在里面考试，家长在外面等待，两个熟人问我儿子报的学校，我说就报了一个东昌东校，吓了他们一跳，立马严肃地建议我给儿子报一所公立学校保底，否则万一考不上怎么办？我一听心里也没有底了，于是孩子在学校考试，我又跑到聊城六中花20块钱给孩子报了个名。孩子考试完之后，一直抱怨我多此一举。到了六中考试的时候，也是我陪孩子去的，20分钟就交卷走人了，气得我不轻。

东昌东校发榜的一天，我们一家三口去看榜，外面的榜单上没有儿子的名字，我和妻子都比较焦急，生怕儿子考不上。儿子斩钉截铁地说："就这成绩，我肯定能考上。"到了学校里面还有一份榜单，儿子的名字赫然在列，而且还在前面。

初中三年，儿子的成绩也基本上都在前五名，有一次考得差了，班里三十多名了。我和妻子去学校见儿子的班主任，这是一个新换的老师，对儿子不了解，我对老师说，孩子说下次考试争取进前三。结果下次考试，儿子考了个班级第一名。

不好意思了，一桩桩一件件的关于儿子的事情太多了，我写得有点长，耽误大家的时间了。今天是儿子的生日，就先写这么多吧，以后有机会再写。

　　儿子是优秀的，天资聪颖，但是再聪明的孩子，也需要后天的努力。伤仲永的故事大家都知道。希望儿子静下心来，脚踏实地，认真仔细，美好的前程肯定在后面。

　　今天是儿子二十一周岁的生日，写下上面这些文字，为了儿子，也为了我自己。每一个孩子都是天使，希望家长、老师和社会，别把孩子的翅膀折断，让他们自由翱翔蓝天！

寒冷冬季起床气

昨天晚上辗转难眠，久久不能入睡，今天早晨本应该睡个好觉，却早早地就醒了呢。

老婆已经起床出去了，室内静悄悄的。冬月时节，天明得比较晚，窗外还是有些昏暗，其实拉着窗帘就算天明了我也看不出。刚休息了一晚上，身体也比较舒适轻松，看不到窗外，一点也不昏昏沉沉，闭上眼睛，身体不想动，可是思想却活跃得很，想起小时候在家赖床的情形。

小时候天冷了，晚上睡觉的时候，钻被窝有点费劲，被窝里面也是冷呀。早晨起床的时候，离开被窝需要很大的勇气，被窝的温暖太有吸引力了。小时候赖床的感觉真好，醒来了，可以不必起床，趴在被窝里，享受寒冷冬日的温暖，看着母亲准备早饭的忙碌身影，看着玻璃窗上厚厚的冰花变换出各种形状，幻想着神仙打架的故事。母亲做好了早饭，呼喊多次起床吃饭，都是不起床，最后没有办法，母亲会把棉裤棉袄放在火上烤，把棉裤棉袄烤热了，赶紧给穿上。有时候烤完棉裤棉袄穿得晚一点了，感觉不到棉衣的温热，又不乐意了，继续缩进被窝不出来，母亲只好重新再烤。现在想一想小时候的顽皮，嘴角自然就呈现了微笑，寒冷的冬季，贫困的人家，也有温暖和温馨。

小时候看书，看到城里的孩子家里有暖气，寒冷的冬季晚上睡觉只需要盖一床薄薄的棉被就可以，真的羡慕得不得了，梦想着什么时候，也能像城里的孩子一样，不用再为起床下决心。现在已经身在城中，家里也已经有了暖气，晚上睡觉只需要盖一床薄薄的棉被，早上起床也不需要勇气了。美好的感觉却再也找不到了，被谁给偷走了呢？

昨天晚上入睡有点晚了，盖着被子，有点热，不盖被子，有点冷。一会儿冷一会儿热，不是热就是冷，更是辗转反侧，难以入眠。开始被子捂得有点严，身上微微有些热，好像要出汗，但一出汗，腿上的伤口虽然好了，仍会有些微微的痛和痒，更是让我难以入眠，心想明天早晨一定不早起，好好睡个回笼觉。

早醒也是身不由己。昨天晚上睡得晚，今天早晨早早地就醒来了，披上毛绒睡衣下床去卫生间，刚从卫生间出来，听到大门响，老婆送孩子上学回来了。看到我醒来，很奇怪地问我怎么这么早就起来了。我笑了笑没有说什么。老婆说既然醒了，就出去走一走吧。

我正在犹豫是不是还睡一会儿，老婆又说，今天外面有大雾，空气严重污染，雾霾特别严重，还是别出去了。

不去就不去吧，既然外面空气不好，正好再赖会床，躺在床上，却再也找不到小时候赖床的感觉了。老婆看我不睡了，把手机递了过来，一早晨的时光，就这样被荒废了。浪费光阴感觉有点惋惜，可是不浪费又能怎样呢？时光已经前行，岁月再也回不去。

老家的老屋还在，却好久没有了我的身影。多么怀念从前，怀念小时候不愿意起床的时光。

运河博物馆

现在生活条件好了，鸡鸭鱼肉已经不是稀缺之物。可是吃得好了，并不代表身体就健康了。大鱼大肉过量的结果就是一个一个的身体肥胖。高血压、高血脂、高血糖困扰着一些人。无论是走在小区里，还是走在大街上，甚至回老家，到了村里经常看到步履蹒跚的人，这些都是偏瘫的症状，原先还只是老年人有这些症状，现在似乎不论老少，有的人才40岁左右就已经出现了脑梗的症状。有了病就去看医生，医生会按病开方。血压高了让你吃降压药，血脂高了让你吃降脂药，血糖高了让你吃降糖药，一天天一大把一大把地吃药。我的高血压已经有10多年的历史了，也一直在天天吃药。据医生说降压药是不能停的，高血压容易反复，停了药的危害会更大。可是这样一直吃药，吃到什么时候是个头呀？

有时候我自己也在思考，虽然我不是大夫，但对健康知识也要多少了解一点。以上所有的这些症状归根结底都是因为身体太胖。身体太胖的原因有两点，第一就是管不住嘴，第二就是迈不开腿。单纯靠药物不是什么好办法，是药三分毒呀，再好的药物都有一定的毒副作用。我们应该做一个清醒的人、理智的人，不能好了伤疤忘了疼，更何况有些药物只是治标不治本。

每天坐在电脑前一直坐着也不好，坐得腰酸背疼，腿抽筋，头昏脑涨。上午是没有办法了，该做的工作必须得做。下午的时光应该比较悠闲，该出去转一转的时候，还是应该出去转一转。昨天吃完午饭在床上小憩了一会儿。一直在床上也不好受，刷刷手机时间过得特别快，半个小时一个小时的时间，眨眼就能过去，看手机对眼睛不好，对身体也没有什么好处，还是出去转一转吧。

昨天的聊城，外面的天气并不算特别冷，可是雾霾特别大。

"去哪里转一转呢？"妻子问我。

我说："还是去小湄河吧，到小湄河公园散散步吧。"

妻子听了我的话，眉头皱了一皱，有些耍赖地说道："外面的雾霾那么大，去小湄河公园不好吧。"

其实妻子说得也有道理，想了一想，真的没有什么好去的地方。我想女人都爱逛商场，在室内应该不受雾霾的影响，于是提议道："去小湄河公园不行的话，咱们去逛五星百货吧。"

"去五星百货不买也不卖，单纯地闲逛也没有什么意思。"妻子依然懒懒地回答道。

我一听没辙了，哪里都不行，那就让她来决定吧，于是我问道："你说去哪里好呀？总不能待在家里吧。"

妻子似乎突然想起了什么笑着说："不行的话，咱们就去逛一逛万达吧。"还没有等我回答行不行，妻子自己自嘲地说："万达太远了，还是算了吧。"

这么大的聊城，难道就找不到一个可以去转一转的地方吗？我又想了一想，说道："这样吧，既然不愿意逛商场，咱们就去运河博物馆里面转一转吧。"

我的这一次提议妻子并没有反对。于是我俩穿好衣服下楼走出小区来到了小区门口的站牌旁边等公交车。我往后面看了一眼并没有公交车的身影，而且在小区门口的站牌坐车中间还需要倒一次车，还不如步行到聊大东昌学院南门的站牌，坐28路公交车可以直达运河博物馆。

运河博物馆已经去了很多次了，这一次又有了明显的变化，一楼大厅的聊城沙盘图已经没有了。也真的早就应该撤了，因为这一个沙盘图显示的聊城已经过时很多了。在原来沙盘图的地盘上设一个展区，展示了中国运河所有的省市和地区景点图片，在一个地方就可以逛遍京杭大运河所有的景点，这个设计真的需要点赞。

以前去运河博物馆，因为有观光电梯，我们总是直接上4楼，从上往下转。这一次电梯停运了，我们只能从下往上转，正好弥补了前几次去的时候没有好好看看1楼和2楼展厅的遗憾。2楼一个展厅里展示的是世界运河景点，另一个展厅展示的是中国大运河，还有一个展厅，展示的是聊城大运河。短短一个多小时的时间，把世界运河、中国运河和聊城运河看了一个遍。政府耗费巨资修建这样的博物馆，真的不错，建议朋友们隔三岔五都去看一看。什么是知识？什么是经历？什么是经验？都说格局决定胸怀，你只有这样经常学习，才能让自己的格局不至于太低，胸怀不至于太窄。

游览的人还是有点少，有点对不住这精美的文字、精美的图片和声光电。

因为运河博物馆里面没有安装暖气，待的时间长了还是有点阴冷，逛完二楼之后我们就回来了。虽然我还没有看够，但是下次还可以再去。

逛逛博物馆感觉比逛公园还要好，既锻炼了身体又学习了知识，而且运河博物馆还是免费参观，聊城的公交车也是免费乘坐的。

我们赶上了好的时代。祝福我们的祖国更加繁荣昌盛，期待我们的生活更加美好。

冬天的月亮

　　小儿子晚上在学校上晚自习，晚饭在学校里面吃，每天晚上回到家都是九点半多了。因为晚餐在学校吃得比较早，也不会吃得很好，小儿子正是青春年少时节，俗话说得好：半大小子，吃死老子。小儿子正是能吃能长的时候，所以妻子每天晚上在儿子放学回来后，都会给儿子再做一点吃的。似乎不单单是我的儿子如此，问过很多这个年龄孩子的家长，大都是晚上放学回来要给孩子加餐。

　　昨天晚上小儿子放学回来后，妻子给他准备好加餐，儿子吃饭的时候，妻子又打好了洗脚水，我正在泡脚，妻子突然问我："今天晚上你带小狗下楼还是我去？"

　　以前从来没有过这样的问题，都是老婆积极主动地带小狗下楼，今天晚上既然问，那意思就是她不想下去了吧，既然不想下去了，没有直接让我去，还征求我的意见，就说明想让我去，回答去呢还是不去呢？我正在沉思中，小儿子笑嘻嘻地说道："老妈，你这句话就是白问，我爸什么时候带小狗下楼过？"

　　这个臭小子，这么低估我，本来不想去的，为了儿子这句话，今天晚上我也要带小狗下楼去，于是我说道："那就我带小狗下楼去吧。"

妻子高兴地冲儿子做了个鬼脸,笑着说道:"看我老公多好!"

儿子没想到我能答应,只好无奈地笑了。

下得楼来,狗儿欢快地又跑又跳。天气真的有些寒冷了,夜色也不再温柔了,冬季的夜晚人们很少在外面游荡,也许是因为夜太深了的缘故,外面静悄悄的,一个人也没有。走了两步,我突然感觉今晚的夜色怎么有些异样,和平时的夜晚有点不一样,但是看了看周围的景色,没有看出哪里不一样来。今晚的夜色这是怎么了?

走到楼的东头,小狗去草地里面撒尿。以前昏暗的草地是如此的明亮,好像下了一层雪,也好像下了一层白白的霜,不会这么早就下霜了吧?我抬起头来向天上一望,透过没有了树叶的树枝,看到一轮圆月高挂在天上。月亮并没有十分的圆,但是特别白,特别亮,再也不是那一个昏黄的月亮了,就好像天上又有了太阳,今晚的月色真的可以用"皎洁"来形容了。

以前很少在冬季的深夜下楼,也很少见到冬天的月亮。在冬天我们关注的是冬日的暖阳。在夏天或者秋天,我们会偶尔抬头看一看月亮。谁能想到冬天的月亮也是如此的美丽。月亮真的很美呀,美得令人心动,静得令人心生凉。抬头望着天上的这一轮明月,我情不自禁地向南走去,想看一看没有树枝遮挡的月亮究竟是一副什么模样。可是走到楼的前面,一阵冷风吹来,不禁打了个寒战。夜晚一般都是没有风的,今晚的风怎么这么大呢?

城市里面的夜晚灯光灿烂,很少令人注意到月亮的存在。特别是在寒冷的冬季深夜,更是很少出去。偶尔有时候出去一趟,因为冬季的雾霾特别严重,月亮像一副病态的模样,特别吝啬自己的光辉,不再轻易让人向往。这一次的寒流来袭,将雾霾不知吹到了什么地方。真的是月色如水,天色如洗。月光真的太凉了,凉得令人有点儿心疼的感觉了。

古人的诗词中写月亮的特别多，大都是写秋天的月亮。寒夜的月亮很少能进入人们的视野，更不会轻易地走进人们的心中。今晚的月亮却悄悄地走进我的心房。我很想在外面多待一会儿，陪一陪这孤单的月亮。可是冷风一阵一阵地吹，催着我尽快回去。古人不见今时月，今月曾经照古人。我有点儿舍不得离开这一轮明月了。我在脑海中回想着关于冬季月亮的诗句，却搜肠刮肚也没有找到。是我太孤陋寡闻，还是古人真的就没有写过冬天的月亮？

古人还真的写过，苏轼曾经写过，只不过比现在早了一个月。

元丰六年十月十二日夜，解衣欲睡，月色入户，欣然起行。念无与为乐者，遂至承天寺寻张怀民。怀民亦未寝，相与步于中庭。庭下如积水空明，水中藻、荇交横，盖竹柏影也。何夜无月？何处无竹柏？但少闲人如吾两人者耳。

也许是因为天气太冷的原因，连小狗都不愿意跟随我的脚步，宁静的夜色中，我独自凄凉漫步，心疼这好的月亮没有人关注。世界那么大，有没有人在今夜和我一样，在抬头凝望天上的月亮。最美好的景色总是在没有人的地方，这么美的夜色就这样悄悄地过去。为什么美好的事物总是那么凄凉？苏轼还可以去寻找张怀民，我连个可以寻找的人都没有。

我还想继续向前走，小狗跑过来绊住了我的脚步，可能这个小东西也感觉外面太冷了，想尽快回到温馨的家。是呀，现在疫情那么严重，在外面待的时间长了，别再感冒了。虽然舍不得这美丽的夜色和皎洁的月光，我也迈开了回家的脚步。

原计划回家之后到阳台上再去会一会今夜的月亮，可是到家之后却把这茬又给忘了。

　　昨天才是冬月的十三，月亮就已经那么皎洁了，今天是冬月的十四了，天气干净得令人吃惊，阳光再次耀眼。也许今天晚上的月亮比昨天会更好吧。希望今晚的风别再那么大了，还想再去相约今晚的月亮。

　　明天就是冬月的十五了，也是月圆之时，明天也许还可以和月亮来一次约会吧。妻子说十五的月亮十六圆，这个我当然知道，但是后天就不知道天气是什么情况了，会不会雾霾又杀回来，月光不再那么皎洁了呢？

　　美丽总是那么短暂，珍惜每一份美丽。

苦乐年华

月有阴晴圆缺，人有旦夕祸福，此事古难全。

昨天晚上的月亮依然是又大又圆又亮，而且冬天的月亮出来得特别早。月上柳梢头，人约黄昏后，应该说的是秋天的月亮吧？昨天下午回来的时候也就是5点多一点，太阳也就刚刚落山，月亮已经高挂在东部的天空。再一次见到了日月同辉的天空，可是心中并没有多少喜悦感存在。月儿弯弯照九州，几家欢乐几家愁？几家夫妇同罗帐，几个飘散在他州！

夜晚的月光很皎洁，白天的太阳也是非常灿烂，天空依然是令人迷幻的蔚蓝。大街上依然是车水马龙，一派繁华。可热闹是他们的，我什么也没有。

宇宙中的一粒尘埃，压在某个人身上就是一座大山。

今天我知道了一个不幸的消息，我们村的一个人，也就30来岁的小伙子，在下班回家的路上出了车祸，在聊城动手术都不行，现在到了济南去动手术。

我知道有这么一个人，可是我和这个人并不熟悉，也基本上没有打过交道。这个小伙子的父亲我却是特别熟悉。

面对不幸，我不能无动于衷。面对这种不幸，我又什么都做不了，只能在心里面替他难过。

　　我深深地知道大家的生活很累，朋友们的生活很苦，所以我总想把快乐送给大家。可是快乐却总是那么稀缺，而且快乐又是那么廉价。唯有不幸却是那么沉重。

　　明天和意外不知道哪一个先到。想一想这只是一句话。再想一想这就不是一句话。这是多么沉重的总结呀。

　　今天的文字有些沉重。在这里和大家说一声抱歉。

　　真正的勇士，敢于正视淋漓的鲜血，也要敢于直面惨淡的人生。时光不会为了谁而停留，面对不幸，我们依然要保持好心态。既然还活在这个世界上，就要给自己的未来一个交代。

　　冲上一杯咖啡，既品味生活的温馨，也品味生活的苦涩。苦乐年华中，我们依然前行。

人生路上不彷徨

昨天中午正在吃饭的时候，老家的堂哥打来电话，告知父亲唯一还在世的表哥去世了。上一辈的老亲戚走动得比较少，没有什么大事的时候，基本上就已经不再走动了，对这一位表大爷的印象不算特别深，但是也见过两次面，老人身材比较高大，人在农村老家，三个儿子生活得并不算很富裕，可想而知老人的生活也比较清贫。漫漫人生路终于走到了尽头，不在人间遭受这一份罪了。虽然有些悲伤，但想一想也未必不是一种解脱。所以悲伤也只是在一刹那。

昨天中午吃得有点多了，胃有点胀，有点不舒服，下午出去走一走，既是为了锻炼锻炼筋骨，也是为了散一散心，不想让忧伤一直积聚在心头。走在路上，手机微信的铃声响起，天气有点寒冷，但还是拿出手机来看了一看，是一位从来没有聊过天的朋友发过来了一张图片。这位朋友是谁呢？原来是《山东商报》聊城站的刘总。点开图片看了看，原来是刘总把我的一篇小文章发在了《山东商报》文学阅读的版面，看到我的文字变成了铅字，刊登在报纸上，心中有点小小的激动和喜悦。在时间精力允许的情况下，我会用文字记录一下自己的心路历程，但是我没有投稿的习惯，只是把文字发在自己的微信公众号里面。应该是刘总看了我的微信公众号，感觉这篇文章还不错，所以刊登在了报纸上。喜悦之情油然而生，脚步变得也有些轻快。

　　散步回来的路上，走到了小区门口的韵达快递站。妻子转身进了快递站，我也跟着走了进去，因为经常有快递收发，和快递站的工作人员已经很熟悉。妻子问快递站的工作人员："有我几个包裹呀？"快递站的工作人员笑着说："有几个包裹你不知道吗？"妻子说："真的忘了，有些东西买了之后就已经忘了。"我听了想笑，笑着说："你买东西，买的什么东西还能忘啊？那下一次商家如果不发货，你是不是也不知道呀？"最近人都懒了，很少到实体店里面去买东西，如果能在网上解决的，就不愿意再出门了。前天去长江路边上的一家实体店，问了问我经常在网上买的东西的价格，原来实体店里面的价格比网上的还要优惠呢。看来以后不能只支持网商了，也要经常转一转实体商店。最起码买了东西就可以拿回来，不用担心再忘记了。

　　小儿子想要一个大袄，已经提了很长的时间。从"双11"到了"双12"，现在"双12"已经过去一周了，儿子的这一个大袄一直还没有买。儿子和妻子在网上找了无数次，不是款式不行，就是颜色不好，最主要的还是价格没看好，所以迟迟没有下单。没下单正好，今天下午有时间还是去实体店里面看一看吧，给儿子买一个大袄直接就能拿回家，明天就能穿。这两天比较风和日丽，气温也不算低，但是下周又要来冷空气啦。未雨绸缪，还是把这个袄买回来吧，有备无患。

　　生活就是这样，有痛苦也有欢乐。昨天看微信朋友圈，我的一个著名的画家大哥发了一个朋友圈，画面上是他的画室和几幅画好的图片。画室温馨典雅，图画赏心悦目。更妙的是大哥口占《无题》一首：灯塔指引路辉煌，做好本职兼特长。勤奋忙碌无闲暇，人到天命不鸡汤。大哥又专门解释了一下鸡汤，鸡汤指心灵鸡汤，到天命之年，还在为三观喋喋不休，实在可笑，俗话说三十而立，安居乐业，居安思危，有备无患是也。我忍不住也续了两句：人到天命不鸡汤，也不再把心来伤。兴趣爱好即特长，人生路上不彷徨。

事能知足心常乐，人到无求品自高。唯有心静，但求心安。

温柔地善待

　　我有两个儿子，这个大家都知道了。人生总会留点遗憾，这一辈子我遗憾的就是没有个女儿了。不过我除了两个儿子，现在家里还有两个"毛孩子"。一个是一只黑白花的小狗。小狗长得特别像边境牧羊犬，而且和边境牧羊犬一样的聪明，还有一个毛孩子是一只虎皮色的小猫咪，褐色的小花纹，走起路来特别美丽迷人，尾巴长长的，真的像老虎的尾巴，只不过是头上没有那一个醒目的"王"字。

　　都说猫狗不和，看来此言不虚，两个小家伙都比较调皮，经常在一块打斗。不过也并不是真打，你来我往，你追我赶，你跑我跳，围追堵截，互相之间只不过是玩耍而已。小猫显得有些高冷，有些时候不愿意搭理小狗。小狗还乐意经常跑来告状。小狗先来的这个家就以为自己是主人，也就比较摆主人的范儿，小猫虽然是后来者，但也反客为主，小猫可以上床上桌，小狗只能在地下，因为主人我不让小狗上床，小猫就有一副高高在上的架势。

　　每到吃饭的时候，饭都上桌了，妻子不是喊这个就是唤那个，我和儿子总是拖沓。两个小家伙吃饭的时候却是最积极。别管平常给它们加多少顿餐，到我们家开饭的时候，两个毛孩子早早地就到了饭桌旁。平常的时候小狗不是很凶，但是到了吃东西的时候，小狗的表现就没有那么善意了，总是凶巴巴地吓唬小猫。小狗蹲在地上等着，小猫就在椅子上等着。吃饭的时候，两个小家伙给家里带来太多的笑声和欢乐。

昨天中午吃饭的时候，小狗蹲在地下冲我要东西，时不时地拿嘴拱一下我的腿，小猫在我旁边的凳子上，喵喵地叫着也让我快点儿给它东西吃。因为我最喜欢喂它们两个，所以这两个毛孩子找其他人的次数少，找我的次数多。我一个人吃饭的时候要管三张嘴，忙得我手忙脚乱，顾此失彼。狗狗吃东西快，小猫吃东西慢，给小猫一口给狗狗一口。狗狗都吃完了，小猫还在吃。一旦供应不上，小狗不敢冲主人龇牙，就会对着小猫发脾气，总以为小猫抢了它的好东西吃了。

我给了小狗一块带肉汤的馒头，又给了小猫一点点馒头，狗狗在餐桌底下囫囵吞枣就进肚了，小猫在椅子上细嚼慢咽，慢慢地吃。小狗没有了东西吃，看到小猫还在吃，趁我不注意嗷的一声恶狠狠地跳起来想攻击小猫。小狗的叫声吓了我一跳，不由自主地拿脚一踹小狗。也许是我的劲用得有点大了，也许是踢的地方太巧了，小狗痛苦地呻吟一声，趴在了桌下。俗话说得好，打在孩子身上，疼在自己心上。虽然我脚踹在了狗的身上，但听到狗痛苦的声音，我也心疼得不得了。

我正在不知所措的时候，妻子立马站起来把小狗抱了起来。狗狗在妻子的怀抱里还在呜咽，弄得我更是不知所措。平常温柔贤惠的妻子这一次因为狗狗被踹了一脚，竟然差一点儿冲我大吼。妻子满脸的焦急，满脸的心疼，一边抱怨我下脚太狠，一边抱着狗狗转了两圈。后来妻子把小狗抱到我的面前，我急忙拿一块肉给小狗吃，没想到这个狗狗竟然还记仇，对我手里的肉闻都不闻，更别说吃了。

为了表示我的歉疚，我又拿了一块肉肠送到了狗狗的嘴边。这一次小狗总算给了我点面子，不再像以前那样狼吞虎咽，而是轻轻地把这个肉肠含到了嘴里。要是以前小狗闻到了香肠的味道，就会高兴得活蹦乱跳，跳起来就要吃。可是这一次却是默默地、轻轻地含到了嘴里。

妻子又用幽怨的眼神看了我一眼，把狗狗放到地上让它走两步。还行，既没有瘸也没有拐，虽然不再活蹦乱跳了，但是还能正常走路，我绷紧的心弦总算放了下来。妻子的脸上也终于有了笑容。为了弥补我刚才的过失，我又拿了几块肉肠喂小狗。还好小狗并不是真的记仇，一会儿的时间就在我身边欢快地摇尾巴了。

两个毛孩子到了我家，我们都是特别人性化地善待，并没有把它们当成宠物，而是当成家里的孩子一样对待。狗狗比较多灾多难，到家之后第二年患了小细菌病，送到宠物医院，医生说需要住院。如果不住院的话，这个狗狗就会死，给它看病需要花费很多钱，不看的话就没命了。再多的钱也必须看，因为这毕竟也是一条生命。最后狗狗住了一周的院，花了大约2000元。后来还有一次狗狗趴在地上不动了，送到宠物医院，医生说狗狗得了心脏病需要做心电图，需要吃药打针，还是需要花钱。不心疼钱是假的，但是生命才是重中之重。

经过昨天的事情，我深深地反思自己。每一个生命都值得被尊重，每一个生灵都应该被温柔地善待。我给自己许下了一个心愿：不单单让家人有尊严地活着，也要让两个毛孩子有尊严地活着。温柔地善待每一个人，温柔地善待每一个生灵，温柔地善待每一个哪怕没有生命的物品。

享受工作开心生活

　　昨天白天还盼望着这一场雪的到来，夜间真的下雪了，今天早晨起来窗外白茫茫的一片，雪虽然来了，并没有带给我多少喜悦。今天早晨我起得有点晚了，到了早晨八点多还没有起床。妻子唤我起床语气有点不委婉，被妻子抢白了两句，大清早就挨说，心中有点儿不快，淡淡的忧愁笼罩在心头。吃完早饭后坐在电脑前，却什么也不想干。于是顺口嘟囔了一句："今天不想干了。"

　　其实是一句自言自语的宣泄，妻子听到了，笑着说："干吧，你的活儿也没有人能替得了。就像我一天需要做三顿饭，也没有人替我干。"妻子说完继续笑："不是三顿饭，是四顿饭，还不对，是五顿饭！"

　　我被妻子的话逗笑了。是呀，妻子真的每天需要做五顿饭。学生上学早，早晨五点多妻子就要起来先给儿子做饭。把儿子打发走之后再给家人做饭。中午一家人在一起吃饭。晚饭儿子在学校里吃，但是到了晚上九点三十分回来还需要加一顿餐，妻子晚上还要多做一顿饭。这样算下来可不是一天需要做五顿饭！

　　说到了做饭，又想起了前天。前天出门，心情比较压抑，时间已经是下午四点半多了，我和妻子步行到了351路公交车的站点，公交车就在站牌旁停着，里面没有司机，也许是不到发车时间，车上上了好几个人了，司机才走了上来，公交车缓慢开动，才开出两站，车上已经人满为患。刚刚重新修好的利民路铁塔商场路段，成了一个大型的停车场，公交车行进的速度可能真没有乌龟爬得快，一个红绿灯路口，等了三个红灯才勉强过去。

公交车转到了柳园路上，依然是车多人多，行走缓慢。好久没有见到公交车上这么多人了，站着的人似乎比坐着的人多了。我这人喜欢清净，但是公交车上这种人多话多的氛围，令我也不算特别讨厌。天黑得比较早，城市里面几乎没有黄昏的概念，外面的路灯次第亮了，东昌路上更是车水马龙，一派盛世繁华景象。走到开发区的时候，天似乎已经黑下来了，才五点半多，就已经是夜晚了，路灯亮了，大街上门市部的霓虹灯、招牌字的灯也都亮了，路灯、车灯、霓虹灯、招牌灯，令冬天的夜色格外地妩媚。平常这个时间都在家里，真的不知道大街上的繁华。

公交车在拥挤的马路上吃力地爬行着，快到脑科医院了，离家也不算很远了。我无聊地望着车外，一个白色的灯光字映入了眼帘，六个大字分外醒目——老东昌牛肉面。其实并没有感觉到有点饿，但是这六个大字突然刺激了我。想起了一碗热气腾腾的牛肉面的画面，顿时有了饥饿的感觉。这个时候如果能有一碗喷香的牛肉面吃该有多好呀！我笑着对妻子说："想下去吃碗面了。"

妻子也笑着说："想吃的话就在前面车站下车呗。吃完面再回家，时间还赶趟吗？"

我看了看表，已经五点半了，六点必须赶到家才行，于是无奈地笑着说道："不赶趟了，吃完面再回家，真的有点儿太晚了。"

没能吃上一碗热气腾腾的牛肉面，心中感觉特别遗憾，在路上一直和妻子嘟囔。妻子说："没事儿，想吃面还不简单，我回家给你做。我回家和点面，给你做手擀面。"可是真让妻子回家再做，那个真的太麻烦了，我没有同意。

到家之后我就开始坐在电脑前忙碌，也没有顾及妻子在干什么。原来妻子为了让我吃上一碗特别想吃的牛肉面，回来之后就一直在厨房里面忙碌，不单单是和好了面给我做手擀面，而且还炖了牛肉，让我吃上了牛肉手擀面。手擀面已经是奢侈了，更何况手擀牛肉面呢！

家庭生活中真的没有什么大的事情，大多是一些鸡毛蒜皮的小事，能把这些鸡毛蒜皮的小事整明白了，自然也就不会有什么大事发生了。一碗牛肉面，看似很简单，却又很实在。

妻子每次做饭，都不嫌辛苦，我又能找出什么样的理由和借口不干呢？世上本无事，庸人自扰之。家长里短，柴米油盐，锅碗瓢盆，人间烟火，这就是生活。

享受工作，快乐生活。还有别的奢求吗？仅此而已了。

回顾读书会活动

昨天晚上去参加了小水滴读书会的活动，回来得不算很晚，但是好久没有参加这种活动了，回来之后稍微有点兴奋，晚上睡得有点晚了。也不知道最近为了什么，越是睡得晚的时候，早晨越是醒得早，不到六点钟就醒了，醒了之后再也睡不着了，半边头发木发疼，似乎有点像感冒，妻子帮我按摩了很长时间脖子和头部，才稍微好了一点点。但是起床之后，依然有点头疼，这次不是那种昏昏沉沉的疼痛，而是一种新鲜的疼痛。虽然有着冬季的阳光，气温却是特别低，手机上显示最高气温还在零摄氏度以下，难道真的要感冒吗？妻子又给我沏了一杯板蓝根，未雨绸缪，防患于未然吧，真的感冒了，就不好了。

板蓝根的味道微甜，说不上好喝，也不算难喝，温热的板蓝根水喝下去，头疼的症状似乎有点缓解。我不禁微笑了，药效哪里有那么快呀？应该是心理作用了。有时候不一定真的有什么疾病，反而是心理作用比较容易放大病痛的症状，忙起来，有些症状也就淡了。再回味下昨天的活动内容吧。

聊城昨天下雪了，天特别冷，路面结冰冻住了，不好走。普禾书吧虽然也在开发区，离家不算远，也不近呀，大概三公里的路程。晚上没有公交车了，坐公交去就不行了。开车去呢，担心路滑，也担心堵车，更担心停车，现在开车上路，闹心总是比舒心多。不能开车去，那就骑电动车去吧，妻子也不同意，还是担心路滑，更心疼外面太冷，不想让我遭受这份罪。最后协商的结果是让我打车去。活动晚上七点开始，早去一会儿好，可是正是交通晚高峰，打车也不好打，用打车软件叫了车，迟迟没有司机接单，等我走到小区门口，才有辆车接单，而且上车之后，司机还抱怨我不该用拼车单，这是软件自动给我安排的，我也没有办法呀！

活动地点在普禾书吧。普禾书吧是朋友王老五干的。王老五名叫王占民。他曾经是个军人，现在是个文人，还是个有情怀有梦想的人。能文能武的人很多，能文能武又有情怀的人不多，性情中人朋友都比较多。书吧开业的时候很热闹，市长也专门到访过，后来成了网红打卡地。我对网红书店不感冒，但是对王老五却是很佩服，因为他的文字比较符合我的审美。

进了书吧，刚好老板也在，急忙打招呼，彼此知道对方，但是并不是特别熟悉，也没有在一块儿坐过，大家都喊五哥，约定俗成，可能年龄比我小一两岁，我也称呼五哥。热情打过招呼之后，我说："恭喜你了，得到了政府的补助。"他笑着说他还不知道呢，我告诉他我已经看到了公告，并在手机上找出公告给他看。因为走得急，我没有戴口罩，在店里要了个口罩戴上，我要给钱老板不要。

活动地点在普禾书吧的 2 楼，和王老板聊了一会儿天，我就上楼了。不大一会儿又进来了一个熟人，聊城市白云热线办公室主任念以新。念以新也是聊城的名人，三进人民大会堂，受到了党和国家领导人的接见，也是我们人生的榜样、学习的楷模。念主任带了两本书来，我又让念主任签上名。

　　这一次活动的分享嘉宾是我们作协的张军老师，他刚刚从北京参加完作代会回来。这一次主要是给我们传达一下作代会的精神，讲一讲作代会的见闻。12 月 14 日第 11 届文学艺术界代表大会以及第 10 届全国作家代表大会在北京人民大会堂召开。党和国家一些领导人也参加了这一次会议。

　　张军主席给我们分享了很多，写作应该以人为本，作者应该有格局、有气魄，为了人民而创作。张军主席说，一个心理阴暗、格局狭窄、卑微猥琐的人，肯定写不出宏伟的篇章。我深以为然，我曾经也说过要想温暖别人，你自己首先要成为太阳。你自己都没有温暖，怎么会给其他人力量？

　　张老师还说，全国作家代表大会，五年一届，这五年全国一共去世了几百位作家，都是著名的老作家，真的令人特别惋惜和心痛。

　　听君一席话，胜读十年书。多参加这样的活动对人真的帮助很大。以后如果时间允许，希望多参加一些这样的活动。

神奇的地方神奇的人

昨天下午去了一个神奇的地方，见了一个神奇的人。

地方为什么神奇呢？

这个地方可以陶冶情操，可以净化心灵，令人心旷神怡，让人宠辱不惊，可以修身，能够养性，在这里浮躁的心可以安宁下来，在这里焦急的情绪能够冷静理智。

这个地方没有山，但是山色空蒙，峰回路转，千山竞秀，万峰波涛。

这个地方没有水，却是水光潋滟，云雾蒸腾，小桥流水，亭台楼榭，有小船儿在水中荡漾，有嬉嬉钓叟莲娃。

这个地方偶有花开，却是四季花香，天天泛着水墨的馨香，再加上檀香木香，天天有真香。

这个地方有茶，茶香飘荡，暖人心怀，沁人心脾，清净心灵。

这个地方有宾，有宾有友，可以高谈阔论，也可以低吟浅唱，思想互相碰撞迸发火花，宾客尽欢。

不用进山，即可见千山，不必临水，即可观万水，万水千山走遍，万水千山只等闲，万水千山总是情。

这样的地方，你说神奇不神奇？

人为什么这么神奇呢？

这个人的气质特别好，怎么描绘呢？

常言说：腹有诗书气自华。这个人当然有书卷气，但是区别于一般的书卷气，不是那种死读书人的气质，而是春风满面的书卷气，让人一见自然充满崇拜的书卷气。

其次，此人有正气，气场特别强，给人一种大气磅礴的感觉。

再次，此人和气，虽不是慈眉善目，但是让人如沐春风。

最后，此人大气，非有大格局的人，不会有这种气场和精神。

此人观点奇特，同样的事情，此人心中却有别样的思路和观点，令你茅塞顿开，如醍醐灌顶，恍然开朗。

精、气、神，有些人有一样，有些人有两样，此人三样皆占，而且都至臻完美。

这个地方，就是青草园书画艺术工作室；这个人，就是著名山水画家李月振先生。

李月振，山东聊城人，号青草园主人，当代山水画家，山东省十大杰出青年国画家，当代最具收藏潜力的山水画家之一，中国当代山水画六十强之一。他的山水画作品具有醇厚的民族性、淳朴的生活气息和强烈的时代感，其泼墨重彩山水更是气势庞大、气韵生动、质朴无华、墨色凝重，显示了画家的不懈追求及对大自然的深入体会与忘我投入。他的山水作品曾多次参加海内外展览，发表刊登在国家级各种报纸杂志上，并被录入大型画册，多部作品被作为重要礼品赠予海内外友人，被广为收藏。

有地方若此，有人若此，以后悠闲的时候，我有了好去处。

忘　事

有过经常忘事的经历吗？

最近一段时间不知道怎么了，也许是真的老了，我最近一段时间总是记不得有没有吃药。

患高血压病已经十多年了，每天都要吃降压药，因为医生说降压药不能说停就停，随便停药，血压容易忽高忽低，反而危害性更大，所以这十多年了一直在坚持吃药。

每天吃完早饭和晚饭之后，妻子总会把水给我打好，嘱咐我吃药。可是这个时候一般都是我正在忙碌的时候，水温不一定正好，并不能马上就吃药。可是过了一会儿想吃药的时候，就忘了这个药是不是吃过了。怕没有吃、停药麻烦，又怕吃重了、多吃药不好。这样的情形最近经常出现，弄得我心中甚是不安。

我向妻子说了忘记吃药的事情，抱怨说自己最近记忆不好，是不是真的老了？到老了不会患老年痴呆吧？

妻子安慰我说："主要原因是你做事太认真、太专心了，所以你才能把事业做得那么好。"

每天辛苦，每天认真，每天专心，这都是实情。其实我并没有从事什么体力活，只不过是每天在书房里动脑筋而已。干体力活的人不理解脑力劳动的人，有些人总是说，你不就是整天坐在电脑前玩嘛，风吹不着，雨打不着，夏天不用怕热，冬天不用怕冷。其实我的苦和累又有几个人能够真正地体会呢？冥思苦想的时间长了也会头昏脑涨，坐的时间长了也会腰酸背痛腿抽筋，更何况也要接受心灵的煎熬和情绪的波动，每天品味苦涩，每天领悟孤独。越是待在室内，越是怀念大自然的风景。

不说了，说得多了，有人就会认为我太矫情。我矫情吗？有时候想一想我真的有点儿。有时候会无病呻吟，有时候也会"为赋新词强说愁！"。

家家有本难念的经，是非成败转头空。快乐着你的快乐，痛苦着你的痛苦。愿青春常在，愿时光永驻。没有什么大不了的，大不了我们从头再来。有些问题解决不了，也不要着急上火、浮躁焦虑，就像忘事这种事情，每个人身上都可能发生。找到解决问题的办法，只要用心，只要动脑，答案总比问题多。

怎么解决忘记吃药这个问题呢？我想每天让妻子准备水温正好的水，端过水来就吃药。你猜这个解决方法会灵验吗？试一试吧，纸上得来终觉浅，绝知此事要躬行，实践才能出真知呀！

为何我心一片空虚

　　不知道为了什么，淡淡的忧愁总是在身边、在心中、在脑海中久久地徘徊，挥之不去，赶之不走，如影随影地跟随着我。我有什么让忧愁眷恋的地方呢？绞尽脑汁，冥思苦想，我也没有想明白。我想去追求快乐，可是快乐却总在不远的地方游荡，我能看到快乐的身影，就是跟不上快乐的脚步，我走快乐也走，我跑快乐也跑，总是远离我，不肯等一等我。

　　书上说：何以解忧唯有杜康。为了排遣这淡淡的忧伤，我昨天晚上也喝了点酒，酒是可以麻痹神经的，酒精能够让人兴奋，可是面对真正的忧伤，酒也无能为力，所以就有了"酒入愁肠愁更愁"。以前以为这只是诗人的无病呻吟，现在真正体会到了歌中唱的：愁绪挥不去，苦闷散不去，为何我心一片空虚。

　　最近几天一直有点头疼，疼得不是特别厉害，但是越是这种隐隐约约、若有若无的疼痛，越是令人心神难宁。坐在电脑前，胡言乱语，头脑一片空虚，怎么才能换一换心情呢？

　　去洗洗头吧，让温热的水温润下脑袋，是不是心情就能好点呢？

　　洗了头，似乎真的有一点点作用，最起码头部的不适得到了缓解。

　　看到指甲有点长了，再剪剪指甲吧，把身体上多余的附属物去掉，也同时把心中烦恼和忧愁抛却。

　　冬日的阳光又走进了书房，无声无息，却闪闪发亮。好了，高兴点吧，只要生活中还有阳光，万物就能开心地生长。

　　一点点愁和苦，算不了什么，要经历的沟和坎还有很多，再大的风和浪，也无所谓，一步一步走，一天一天过，生命不止，奋斗不息，继续生活，继续努力。

那么着急干什么呢

时光一分一秒地走，日子一天一天地过。那么匆忙干什么？步子迈得再大，两腿频率摆动得再快，你的身影也基本上就在你的一亩三分地里流连，远方再美，也是别人的地方，不是你的故乡。种好自己的一亩三分地，收获的才是自己想要的。

远方不是不能去，但去是为了回来。天大地大，何处是我家？只有脚下的土地，才是你的家园。太空如此的高远，总会令人苦思冥想，可是思想可以高飞，双脚只能在地上，也只有脚踏实地，才能在大地上汲取营养。大地是母亲，真的博大精深，不仅仅供养我们的生长，还得容忍我们的践踏。我们怎么会不爱呢？

岁月匆匆，不想来生，今生今世，有太多的负累需要减轻。今天找不回昨天的日子，今天也不能去过明天的生活，何必经常伤春悲秋？大自然自有大自然的规律，我们也有我们的从容。让从容的心适应四季的风，让淡定的心融洽冬季的雪花，让激动的心在风雨中安静。活着不仅仅要活得风风火火，也要生存得潇潇洒洒。

风风雨雨中走来，红尘喧嚣中离去，没有必要每天脚不沾地，悲伤也就是一会儿，高兴也只是刹那，岁月中肯定有狂风暴雨，但是更多的却是安定从容。生活中太多的琐碎，家庭中太多的狼狈，生命中太多的坎坷，都会随着时光远去，我们要的只是内心的从容安定，只有心安心静，才能静听花开，淡观荣辱。

　　云卷云舒，花开花谢，日月如梭，潮涨潮落，年年岁岁，周而复始，今天只不过是昨天的重复，明天依然重复今天的故事。怀旧是一种心境，更是一种情绪。憧憬是一种梦幻，更是一份冲动，激情需要，热情需要，但是平安安详才是我们的归路。

　　青春不再，韶华易逝，鬓角的白发，额头的皱纹，都是内心的独白。一座座拔地而起的高楼，一列列呼啸而过的列车，这是运动的美好，也是生命的生长。运动的是这个世界，沉静的还是我们的内心。

　　不是每一朵花都能结果，但是花开的过程也是生命的绽放。不是每一份付出，都能有所回报，不是每一份耕耘，都能有所收获。付出和耕耘，才是生命的律动。但行好事，莫问前程；只管耕耘，别问收获。待到春暖花开的时节，阻挡不住春风；待到雪落无声，也左右不了岁月。四季走过，内心依然温柔，就是时光最好的回报。

　　真话不全说，假话也做不到一句话不说。看破不说破，话留三分，日后好相见。到哪座山，唱哪首歌。夏虫不可语于冰，井蛙不可语于海。竹影扫阶尘不动，月穿潭底水无痕。知道了，才会选择，明白了，才能无惧。

　　今天是 2021 年的最后一天，很多人在总结、回顾过去的一年。

　　明天就是 2022 年了，很多人在展望、憧憬新的一年。

　　我不想回顾，也不想展望，我只想安静从容地过好这一天，淡定从容地过好这一生。

　　爱恨情仇，都是过眼云烟，做一个热爱生活的人，用自己的行动，让生命更美，因为自己的努力，让生活更好。无怨无悔，此生足矣！

　　有天有地，有云有月，有花有草，有亲戚，有朋友，有家人，有陪伴。道路就在脚下，幸福就在身边，别急别躁，慢慢走，那么着急干什么？

我和聊城的三十三年

我生在农村长在农村，十多岁之前根本不知道城市是什么模样。

我魂牵梦萦的地方是一个距离城市 40 里远的平原上的小村庄，小时候以为这个小村庄就是这个世界的中央，根本不知道小村庄的外面还有绚烂多彩的世界。小时候的老家都是低矮的泥土房，楼房什么样只能靠想象。

时光渐渐地走到了 1988 年。这一年的下半年我上初三了。突然一个喜讯传来，聊城四中举办实验班，从乡镇中学选择学习比较好的同学免试进入高中上学，而且是提前到四中去上学。记得那一年我在我们学校考了年级第三名，实话实讲应该是并列第三。于是我有幸被选中免试去上高中，在被选中上高中之前，我根本不知道高中是什么，当时的理想就是去考一个小中专，转为非农业户口，有个班上，能帮家里赚钱。

在 1988 年的秋冬季节，我一个农村的孩子终于走进了城市，到了聊城四中住校上学。这也是我平生第一次接触到城市。

聊城四中位于东昌古城的东北角，当时有一座"工"字形的教学楼，是上下两层楼房。我也终于见到了从小就期望的楼房。原来楼房就是把两座房子摞起来。

　　东昌古城里除了巍峨的光岳楼，大部分都是平房。楼南楼北楼东楼西四大街的门市也基本上都是平房。聊城四中在红星街的最东面，学校的东面和北面都是聊城的环城湖。那时候吃完晚饭经常会到湖边转一转。环城湖很脏很旧，而且还很臭。从红星街沿环城湖往南是环城湖派出所的房子，环城湖派出所的房子在地面以下，就好像陕西的窑洞。派出所对面的水面好像有人养河蚌，经常在岸边发现很大的贝壳，据说是为了要珍珠。有死鱼，有烂虾，有河蚌，湖水很臭，我们一般不往南走都往北走，往北走到东升桥再返回来。

　　也有时候从红星街往西走，红星街往西，路南是一些老城里的住户，记得当时金方昌烈士的老家就在这一片房屋中，路北是一些机关单位，还有公园和电影院。聊城四中靠着的是东昌府区武装部，武装部的西面应该是红星公园，红星公园的西面就是红星影院，红星影院的西面就是东昌府区委。再往前走就到了北口，北口当年是聊城最出名的饭庄。北口饭庄的东南角有一个饭店，当时有一个胖胖的老太太卖甜沫和一位瘦瘦的老先生卖扒皮果子。这两样都是传统名吃了，当年也吃过喝过并没感觉出有多么好，不过现在倒是很怀念了。

　　北口饭庄留给我印象最深的还是羊肉汤，那时候就有人在路边摆摊卖羊肉汤了。卖羊肉汤的人穿着雪白的衣服，戴着白帽子，推着一辆小车，记得当年的羊肉汤是1元5角一碗，而且是免费喝汤随便喝汤。当时只有眼馋的份儿，没有吃喝的道理。别看仅仅只是1元5角一碗的羊肉汤，一般人根本喝不起。那时候就有一个小小的愿望，什么时候早餐也能喝一碗羊汤。后来到沈阳上大学，在学校对过的一个饭店里也有羊汤卖，价格也不贵，一块钱一碗，可是真的只是一碗羊汤，一点肉都没有，放上点香菜就卖你一元钱。

聊城红星影院那时候是我的最爱，经常和同学去里面看电影，当时留给我印象最深的两部电影，一部是《焦裕禄》，另一部是《妈妈再爱我一次》。

日月如梭，时光荏苒，转眼之间几十年已经成了云烟。东昌古城里面除了巍峨的光岳楼和聊城四中，其他一切都变了模样，现在成了中华水上古城，一座"漂"在水上的千年古城，深受广大旅游爱好者的喜爱。聊城不仅仅是卫生城市、森林城市，还是旅游城市，现在正在积极申创全国文明城市。前几天开车从四中旁边的道路上过，环城湖碧波荡漾，路边雕栏玉砌，人车有如在画中行走。

这么好的风景，这么大的变化，有了优越的社会制度，有了党的领导，我的城市一定会变得更好。心中不由得感慨：一定要好好活着，多看两眼我的城市和城市的风景。

心中的虎

岁月不居，细水长流，时钟一秒一秒地转，日子一天一天过，日暮乡关，年味越来越浓。中国人采用生肖纪年，2022 年是虎年。

想到了虎，思绪又回到了从前。小时候是个跟屁虫，大人到哪里，就想跟着到哪里，特别是在寒冷的冬季，也许大人就是温暖，特别是在漫长的寒夜，似乎父母就是阳光，更是寸步不想离开父母的身边。可是有些时候，父母真的不愿意带着去，于是就吓唬我。

"我出去打老猫，小孩子不能去，老猫专吃小孩子，看到小孩子，哇呜一口，就给吞到肚子里去了，你就再也看不到爹娘了。"

小小的年纪，不知道老猫是什么厉害的东西，就奇怪地问："老猫是什么？这么厉害！"

"老猫就是大老虎，老虎吃人，是最厉害的动物。小孩子细皮嫩肉，老虎特别喜欢吃小孩的肉，大人去打老猫，小孩不能去。"

那时候真的很傻很天真，听了大人的话，就乖乖地不敢跟着去了。那时候也是真的害怕，有时候蒙上头躲进了被子里，生怕老虎看到了自己。

小时候的天气很冷，小时候的夜晚很黑，小时候寒冷的夜晚特别漫长，总也等不到天明。为了不在漫长的黑夜中苦苦等待黎明的到来，晚上就不想早睡，可是父母晚上还要忙碌，希望小孩子尽快进入梦乡，好不耽误大人晚上忙碌的时光。于是母亲又拿出老猫吓唬我。

"快点睡吧，再不睡的话，老猫就会吃掉不睡觉的小孩。"

不想睡，有一点害怕，于是问母亲："老猫长什么样呀？"

"老猫的眼睛像灯笼，四条腿像柱子，特别高大凶猛，嘴特别大，张开嘴就能把小孩子一口吞下。"母亲一边说一边比画，张牙舞爪做出凶神恶煞的样子，看了就特别瘆人，让小孩害怕。

"老猫为什么要吃小孩子呢？"我怯怯地问，"它们不吃大人吗？"

"大人大，有力气，老猫看到了大人也害怕，但是小孩子小，没有力气呀，吃起来比较容易，所以老猫专吃不听话的小孩子，专吃不睡觉的小孩子。"

小小的孩童，就这么信实，听了母亲的话，吓得赶紧蒙上头，生怕老猫看到了自己把自己一口吃掉。

母亲轻轻拍打着我的被子，嘴里轻声地哼唱道："哦、哦，大娃娃睡着啦，老猫来到家前了；乖、乖，大娃娃睡着啦，老猫来到家后了；哦、哦，大娃娃睡着啦，老猫来到门口了；乖、乖，大娃娃睡着啦，老猫来到窗前了。"

小时候睡觉，真的没有什么摇篮曲，都是母亲口中的老猫陪着我入眠，一半是惊吓，一半是安慰，等母亲唱到老猫来到窗前了，也就基本进入了梦乡，睡着了。

老猫陪伴了我整个幼年，却不知道老猫长什么模样，那么吓人，也不想知道，父亲属虎，父亲很凶，以为老虎就是老猫的模样。记得每年到了春节，堂屋正对门的墙上，会贴上一张老虎的画，虽然画上写着"虎啸山林"，可是怎么看老虎都像一只大猫，没感觉到多么凶恶和凶狠呀。于是问母亲："这是什么画？"

"这就是大老虎呀！"

"老虎这么可怕，家里贴一张老虎的画干啥？"

"你爹属虎，是一家之主，贴一张老虎的画镇宅，贴了这张老虎，其他的妖魔鬼怪就不敢进咱们家来了。"

原来还可以这样？小小的年纪真的想不明白了。于是问道："这个老虎不会吃我吧？"

母亲笑了："这个老虎不会吃你，是保护你的。"

我心稍安，原来还有老虎保护我，我还用害怕老猫来吃我吗？

忘了母亲前后矛盾的话最后是怎么圆场的了。

小时候家里有一台收音机，我最喜欢听的是小喇叭，但是有时候也听一听山东快书，呱嗒板儿一响，我就会跑到收音机前，搬个小板凳坐下听。这天一听，吃了一惊，原来说的是武松打虎。

"当哩个当，当哩个当，当哩个当哩个当哩个当，

闲言碎语不要讲，表一表英雄好汉武二郎。

这武松学拳到过少林寺，功夫练到八年上。"

我越听心越惊，越听胆越寒，越听越想听。

"这武松包袱放在石条上，

又把哨棒立靠旁。

武松躺下刚歇息，可了不得啦。

山背后，蹿出了猛虎兽中王

这只虎，'哞'的一声不要紧，

只见震得树梢树枝乱晃荡！

好汉爷顺着声音往那瞧：

'什么动静？'

好家伙！这只猛虎真不瓤：

这只虎，高着直过六尺半；

长着八尺还硬棒；

前蹿八尺惊人胆；

后挫一丈令人忙；

身上的花纹一道挨一道，

一道黑来一道黄；

血盆大口簸箕大；

两眼一瞪像茶缸；

脑门子上有个字，

三横一竖就念王。

武松一看这猛虎，

一身冷汗湿衣裳。"

武松出了汗，我也惊得一身汗呀！原来老虎真的这么厉害。

"打完了三下又摁住，

抬起脚，奔奔奔儿，直踢老虎的面门上。

拳打脚踢好一阵，

直打得，老虎鼻子眼里淌血浆。

武松打死一只虎，

好汉的美名天下扬！"

听完了山东快书《武松打虎》，老虎的神秘也就这个样。一边佩服武松，一边心疼老虎。这么厉害的老虎，就这样玩完了，心中还有点遗憾呢。

后来上学才知道，老虎现在是国家保护动物，老虎的数量已经不多，有东北虎和华南虎，国外还有孟加拉虎。要是到现在，再出现个武松，就算赤手空拳打死老虎，也会被判刑。作为学生的我，心中不免有点悲泣，作为万兽之王的老虎竟然还需要保护？

世界上的老虎那么多，哪里的老虎最出名？想一想有点哭笑不得，竟然是已经没有老虎的齐鲁大地的老虎最有名气，都是因为《水浒传》，都是因为武松打虎。

老虎在心中那么多年，可是一直没见到过真正活着的老虎什么模样，这个遗憾一直在心上。我是聊城人，武松打虎的景阳冈在阳谷，阳谷就属于聊城下面的一个县，而且我的老家距离景阳冈并不远，可是一直没有去过。

时光如水，缓缓流淌，流到了二十一世纪，我已经大学毕业，已经工作，已经成家，可还是没有时间和机会到景阳冈一游，还没有见过真正的老虎，遗憾一直在心中。正像那首《我想去桂林》的歌中唱的那样："有时间的时候我却没有钱，有钱的时候我却没时间。"景阳冈什么时候才能去成，什么时候才能见一见真正的斑斓猛虎呢？

苍天不负有心人，2002 年的夏季，有位朋友约我去景阳冈游玩，我欣然前往。

到了景阳冈一看才知道，原来景阳冈并没有山，只是一个大土冈，还是后来挖湖堆土成山，完全是人工的景点。武松庙、武松打虎处、三碗不过冈这些景点都还有，不知道是不是宋朝时候的模样。在景阳冈我也见到了真正的老虎，在虎山下面的大坑中，几只颓废的老虎，软绵绵的一点精神也没有，而且皮毛还比较脏，这就是虎啸山林的老虎吗？这就是万兽之王的老虎吗？还不如不看呢，看了反而增添忧伤。

俗话说得好，看景不如听景，有些地方不到还有希望，看过之后只剩下失望了。

失望只是在当时，过一段之后，经过时光的沉淀，景阳冈留下的印象还很深，齐鲁大地，我的家乡，有这样一个景点令人念想，总还想再去看一看，看一看历史，看一看现在，看一看那些老虎是不是变了模样。

后来又开车带着妻子和孩子专门去景阳冈一游，就是为了心中老虎的情结，总希望老虎能够再重振虎威，咆哮山林，因为老虎是脑袋上写着"王"字的真正的百兽之王呀！

前两天去我的朋友著名山水画家李月振先生画室，画案背后的墙上，一只斑斓猛虎目露凶光。今年是虎年，这是李月振先生专门为了虎年画的老虎。再看一看虎年邮票上面憨态可掬的老虎，都快忘了真正的老虎究竟应该是什么模样了。

真正的老虎是什么模样呢？今年是虎年，老虎的环境应该有所改善了吧。现在的年轻父母应该没有人再拿"老猫"吓唬孩子了吧。现在的孩子都那么聪明，就算用老虎来吓唬，也应该不会害怕了吧。

我心中的老虎，究竟应该什么样呢？写完这些文字，我反而更困惑了。物竞天择，适者生存，优胜劣汰。也许，这就够了。再要求得太多，似乎真的过分了。

沿途见闻

好长时间没有动笔写点什么了。想做一件事情的时候，只需要一个借口就够了，不想做的时候，可以找出一千条一万条理由。昨天小儿子就突然问我为什么好久没有更新我的《玩彩人生》了，我只好随便支吾两句。

今天时间比较充裕，不想一直浪费自己的光阴，既然喜欢写作，那就再写两句吧。

可是想写的时候，又懒得动了，先去抽根烟吧，整理下思绪和思路。不想抽烟，可是憋不住，于是起身到了厨房，打开抽油烟机，点燃了一支香烟。

为什么去厨房抽烟呢？不想让书房和家里乌烟瘴气，抽烟的时候不觉得怎么样，停一会儿才知道，抽烟之后的味道真的很难闻，我这抽烟的人都这么讨厌这种烟味，别说不抽烟的人了，在厨房，打开抽油烟机，把吞吐出的烟雾直接抽走，这样也不错。我不心虚，妻子也不讨厌我的抽烟。

从正月初八开始，每天早晨都出去走一走，走一走真的很好，身体变得特别轻便，再也不是一身赘肉了。今天早晨起来，沿着黄河路向东走，到小湄河边看看，这些天基本上都是这样。

阴天，有点薄雾，有点寒凉，幸好没有风。我只穿了一件卫衣，一个薄秋裤，外面穿上运动衣，虽然感觉身上有点冷，但是走一走就好了。运动生阳，并没有感觉特别冷。

过去庐山路，看到前面有两人也在步行，一个女的穿着白色的长款过膝盖的羽绒服，也许是走得热了，把羽绒服退到肩膀以下。二八月乱穿衣，前两天聊城的温度的确有点高，有穿短袖的，也有穿羽绒服的。虽然天气有点寒冷，但是穿长款的羽绒服也的确有点过了。

到了小湄河，一定要拍两张小湄河的照片，也算打卡小湄河的美景。近段时间，只要到了小湄河，我一定要这样做。小湄河水面如镜，岸边的景物倒映在水中，特别是柳枝的新绿，更是令人心旷神怡。镜头中的小湄河特别妩媚，宛如仙境。有些风景，在眼中并没有多么美好，在镜头里却是格外的漂亮，小湄河就是这样。还有些风景，在眼中特别漂亮，但是在镜头中却一点也不美，走到小湄河的南首，一株花树正在含苞待放，有些花已经半开，看在眼中非常美丽，看了也是心情大好，可是拍照之后，却并没有那么美丽。镜头中的景物就没有眼中的景物动人。

到了小湄河南头，从长江路往西走，过庐山路的时候，正好赶上绿灯。路口都有穿着马甲的志愿者在指挥交通，走到路中间，看到一个穿白色衣服气质还不错的骑电动车的青年女子，在路北要逆行穿过路口，被志愿者拦住，告诉她不能逆行，两人产生了一些争执。

妻子让我把这个情形拍下来，我想多一事不如少一事，我本来还想帮助志愿者说上两句，看到二人面红耳赤、剑拔弩张的样子，萌生退意，还是别多事了，大早晨惹麻烦弄得心情不好犯不上。志愿者是工作，逆行者肯定不对，就怕有些人明知不对还要做，还坚持不认错。我和妻子慢慢走过争执的场地，后来看到骑电动车的女子匆匆往西去，没有再逆行通过。

到了燕山路往北走，早餐吃点什么呢？以前喜欢去路西喝一份小牧童羊汤，做得很好吃。路东也有份早餐，做的糁粥很好，还有肉饼也不错。这个糁粥的"糁"字，大部分人不认识，其实在临沂当地，读音作"啥"，我们聊城也都说这是"啥"粥。其实读作糁，应该是糁粥，现在我认为应该更正下这个字了，就像古代的通假字一样，可以把这个字标注为"shá"了，意思就是"啥"粥。早晨喝碗糁粥，吃块粉条肉饼，也是很好的早餐了。

吃完早餐后往北走，太阳终于露出了头。都说春雨贵如油，妻子说前天的那场雨，就属于人工降雨，据说聊城发射了三炮，济南发射了五炮，才下了那么一点雨。

在燕山路往北走，到华建一街区小区门口，一个骑电动车的人对路边的一位男性清洁工说："绿化带里面的垃圾也要捡干净，这两天有检查的。"看到一个穿马甲的中年女性清洁工，手中拎着一个大袋子，正在捡拾绿化带里面的垃圾，绿化带的最里面有一个纸片，一般人真的看不到，也被这位清洁工捡了起来。我心中不由得一阵感动。难怪城市那么整洁干净，因为真的有人在用心。

羡　慕

　　自从 2006 年我在城里买了楼房后，每到供暖季节，我都会把父母接到城里来住。从一开始的父亲反对，到后来慢慢地习惯，这十多年间，每年的冬季父母都会到城里来和我一块儿居住，可是住到春节之后过完正月十五元宵节，父母总是着急回到乡下。今年情况特殊，过完元宵节，虽然父亲像往年一样依然着急要回老家，我却一再阻拦，坚决不同意，最后还是没有阻拦住父母。住到正月底，父亲无论如何都要回老家。想想二位老人也是很可怜，小区大门不让轻易出去，只是在小区里面转悠，别说对于一辈子生活在农村的老人，就是我和妻子，也是憋闷得厉害，二位老人更是无精打采，长吁短叹，最后实在不愿看二老愁容满面，我就同意了二老回老家。

　　清明假期，也是闲得太无聊了，没有地方可去。于是我和妻子开车带着孩子回老家看望父母，顺便散散心，踏踏青。

　　我的老家在聊城西南方向，距离城市四十多里的路程，属于典型的鲁西平原上的一个农村村庄，行政区划隶属东昌府区沙镇镇，村名叫作扈庄村。村子很小，由两个村子扈庄村和袁庄村组成一个行政村，才一百多户人家，四百多口人。村庄位置偏僻，距离聊城四十多里地，距离乡镇也十多里，向西到沙镇镇有十二里地，向北到侯营镇十八里，向东再向北距离朱老庄乡也是十八里，向南有五六里的距离过了徒骇河就是阳谷县地界。一看地理位置大家就能知道几乎属于三不管地界。

我们村更特殊的地方在于，这几乎是一个封闭的小村庄，东边紧靠一条大河，现在属于位山三干渠，我上学的时候，地图上标示这条河就是著名的京杭大运河，除了灌溉之外，主要是给北京和天津供水，小时候经常在这条河里游泳摸鱼，后来才知道这不是运河故地，河道的走向是从东南向西北流去，所以村庄的北面也是这条河。村子的西面就是著名的京九铁路。村子的南面是一条小河，名叫小崑河，建有扬水站，给西面的大张和沙镇送水。整个村庄就被围在一个小小的范围内，向北有座桥，向南也有座小桥，向西是铁路的涵洞，全村就这三个出口，村庄非常封闭、落后和贫穷，是山东省的省级贫困村。

进村之后，我不禁大大地惊诧了，村里有着干净整洁的柏油道路，道路两边绿化得很漂亮，和城里的街道两边一样，也盛开着烂漫的樱花和风姿绰约的海棠花等各种花草，空气中一阵阵的花香袭来，令我以为是走进了花园。村庄的景色再也不是以前那样了。

记忆中村里的道路都是土路，晴天的时候满地风沙，爆土狼烟，雨天的时候地下全是泥水，走路都无法下脚，小时候有双雨靴在泥水中走来走去可以骄傲半年。大街两边不是柴草就是牲口，地上满是猪屎鸡粪，路两边经常出现的是一串串羊粪蛋，更有鲁西黄牛拴在路边，一圈的屎尿，路过就是一串臭味袭来。夏天的时候苍蝇乱飞，鸡鸭乱窜。这才是农村的景色，这才是我的老家给我的印象。可是看看现在景象，这哪里是农村呀，这简直就是别墅花园，有这样的农村，谁还去城市里面住拥挤狭窄的楼房呀。

在农村多好，有天有地，有房屋有庭院，有四季新鲜的瓜果蔬菜，而且还都是绿色的食品，最起码蔬菜不打农药。难怪父母二人那么急切地要回老家呢！

我的父亲名字叫扈广勤，从1988年开始，就在村里当村官，那时候的农村，用一个字形容就是"穷"，特别是我们村，那更是穷上加穷。

我父亲他们上任的时候，村里几百口人，几百亩地，只有靠近河边的几十亩好地，其他都是盐碱地，太阳下望去，地下一片刺眼的白色。我小时候听爷爷讲，老人们原先就是靠晒小盐度日。不单单地不好，还到处高低不平，东边一片高岗，西面全是大土堆，南面的地也是有高有低。盐碱地上不长庄稼，但是长很多杂草和林柳条，我记得周围的三里五庄每到冬季，都到我们村来买林柳条编篮子和筐子。盐碱地里还长小碱蓬和灰灰菜，小时候还吃过这两种野菜。那时候大部分的地是没人种的，任野草丛生，我小时候经常带一本书、赶上几只羊到草地上放羊。

我父亲和广才四叔搭班子，上任之后把地里的林柳条全部刨了，把地分成一、二、三等地和沙荒地，分到各家各户，村里不仅仅种小麦和玉米了，也开始种植经济作物，最流行的是种棉花。自从种了棉花，家家户户有了粮食，也有了棉籽油吃，也有了闲钱。记得扈学秋随笔集《一年之隙》里面有篇文章《我魂牵梦绕的小村庄》，写的就是那时候的乡村。

1995年到1996年修京九铁路，需要大量的土方，我堂哥扈学生等人开拖拉机把我们村高岗和土堆的土全部送到了京九铁路上，我们村的土地才全部平整划一，再也没有了荒地，而且随着黄河水的灌溉，慢慢地地里面的碱气被压了下去，也不再往上返，村里所有的土地都成了良田。

　　就算成了良田，可是土里刨食，也只是个温饱水平，赚不到多少钱，村庄依然贫穷落后闭塞。地下的水是咸的，不能浇地，更不能种菜。外出打工，大家还不习惯。而且因为我们那里的土方都用来修京九铁路了，地势偏洼，倒是经常被淹，西面康庙、楚庄、沙镇等地势高，一旦雨下得大了，我们村的庄稼都会被淹。没有其他经济来源，种庄稼又经常被淹，家家户户都还是穷，所以被评为山东省省级贫困村。

　　父亲最后一届的时候，政府派去了扶贫干部，当时父亲经常和我谈，第一个被派到村里当第一书记的是东昌府区计生委的王戈书记，他当时肩负着扶贫的重任，真的很是负责，用父亲的话说，就是真卖力。他经常吃住在村里，不单单带去了扶贫资金，而且在村里盖起了光伏电站，扶植了村里的养殖专业户，帮助村里修好了油漆路，挖好了下水道。

　　父亲2022年七十多岁了，已经不在村里供职两年了，他依然忘不了鲁东大学的一个副校长到我们村里担任第一书记扶贫的事情。鲁东大学的这位副校长，我也忘了叫什么名字，给村里捐赠了一些二手的电脑，还花费十多万元，给村里修了一座石碑，石碑上大大的"扈庄村"三个字给人的感觉真的很好。村里在扶贫资金的加持下，安装了路灯，修建了健身体育广场，新盖了村卫生室，还设置了垃圾箱，专门安排人员打扫卫生，不仅仅修好了村里的下水道和路面，就连到田间地头的生产路面，也都做了硬化处理，村民再也不用担心车子陷在泥里面出不来了。

　　道路修好了，公交车也来了，在鲁东大学副校长等扶贫第一书记的努力下，聊城市政府专门为沙镇的几个贫困村开通了扶贫专线公交车——162路公交车。父亲母亲都到了乘车不花钱的年纪，城里乡下，想来就来，想走就走，再也没有了什么城乡的隔阂和距离。

村里的贫困户都有补助，逢年过节都发东西，到医院看病全额报销，家里隔三岔五还有人帮助打扫卫生。

我到家一看，这下更好了，村里面正在安装天然气管道和壁挂式采暖炉。我们家已经安装完毕了，只是暂时还没有通上燃气。

我不由得有点担心：今年的冬季，要是老家真的供上了天然气，父亲可以烧天然气取暖，他还会不会同意和我在城里过冬季呢？

其实还是妻子说得好，现在的农村这个样子，再烧上天然气，能够供上暖，比城里都好，她都想到农村来过春节了，要不是孩子上学不方便，她都想回到农村来住。

如今村庄变得这样好，都是党和国家的政策好。

父亲生日宴会后的争执

天苍云漫，望不到南飞雁。

2021 年农历的九月十八，周六，正是深秋时节，鲁西平原上，天空一片苍茫，大地一片萧瑟。

在京九铁路东面田野中的一块农田里，一群人正在种植大蒜。这些人有老人，有孩子，也有几个中年男女，孩子和中年男女衣着华美，一看就不是干农活儿的人。蹲在地上，把白色的蒜瓣按进黄色的土里。这些人一边干活儿，一边争吵，争吵的目标对准了一个抽烟的白发老人。这些人都是我的亲人，这个白发老人就是我的父亲。

父亲是党员，是农民，当兵转业回来之后就扎根农村老家，一直从事农业生产劳动，在村里担任了多年的村干部。父亲今年七十多岁了，抽了一辈子烟，也戒不掉了。父亲是个农村的倔老头，从年轻的时候就倔强无比，认直理，他认为正确的事情，头撞南墙也不回头，十里八乡的人都知道他的这个特点和脾气，一般人都不敢轻易招惹他。现在父亲老了，头发白了，按理说脾气应该改一改了，其他的倒是改了不少，但是倔强依然没有改变，反而有点变本加厉了。这不，在父亲的开心快乐的生日宴会后，温馨祥和的家庭之中狼烟四起，又起了争执。

每年农历的九月十八日，是父亲的生日，每到这一天，我们姊妹三个别管多忙多累，都会带上生日礼物，回到老家给父亲过生日。父亲过生日的这一天正好是秋季中比较繁忙的日子。每年到了过生日的时候，父亲都会因为怕耽误干农活儿，要求我们不要给他过生日。我们这里的习俗是，只要开始过了第一次生日，以后每年都要给老人过生日，我们都会提前准备，也不一定非要赶到正好的九月十八这一天，过生日可以提前，不能延后，这也是风俗习惯。一般都是九月十八前面的某个周六或者周日的一天，铁定要给老父亲过生日，父亲年年反对年年无效，生日该怎么过还是怎么过。

随着祖国的发展，时代的进步，有了党的领导和国家的好政策，老百姓的日子越来越好过，我们姊妹三人的经济条件也是越来越好。老百姓过生日，图的就是一个团聚乐呵，讲究的就是一个吃喝。父亲的生日也是越来越隆重，吃得越来越好，喝得越来越高档。

就拿 2022 年的生日来说吧，2022 年的九月十八正好是周六，很久没有这么巧合了，所以今年的生日相对于往年更有意义，也就更隆重更正式。我和妻子给老父亲专门定制了一个大生日蛋糕，又拿了两瓶 52 度金剑南酒，买了一条泰山香烟，一只北京烤鸭。大妹妹一家给母亲买了棉裤和棉袄，给父亲买了一件外套，买了十多斤肉，买了三百元螃蟹，还专门开车到距离家几十里的一个乡镇买的特色小吃许营焖子。小妹妹一家也是给母亲买了衣服，给父亲买了一条高档香烟，又专门在家中做好了红烧肉带去。平常比较小气的父亲这一次也比较慷慨大气，在家中炖的排骨，还专门弄了一只兔子炖好了等待我们。

大妹妹两口子在农村务农，有一个儿子一个女儿，儿子刚刚当兵退役回来，小女儿在上小学。大妹妹文化程度不高，可是特别能干非常要强，日子总想过在别人的前面。不耽误在家种菜种蒜的同时，在家里开了一个小型服装加工厂，有十多人为她加工服装，就这样还不满足，又成立了一个抓鸡队，晚上帮助养鸡户抓鸡，两口子连设备带人工，抓鸡一项一天好的时候能赚个千儿八百的，每日忙得没黑没白。父亲过生日那天，大妹妹半是炫耀半是骄傲地对我说，她两口子昨天干了一晚上，赚了将近两千元，听得我都有点羡慕了。

小妹妹两口子在城里，也是一个儿子一个女儿，大儿子山东财经大学毕业刚到证券公司上班，小女儿在读初中，夫妻二人在城里有一个装饰公司，在香江建材市场还有一个门市部代理销售木门，现在同时开工了五六个装修工地。二人忙得也是脚不沾地。

无论大家多忙多累，不用我说和也不用我催，大家都是全家出动，回到了老家给老父亲过生日。生日宴席上，一家人团团而坐，对着满满一桌子硬菜，其乐融融欢声笑语。我们一边吃，一边喝，一边说，一边笑，说着现在的日子有多美，生活有多好，说这一桌子菜，如果在城里的饭店一千多元也下不来。

说着说着，就说到了今年雨水多，麦子可能种不上了，又说到了下雨收玉米的话题。今年的秋季，聊城的雨水特别多、特别大、特别密，田里地里全是水，到了秋收的时候依然天天下雨，田地里根本下不去脚，进不去人，更别说大型收割设备了。我们一直不让老父亲再种地，可是他就是倔，就是不听，非要种他那几亩地。今年秋收麻烦了，收割机进不了地，为了收玉米，没少着急上火犯愁叹息，我当时甚至想狠下心来就让"倔老头"的玉米都坏在地里也不去帮他收，可是也只能说说气话。大妹说："真要是玉米都烂在了地里，父亲不得心疼死。"最后还是我们几个冒雨蹚水从地里一点一点把玉米给背到路上运到家里又弄到房上，就这样还专门雇了三个人帮着掰玉米呢。这么多年了，别说是孩子们了，就是大人谁干过这种活儿，受过这种累呀？

所以老父亲过生日的时候，趁着大家都在，又说到了不让老父亲种地的问题，我们都还是坚持不让他种了。老父亲依然还是坚决不同意。

我说："你看看我大娘，收麦子的时候摔了一跤，摔得骨折，送到医院住了半个月的院，这一季的麦子不够医药费吧。我大爷收玉米的时候又从房上摔下来了吧，差点要了他的老命，送到医院住院，这些棒子钱又不够医药费吧。你到了这个年纪了，到什么时候才不种地了呢？非得等到干不动了再不种地吗？"

老父亲不言不语，依然保留自己的老主意。

我妻子说："你看现在都那么忙，谁也耽误不起，耽误一天都耽误好几百，你收的这点粮食，都赶不上大家一天的收入呢。还得种，还得收，还得浇水，还得施肥，甚至还得打药，种子、化肥、农药、水，哪一样不花钱呢，还有工夫更值钱。算一算这一亩地，能有多少收入呢？弄不好还得赔钱。"

老父亲嘟囔了一句："我的工夫不算钱。"

我说："你把地包出去，让年轻人去种，也能给你点钱吧，再说了，你现在也不缺钱花，我们也不会让你缺钱花呀。"

老父亲嘟囔道："我不种地干啥呀？总不能憨吃、傻睡等死吧。只要还能动，我就要干。像今年没有办法，以后我能干多少干多少，能不用你们就不用你们。"

大妹接过话来说："你可拉倒吧，就你那样的脾气，我们还不知道吗？你是看到活儿就犯愁，一犯愁就着急上火，还说不用我们。你今年还种蒜不？"

"怎么不种呀！你们今天要是不来，我上午就去种了，等你们走了之后，我已经找好了两个人，下午去把三分地的蒜种上去。"父亲听到大妹的问题，斩钉截铁地说道。

我无奈地说道："你真种呀，唉，还是不听话。"

"既然你要种，那趁着我们都在，一会儿帮你去种吧，免得你再着急上火。"大妹说道。

于是才有了开头的一幕。

大家在地里都继续"攻击"父亲，父亲的脾气不好，被大家说得狠了，也是总会着急上火。本来过生日高兴的时候，可不能再让父亲生气。我于是说道："你也别着急上火了，你想呀，大家都打扮得衣着华丽，带着礼物，高高兴兴地来给你过生日，你却把大家带到土里泥里来干农活儿。你想想大家能高兴得起来不？再说了各有各的事情，为了你这点地，又耽误了大家的时间。你就别再上火了，大家说两句就说两句吧。"

父亲在我的劝说下，只好默默无言地自己生闷气。

劳动创造价值，劳动创造财富，劳动是光荣的，劳动是美丽的，中华民族自古以来就是勤劳的民族。多少伟人、哲学家和文学家都赞美过劳动。可是现在干点活儿，为什么大家都是满腹怨言呢？我不禁陷入了沉思。

我们不热爱劳动了吗？其实不是，我们每天都在劳动，而且以劳动为荣，以劳动为乐。大妹妹白天忙完晚上继续干，小妹妹一家人也是忙得脚不沾地，大家都在劳动，都在工作。只有工作，才能让我们心静心安，只有劳动，才能让我们享受生活。我们劳动不是为了生活，劳动是生存的本能，我们不是为了薪水而劳动，我们是为了收获而劳动，为了自己的成长而劳动。

父亲年纪这么大了，为什么非要种地呢？父亲不想享受晚年生活吗？现在不缺吃、不缺穿，也不缺钱花了，可是父亲依然非要坚持种地，又是为了什么呢？前段时间和在山东师范大学马克思主义学院上大三的儿子扈保邕说起了这个问题，年轻人的分析给了我深刻的启发。扈保邕说："老一辈人这么热爱劳动，这么喜欢种地，是因为几千年来的土地情结。他们深爱着脚下的这片土地，他们割舍不断自己的土地情结。"

　　"为什么我的眼里常含泪水？因为我对这土地爱得深沉……"这是著名诗人艾青《我爱这土地》里面最著名的诗句。

　　是体力劳动，让人类从猴子变成了直立行走的人；是脑力劳动，令科技越来越发达，让这个世界越来越美好。然而劳动也需要正确的认识。高尔基说过：当劳动是种快乐时，生活是美的；当劳动是一种责任时，生活就是奴役。

　　父亲是真心热爱劳动，我们都是真正地喜欢劳动的人。我坚信，随着社会的发展，时代的进步，国家的富强，我们的劳动将会越来越快乐，越来越开心。劳动将从苦役变为享受。

　　让我们一起享受劳动吧！

榆　钱

今天的早餐，妻子给我蒸了榆钱窝窝。

好久好久没有吃到碧绿色的主食了，突然有一种很新鲜的感觉，我们一直倡导绿色食品，榆钱窝头应该是最绿色的食品了吧，这个时节没有人会给榆树打药。

榆钱窝头不能说是我的最爱，因为一年就吃那么一两次，也说不上讨厌，像这种纯绿色的食品偶尔吃上一两顿还是不错的。

昨天下午散步回来，路过久和社区的夜市。妻子看到卖菜的那边竟然有榆钱卖，欣喜若狂就问卖菜的："榆钱多少钱一斤呀？"卖菜的人正忙着从车上往下卸菜，回答道："三块五一斤。"妻子转头问我："咱们买点回去不？"我看妻子特别想要，也有点儿想吃榆钱了，就欣然同意。

妻子拿了一个方便袋让我给她撑着袋子，一边往袋子里面装榆钱，一边和老板讲价："三块钱一斤行不？"

我听了不禁哑然失笑，对妻子说："就这点小菜还值得和人家讲价呀。"

卖菜的听到我说的也笑着说："我们卖得一点也不贵。"

已经装了半袋子了，妻子还在往里面装，我赶紧说："行了行了，这些就够了。"

装完之后，卖菜的女老板称了一称说："三块钱的。"大半袋子绿色的蔬菜竟然才三块钱，看来还是这种天然的蔬菜便宜呀。

榆钱窝头咬一口比较新鲜，但是稍微有点黏，这也正是榆钱的特点。我感觉比以前吃的黏度稍微大点，于是问妻子道："你没有掺点棒子面呀？"

妻子一边给我往窝头上面抹辣椒酱，一边说："榆钱窝窝放点辣椒才好吃，我掺了一把棒子面儿。"

榆钱窝头没有什么杂味，吃起来也比较新鲜，我可能吃得稍微有点儿多了。妻子看我吃得津津有味儿，就说道："我看你中午还怎么吃饭。"

津津有味地咀嚼着窝头，我的思绪又慢慢地回到了从前。

小时候的春季属于青黄不接的季节。那时候一到春天，我们脑子想的都是什么能吃，满眼踅摸可以吃的东西。

等榆钱慢慢地绽放在枝头，就成了我们最好的美味。小时候老家里面最多的树就是榆树，房前屋后道路旁边，基本上全是榆树的天下，不像现在已经成了杨柳的世界。那个时候春风一吹，绿树上面有了绿意，我们就在下面看着。榆树一般很高大，我们站在树下，只能仰望。为了那鲜美的榆钱，小男孩一般都学会了爬树。别看个子小、身体瘦，我小时候可是爬树的高手。

春风中，阳光下，我爬到了榆树上面，一把一把将榆钱往嘴里送。榆钱虽然不是水果，但是水分特别大，而且有一种淡淡的甜香。特别是小时候根本没有什么水果可吃，榆钱和槐花就成了春季我们最好的美味儿。槐树上面都有刺，虽然槐花要比榆钱好吃，槐花的甜味稍微大一点，但是槐花吃起来似乎更费劲。因为被槐树的刺扎伤过，对槐花稍微有点心有余悸，我更钟情于榆钱。

　　爬到树上，高高在上的感觉真的挺好的。登高望远，心旷神怡，更主要的是可以先尝尝鲜。我在树上吃，妹妹和大娘家的姐姐就在树下大跳大叫，他们在树下越是着急，我在树上越是高兴。等我吃得差不多了才会折下几枝扔下来让她们吃。有时候也会先折上几枝给她们，但是最好的肯定会留给自己。

　　榆钱的名字之所以叫榆钱，因为形状的确像古代的铜钱。特别是榆钱老了的时候变成了金黄的颜色，更像一片一片的铜钱。小时候心中还想着要是真的能当钱花该有多好呀！榆钱老了，开始离开枝头的时候，就是榆树叶子生长的时候。其实榆树的叶子也能吃，特别是嫩叶的时候。

　　听父亲讲，他年轻的时候就经常吃榆树的叶子。因为那时候他们经常挨饿，有榆树叶子吃就已经很满足了。我是不喜欢吃榆树叶子的，也很少吃，因为我感觉叶子没有榆钱好吃。

　　父亲还讲过，他小时候还吃过榆树皮，喝过用榆树皮面擀的面条。我不知道榆树皮面擀的面条是什么味道，我没有吃过，据父亲说滑滑的，还挺好吃。我就不知道是真是假了。不过似乎老一代的人都吃过榆树的面条，因为那时候的确生活太困难了。

　　听奶奶讲过，别说榆钱了，有时候榆树皮都是好的。生活困难的时候，吃榆树皮磨的面粉就已经是大户人家了。就算榆树皮磨的面粉，也要逢年过节的时候才能吃到，平常只是吃些野菜糠团。

　　金黄的榆钱落地以后，被春风吹得到处都是。吹到路边沟边，吹到田野，吹到地头，春雨一下不长时间就能长出小榆树苗来。小小的榆树苗长出来特别可爱。我小时候就曾经呵护过一段时间榆树苗，盼望着小树长大以后也能结榆钱。这个榆树就是我自己的了，别人就不能来采摘了。因为村里树多，村里的孩子也多，那些早熟的榆树会经常被争抢，身小体弱的我是抢不过大孩子的。有时候得等他们吃完了之后我才能吃，那么好够的低矮的榆钱都被他们给吃完了，我只能向更高的枝头爬。在风中，枝头乱颤，还是有点儿害怕，生怕自己从树上摔下来再摔死了。

可惜还没有等这些榆树长大，我就已经长大了，也不用再去想着榆钱的事了。

其实这些年在城里，每年都能吃到一两次榆钱窝头。再早的时候是母亲从老家给蒸好窝头送到城里来。后来妻子也慢慢地学会了做榆钱窝头，父亲每年到春季有了榆钱的时候都会给我们送一部分来。这些年父母年纪渐渐大了，上房上树也不方便了，农村的榆树也越来越少了。这两年好像没有吃过榆钱窝窝头了。

以前从来没有吃过花钱买的榆钱，今年这也是此生第一次自己花钱买榆钱吃。

花钱买榆钱吃，这个事情的确值得纪念。

情人节的晚餐

　　回忆这个东西真的不是一个靠谱的东西。它有时候把一些很重要的细节给你淡化抹去，它有时候又把一些不重要的细节清晰地留在你的记忆里。记得曾经看过一篇文章，上面这样说：回忆，比如你有一次和爱人糟糕的旅游经历，旅游的时候两个人可能生气，也可能一路上不愉快，但是许多年以后你再次回忆这次旅游，所有的不快都已经消失在天外，留在你的记忆中的却是那个山清水秀的美好风光，不愉快的旅游，也已经成了一次愉快的回忆。所以回忆这个东西很会骗人的。很多人都想真实地还原历史，其实历史已经消失在时间的长河里，我们能记住的就应该是有意义的和有价值的。

　　故事写到这里，我和老婆之间因为回忆产生了一些分歧，我回忆的内容她没有记起，她记起的内容我已经模糊。似乎回忆是有选择的，有很多的名人传记都会把自己写得非常高大上，因为他是有意把那些卑微的东西舍弃。所以我们看回忆录也好，名人传记也好，看一看就行了，有些东西的确能够和我们产生共鸣，只要同频就可以。

　　没有一个冬天不会过去，没有一个春天不会到来。1998 年的冬天渐行渐远，时光的脚步走进了 1999 年。冬季的白天很短，夜晚很长，在黑白交替中，太阳把影子拉长又缩短，就在光与影的变换中，1999年的春节就快要到了。

我能清晰地记住，1999年的2月14日那一天也正好是大年二十九，第二天就是大年三十，我小妹提前回老家过年。单位也已经放了年假，我这两天不用去上班了。于是我自己独自看守门店，我的女孩——李雪梅虽然春节家里特别忙，也基本上一直陪着我。2月14日是情人节，这一天特别值得纪念。特别是这一天的晚上，将会让我终生铭记，因为对我的人生太有意义。

大年二十九的白天匆匆地结束，人们都很繁忙，大街上的人流是来去匆匆，如果没有什么事情，门市部上的顾客也不算很多了，我们俩早早地关了店面。因为是情人节，我也浪漫了一把，好像是买了一朵玫瑰花，还给李雪梅写了一张贺卡，无论我怎么回忆，就是想不起来贺卡的内容了。这就比较让我懊恼了，这么重要的内容，怎么就想不起来了呢？想不起来就想不起来吧，想不起来并不重要，重要的是形式。普普通通的生活，平平凡凡的日子，就需要有时候有一些仪式感才能特别让人铭记。

这一天晚上李雪梅没有回家吃完饭，而是在门市部给我做了一顿丰盛的晚餐，好像我们两个做了四个菜，就已经算比较奢侈的了，不仅仅是食品上的奢侈，我们两个还开了两瓶青岛啤酒，好好地小酌一下，享受一下人生，享受一下生活，开心愉快地过一个情人节。李雪梅一开始还想推说她不会喝酒，不敢喝。

我把两个酒杯都倒满酒，然后举起我的杯中酒说："你就算再不会喝酒，今天也得喝点。我们上大学的时候，在大学里男同学和女同学都喝酒，而且谁也不让谁，都是每人一瓶啤酒，今天晚上咱们俩也一样，你一瓶我一瓶，谁也不替谁喝。"

"你在大学里面经常和女同学一块儿喝酒吗？"李雪梅笑嘻

嘻地看着我，满脸的坏笑。

我突然有一种引火烧身的感觉，怎么话题变成这样了？我是想让她陪我一块儿喝点酒，她却问我是不是经常和女同学一块儿喝酒，而且把"女"字咬得特别重。"没有没有，我们也就是偶尔的时候，老乡有过生日的时候或者是周末偶尔聚会的时候才在一块儿吃一顿饭。来吧，把你的酒杯举起来吧。为了这个特殊的日子，为了这个美好的时刻，我们也得喝一杯。"我把话题再次转到喝酒上面，让她举杯。

也许是这个特殊的日子，这个美好的时刻打动了她，李雪梅也端起了酒杯。我把杯中酒一饮而尽，她端起来之后仅仅抿了一小口，就想把酒杯放下。

"这样不行，这样不是喝啤酒的样子，你这样喝法成了喝白酒了，喝啤酒就得大口大口地喝，才能感觉到啤酒的爽口。"我赶忙伸出手去托住她的手，阻止她放下酒杯。

"你在大学里面没有谈一个女朋友吗？"李雪梅虽然没有放下酒杯，但是也没有喝，又坏笑着看我。

"这个还真的没有，我上大学的时候光想着赚钱了，总是愿意出去和别人做生意。"我赶忙接住了她的话语，真诚地说道。我说的这是真心话。我在大学里面真的没有谈女朋友，而是出去到一个广告公司里面打工，帮别人跑业务，广告公司当时还给我印了一盒名片，这是我人生中第一盒名片，名片上写上我的名字和沈阳市阳光广告公司业务经理。我上大学的时候，就已经有人喊经理了。我还记得那个广告公司叫沈阳阳光广告公司，是五六个人合伙开的。我们的老板姓张，叫张明新，原来是美术学院的老师。这个话题太长了，等有机会再聊。

"我不信在大学里面你会没有女朋友，就你这样能说会道。"

李雪梅把头低下来，看着杯中酒，似乎若有所思的样子，然后抬起头来一口把杯中酒喝干，喝干之后又调皮地问我："在和我相处之前你谈了几个女朋友？"

我有点儿心虚了。其实作为一个大男孩，最怕的就是正在和你处对象的女孩和你谈这样的话题。每一个男孩从小到大都会有无数的倾慕对象。在小学的时候，男生女生之间基本上是不说话的，甚至有点敌视，课桌上的"三八线"是真实存在的。我记得小时候我的女同桌特别讨厌我。因为我经常使坏。比如，老师在课堂上提问问题，比如提问 7+8 等于几，我知道等于 15，我偏偏不说。我的女同桌却真的不会，老师喊她起来回答问题我在旁边说等于 10，我把 10 的音拉得已经特别长，后面还没有说出 5 来，我的女同桌就已经回答了老师，等于 10。班上的同学都笑了，老师也笑了。老师还说人家还没说完等于 15，你就等于 10。所以小学的时候，男孩和女孩之间基本上是没有什么好感的。到了初中的时候，青春期朦胧地来到，男孩对异性都有了好感，但是全班同学都喜欢少数几个同学，那就是学习好的女同学，谁学习好谁就是大家众星捧月的对象。这个时候喜欢的人是不管长相和身材的。到了高中的时候，大家还是喜欢几个少数的同学，那就是谁长得漂亮男孩都喜欢谁。到了大学的时候，大学同学不是来自一个地方，不仅要看长相，还要看家庭，还要看很多很多，是不是合脾气，是不是适合过日子，而且还要考虑是不是能成，因为谈恋爱是一件非常奢侈的事情，只有家庭条件好的男同学才会找女朋友。想了想，大学的时候真的没敢谈恋爱，也不是没有心动的女生，只不过是暗恋罢了，连表白的机会都没有，总感觉自己就是个癞蛤蟆，人家就是白天鹅。

但是李雪梅的问题总要回答呀。我又把我俩的酒杯倒满，看着啤酒的泡沫在杯中缓缓起伏，我缓慢而又真诚地说："在认识你之前介绍对象的特别多，真正相处的几乎没有，因为我太忙了，一边上班一边是门市部，还真的没有时间去谈恋爱，再说也没有合适的人。"

"那你在你们厂子里没谈个呀？你不是说你们单位的女孩特别多吗？"李雪梅逮着这个话题没完没了，问题都快成堆了。

"我们车间是女孩多，但是长得漂亮的都有了对象，一般的不是人家看不上我，就是我看不上人家。这个需要讲缘分吧，也不是没人喜欢我，但是缘分不到，也没有办法。我就看着你顺眼又顺心，要个头有个头，要模样有模样，不光个头模样好，心地还特别善良。"这个时候我的语气是特别真诚的，我的心也是特别真诚的，还不忘恭维李雪梅两句。

千穿万穿马屁不穿，没有人不喜欢听夸奖的话语。李雪梅被我说得羞涩地低下了头，刘海儿垂在两条眉毛之间，特别娇羞可爱，我真有点儿想冲动地去吻一吻的感觉，但是我真的不敢造次，怕女孩再生气。我又举起酒杯来说："来，再干一杯，好事成双，情人节快乐！"

"这一杯我就不干了吧，我真的没喝过酒。"李雪梅把杯中酒也端了起来，但是提出要求她不干了。

"来吧，人生难得几回醉。"我豪爽地说，"来碰一个。我的酒量也不行，咱们再干一杯。怎么这也要好事成双呀！"随着两个杯子清脆的响声，我们两人都把杯中酒又喝干了。

两杯酒下肚之后，一抹红霞飞在了李雪梅的脸颊，温馨的空气，安详的时光，又正好是情人节的夜晚，又正好是我们二人的世界，这个时候酒不醉人人自醉，我们两个都有点陶醉的感觉了。

我拿起酒瓶慢慢地向杯中倒酒，一边倒酒一边问道："经过这么长时间的相处，你对我的感觉现在怎么样了？你可就是我的梦中情人呀，我是不是你的白马王子呢？"

李雪梅低下头来想了一会儿，然后抬起头来看着我说："一开始看你的时候，我还真的没想和你相处。经过这一段时间的相处，我感觉你还不错。人很实在，也有能力，不是那种油腔滑调油嘴滑舌的人。要是一点不靠谱，我早和你拉倒了。"

得到了女孩的肯定，我更加地心花怒放，又把杯中酒举起来说："来，再喝一杯，为我们的以后。"

"这次我真的不能再干了，我现在都感觉我的脸有点发烫了。"李雪梅端起酒杯，还是不想喝干杯中酒，于是半是矫情半是求饶似的说道。

"你又不是经常喝酒，偶尔喝一次没事的，再说了，酒逢知己千杯少，话不投机半句多。这是为了祝福我们以后，这杯酒还必须得喝干。"我调皮地劝说道，"我听人家经常说，女孩不喝是不喝，一喝起来酒量都比男人大。酒桌上经常听到这样的话语，不能小看扎小辫儿的，不能轻视吃药片儿的。"

第三杯酒下肚之后别说李雪梅了，就连我都微微感到有了酒意。我酒量其实一点也不大，而且这一次又是连干三杯，而且又是空腹喝酒，酒劲儿上得挺快，特别是青岛啤酒比其他的啤酒酒劲都大。虽然有些酒意，但是思维还是十分的清晰。李雪梅刚才问我谈过几个对象，我也应该回敬回去，于是我问道："在和我交往之前，你一共谈了几个对象？"

"基本上没有谈过。"她回答得特别爽快，令我不得不相信。但是这么漂亮的女孩没谈过对象，我心中还是真的不信。李雪梅从我的神色中看出了我将信将疑的态度，于是又补充道："在中学的时候有一个男孩对我特别好，但是我对他一点感觉也没有，他曾经上家里来找过我，被我给撵走了。我爸还怪我对人家太不礼貌。"

　　我把第四杯酒倒上，再次举起了酒杯说道："来来来，再干一杯！让我们永远记住这个美好的夜晚。"

　　"不行了，不行了，不能再干了，要干你自己干吧。"李雪梅连忙冲我又是摇头又是摆手。

　　"你知道我老家是哪里的吗？我老家是沙镇的。沙镇的沙怎么写啊？一个'三点水'一个'少'。知道这是什么意思吗？"我又调皮地问李雪梅。

　　"什么意思呢？"李雪梅想了一会儿，似乎没想起米，于是问道。

　　"想知道吗？想知道的话我说出来，如果你感觉对，就必须陪我喝了这杯酒。"

　　"行，你说吧，不就是一杯酒吗？有什么大不了的。"李雪梅也变得豪爽起来，看来酒精真的挺起作用的。

　　"就是喝三杯酒太少！"我调皮地笑道，"所以咱们必须再干一个才可以。"

　　第四杯酒下肚，两瓶啤酒也快见底儿了。我们两个都有了三分醉意，话语之间也是越来越亲密，就连空气都显得黏糊糊的。寂静的夜晚，温馨的夜色，真的令人陶醉在温馨温柔中，忘记了外面的世界，忘记了生活的艰辛，忘记了生活的烦恼，也不再去想从前，也不再去想未来，只愿沉浸在这温柔的夜色中。

　　"哎呀，吃点菜吧，咱两个光想着喝酒，菜还没吃呢。"李雪梅突然惊讶地说，"你不早就说过想尝尝我的手艺怎么样吗？今天专门为你做了这些菜。你又光想着喝酒，不吃菜了。"

　　我不好意思地用手挠挠头，拿起筷子来夹菜吃，缓慢地把菜送到嘴里，细细地品味了一下，嘿，菜的味道还真的不错。我以为我小妹做的菜就够好吃的了，因为我小妹在沈阳和我姑学了一年的做菜，没想到女孩做的菜比我小妹做的还好吃。于是我夸张地说道："嗯，菜做得很好，特别好，非常好，无可替代的好，看来我不仅找到了一位美丽的女孩，而且这个女孩心灵手巧。我的这一生有福了。"

女孩儿用手轻轻地打了一下我的头，笑着说道："刚说你人老实，不油嘴滑舌，油腔滑调，没想到三杯酒下肚原形毕露了，也是油嘴滑舌，油腔滑调。我以后还能放心吗？"

吓得我赶紧吐了吐舌头，一本正经地说道："改了改了，下不为例，就这一次！不过菜做得真的非常好，我是真心地想表扬你，可不是虚情假意地恭维你。我这人可不会说谎话，你以后要记住这一点。"

吃了几口菜，我又把酒杯倒满，端起酒杯说道："来再喝一杯呀！"

"喝可以，但是这次咱们两个都不能再干杯了，我不干了，你也不能干了。"李雪梅温柔地说道。

"这样吧，这一杯你喝到一半，我干了。"也许是因为有了三分酒意，我说话特别干脆，语言中似乎有种不容置疑的味道。

女孩听了皱了皱眉头，抬起头来再次看着我的眼睛，关心地说："我刚说完我不干了，你也别干了，你又要干杯，大冬天的，喝这么多凉酒下肚有什么好处呀？以后需要注意自己的身体，酒能少喝就少喝点吧。"

"以后要注意自己的身体。"这句话让我心中充满了感动，多少年了没有女孩这样对我温柔地关心地说过话。记得上学的时候有一次和同学分别，有一个女同学一句嘴边上的话"慢一点"，就让我感动了许久。

"好好好,我喝一半儿你随意,这样行吗?"我听话地说,"这两瓶酒喝完,我再打开一瓶咱俩喝。"

"你也随意喝吧,咱们俩就把这些酒喝完就行了,不再开了。"

"不再开不行,我还没喝尽兴呢。今天是情人节,你就让我尽兴地喝一次吧。"

"喝醉了你自己难受,今天晚上又没人照顾你,还是少喝点吧。"女孩儿还是劝阻我。

"那你多喝点儿,我少喝点儿,这样行吧?必须再开一瓶,这两瓶真的没喝够。"

"你灌我喝那么多酒干什么?是不是想把我灌醉了?是不是有什么坏想法?"女孩刮了一下我的鼻子笑着说。

孤男寡女独处一室,又正是青春涌动的年龄,可是就算再有想法,我也不敢承认呀,而且我是真的有时候有这个贼心但并没有这个贼胆。